欧·亨利 | O.Henry

欧·亨利
短篇小说精选

SELECTED STORIES
of O.HENRY

〔美〕欧·亨利 | 著 　　崔爽 | 译

购于二O一八年
二月十六日

浙江出版联合集团
浙江文艺出版社

编者导读

美国作家欧·亨利本名威廉·西德尼·波特，1862年9月11日出生于美国南部北卡罗来纳州。他与法国作家莫泊桑、俄国作家契诃夫并称为"世界三大短篇小说家"。然而他的作家生涯，却开始于人生的下半程。

欧·亨利年少时期颠沛流离。十五岁那年，他被迫从高中辍学，为了生计，先后做过药剂师、牧羊人、厨子、保姆、歌手、演员、出纳、记者，从美国南部流落至西部农场，又因警方的追捕逃亡至洪都拉斯共和国，自学了西班牙语和德语。二十年漂泊的生活中，他始终怀抱着当画家的梦想，在银行工作的时候曾因沉迷于绘画而屡遭客户投诉。三十六岁那年，他因遭受盗用公款的指控锒铛入狱。服刑期间，欧·亨利因为一技之长而当上了监狱的药剂师，次年以"欧·亨利"为笔名在杂志上成功发表了自己的首部短篇小说。出狱后，欧·亨利迁居纽约，成为全美知名的小说作家。然而漂泊的人生刚刚安定下来不久，他就重蹈了父亲的覆辙，年仅四十八岁就因酗酒过度而早逝。

欧·亨利的作家生涯虽然短暂，却丰富而厚重，他以旺盛的精力创作了近三百篇短篇小说，分别收录在十四个短篇小说集中，被誉为多产作家。早年的生活经历为他积累了丰富的写作素材，让他笔下的人生充满无数种可能性。他故事的主角有警察，有医生，有杀人不眨眼的火车大盗，有背负着隐秘过去的银行职员，有一心想要嫁入上流社会的店员姑娘，有执着地为一锅牛肉汤寻找第三样配料的穷苦大婶，有在两点一线的平凡生活中进行冒险游戏的普通男人，也有忙碌到丧失自我的股票交易员。而在他脍炙人口的名篇《最后一片叶子》中，那位让人落泪的意大利老画家的经历，或许就是他为自己壮志未酬的画家梦写下的最美结局。

欧·亨利的笔锋犀利诙谐，作品包罗万象，又饱含温情。他对富有和贫穷一视同仁，挥金如土的空虚与捉襟见肘的窘迫在感情面前同样平等。在他笔下，那位用金钱帮助儿子得到爱情的富翁，虽然行事粗鲁，却对家人充满了真挚情感（《财神与爱神》）；猎杀美洲狮的异域公主，豪爽个性的背后也有着脉脉柔情（《公主与美洲狮》）；在人来人往的繁华大都会，他的目光越过歌舞升平与纸醉金迷，聚焦到巷子深处，寥寥数笔道尽一对穷苦"小傻瓜"的家长里短（《麦琪的礼物》）。他笔下的故事无论是发生在粗犷狂野的美国西部，还是在灯红酒绿的美国东部，总有人心的温度闪烁着点点辉光。而正是这情感，在全世界读者的心中激起层层消散不去的涟漪。在日复一日的平凡生活中，有人看到遍地黄金，有人看到了满目瓦砾；而欧·亨利却透过这些浮华或尘土，看到了埋藏在生活之中的柔软绿叶，并以欢笑和泪水为之灌溉。

欧·亨利的小说最与众不同之处就是故事结尾出人意料，令人每每读到最后，都会为意料之外情理之中的反转而拍案叫绝。因此，"欧·亨利式结尾"享誉世界。寻找爱人的年轻男子，在出租屋中感受到了爱人的气息，询问房主却依然查无此人，绝望之下选择了自杀，而在故事的结尾读者才在房东的话中了解到残酷的真相：年轻男子所苦苦寻觅的爱人，居然是在同一个房间以同样的方式结束了自己的生命，正是"欧·亨利式结尾"的艺术效果深刻表达了这样生死相许的爱情悲剧，带给人强烈的情感冲击（《带家具出租的房间》）。这种独特的艺术风格也对后世产生了极大的影响，在现当代的影视和文学作品中常常能见到此类反转手法的运用，因为剧情的发展难以预料而大受人们欢迎，这不得不感谢神反转之王——欧·亨利为后世所提供的蓝本。

本书精选了欧·亨利以不同背景创作的二十八篇作品——所有著名代表作品均已包含其中，并特别收录了他一生中最后一篇尚未完成的小说《梦》。在这些作品中，欧·亨利以风趣犀利的语言解构了生存的种种窘迫，用峰回路转的结尾为人生扩展出无数的可能性。正如他在小说《麦琪的礼物》中所言：人世间所谓的生活是由哭泣、抽噎、破涕为笑组合而成的。而他的文章如同冬夜里一盏小小的烛火，让你在想要落泪的时候，绽开一个"泛着泪光的微笑"。

目录

悲喜世界
THE TRAGICOMEDY

002 麦琪的礼物 / 010 最后一片叶子 / 019 带家具出租的房间
028 爱的牺牲 / 036 心与手 / 040 二十年后 / 045 感恩节的先生们

镀金时代
THE GILDING AGE

054 忙碌经纪人的罗曼史 / 059 财神与爱神 / 069 擦亮的灯
086 催眠大师杰夫·彼得斯 / 095 婚姻学精算 / 104 提线木偶

都市万象
THE BIG CITY

122 警察与赞美诗 / 131 汽车等待时 / 138 钟摆
145 托宾的手相 / 156 第三样配料 / 174 绿色之门

小城轶事
TOWN STORIES

186 女巫的面包 / 192 红酋长的赎金 / 206 黑杰克山的交易者

224 重新做人 / 234 命运之路

西部之心
HEART OF THE WEST

264 公主与美洲狮 / 273 托尼娅的红玫瑰

285 我们选择的道路 / 291 刎颈之交

附录：梦

悲喜世界
THE TRAGICOMEDY

麦琪的礼物

一块八毛七。就这么多。其中还有六毛是一分的硬币。都是一个两个攒下来的，在杂货铺摊主那儿，在卖菜小贩那儿，在屠宰户那儿软磨硬泡，直到他们涨红了双颊，对这抠门至极的买卖流露出无声的愤懑。黛拉足足数了三遍，一块八毛七分钱。而明天就是圣诞节了。

显然，这时一个人能做的也只剩下扑倒在简陋的小沙发上号哭一场了吧。黛拉就这么做了。这场景恰恰反映出，人世间所谓的生活是由大哭、抽泣、破涕为笑组合而成的，而在这之中抽泣占据了绝大部分。

随着这位女主人的情绪渐渐从第一阶段平息至第二阶段，咱们来瞧一瞧这个小家庭吧。租金八块钱一周的带家具公寓。虽说这间屋子也不是完全没法用笔墨形容，但谁要是住在这里，可真得提防那些专抓乞丐的警察找上门来。楼下门廊里有个信箱，不过没一封信会进来，还有个电铃，只有鬼才能按得响。电铃上挂了块牌子，上头写着"詹姆斯·狄灵汉·杨先生"。

这个"狄灵汉"是名字的主人在以前春风得意中一时兴起

加上的一笔，那时候他拿着一周三十元的收入。现在，挣回来的钱缩水到了二十元，"狄灵汉"这几个字也显得模糊不清，就像它们正琢磨着缩短成一个"狄"字算了。不过呢，无论什么时候詹姆斯·狄灵汉·杨先生下了班，回到楼上自家公寓里，都会听到一声"吉姆"，并得到一个热烈的拥抱——当然是来自詹姆斯·狄灵汉·杨太太，也就是刚向大家介绍过的黛拉了。他俩的感情真好啊！

黛拉哭罢，仔细地给两颊补上粉。她站在窗边，心情灰黯地看着一只灰色的猫走在灰色后院里的灰色篱笆上。明天就是圣诞节了，可她手头上能用来给吉姆买礼物的钱，仅有一块八毛七。这还是她花了好几个月辛辛苦苦省下来的。一周二十元的家用维持不了多久，开销总是远超预算，每天如此。区区一块八毛七，还想给吉姆买礼物。那可是她的吉姆啊。她花了那么多时间盘算着要送他什么好东西，就想找到个好看的、稀罕的、精美的礼物——一件稍稍能配得上吉姆的礼物。

房间的两扇窗之间嵌着一面壁镜。也许你见过这种一周八块租金公寓里的壁镜吧，照这种镜子，需要身材相当纤瘦且身段灵活，通过一连串狭长的影像大概拼凑出自己的样子来。黛拉身材修长，精于此道。

她倏地离开窗子，站定在壁镜前，双眼熠熠闪耀，但只持续了不到二十秒，脸上便失去了血色。她将自己盘好的头发一把解开，让它完全垂下至原本的长度。

詹姆斯·狄灵汉·杨家有两样令他们特别为之骄傲的东西。其中一样是吉姆的金表，由他祖父传给他父亲，再传到他手上。

另一样就是黛拉的头发。假使示巴女王①住在通风天井对面的另一间公寓里，只要某天黛拉将头发披散在窗外晾晒，就能将女王陛下的珠宝都比得黯然失色。若是由所罗门王②来做公寓的看门人，就算他将金银财宝堆满底层，吉姆每次经过时肯定会摸出自己的金表，好看看国王一脸嫉妒地拽着胡子。

黛拉美丽的秀发垂在身侧，波浪起伏，光泽动人，就像棕色的瀑布一般。长发垂过了膝盖，仿佛就是她的衣裳。接着，黛拉又紧张而迅速地把头发重新盘好。有那么一分钟，她的身子微微颤抖，但很快便站直了身体，一两滴眼泪溅到了残破的红色地毯上。

她穿上棕色旧外套，戴上棕色旧软帽，一转身，裙摆飞扬，眼中仍闪烁着泪光点点。她快步走出门外，迈下台阶，来到大街上。

在一块门店招牌前，她停下了脚步，牌子上头写着"莎弗朗妮夫人沙龙——专营各种毛发货品"。黛拉噔噔噔跑上台阶，轻轻喘着气，努力想镇定下来。她面前的这位女士体型肥硕，面色苍白，眼神冷漠，看起来可一点也不像叫"莎弗朗妮"③的人。

"您要不要买我的头发？"黛拉问。

---

①示巴女王，又称席巴女王，是公元前非洲东部示巴王国的女王。她在非洲势力最强的时候，疆域涵盖东部非洲以及现今的沙特阿拉伯南部地区和也门，是当时的人间巨富。
②所罗门王，犹太民族历史上最伟大的君王，耶路撒冷第一圣殿的建造者，拥有超人的智慧、大量的财富和无上的权力。
③莎弗朗妮，意大利诗人塔索（1544-1595）以第一次十字军东征为题材的史诗《被解放的耶路撒冷》中的人物，她为了拯救耶路撒冷全城的基督徒，承认了并未犯过的罪行，成为舍己救人的典型。

"头发我倒是买，"夫人说，"把帽子摘了，先让我看看怎么样吧。"

棕色的瀑布喷涌而下。

"二十块。"夫人一边说着，一边老练地掂量着这一大团头发。

"我现在就要钱。"黛拉说。

噢，接下来的两个小时就像长了玫瑰色翅膀快乐地飞走了。这比喻不怎么恰当，但无需在意。为了给吉姆找礼物，黛拉在两个小时里可说是"洗劫"了好几家店铺。

终于找到了！它简直是为吉姆量身打造的，这可是除他之外任何人都用不了的好东西。她几乎把所有店铺都翻了个底朝天，再没有第二家店有售呢。这是一条铂金表链，设计简单朴素，没有华而不实的装饰，材质本身恰到好处地彰显出它的价值——真正的好物件就该这样。即使配上吉姆的金表，它也不会失色。黛拉第一眼看到时，就认定了它应该属于吉姆。他们俩一样，沉静而宝贵——表链和人都可以被这样恰如其分的描述。店家跟她开价二十一块，她揣着余下的八毛七飞奔回家。配上这条链子后，吉姆就能在任何人面前体面地掏出金表来看时间。要知道就算表是那么金贵，而表链却是一条旧皮绳，吉姆有时想看看时间，也只能间或偷瞥上一眼。

回到家，黛拉才从陶醉中清醒了一点，一丝忧虑和理智袭上心头。她拿出卷发钳，点燃煤气，开始拯救那一头为爱慷慨奉献后残留的废墟。这可是一项宏大的工程，亲爱的朋友们——简直堪称艰巨。

四十分钟后，她顶着满头浓密的小卷毛，活像个逃学的坏小子。她站在镜子前面盯着自己的模样，久久地，认真地审视着。

"要是吉姆没杀了我，"她自言自语道，"没在看我第二眼之前……他肯定会说我活脱脱就是科尼岛合唱队的卖唱姑娘。可我又能怎么办啊——唉，我拿着一块八毛七还能干嘛呢！"

七点钟，煮好咖啡，煎锅也已经在炉火上加热，就等着煎肉了。

吉姆从不晚归。黛拉把表链折了又折攥在手心里，坐在门边的小桌旁等着吉姆推门进来。不一会儿，她听到楼下传来吉姆的脚步声，脸色瞬间变白了。她有个习惯，对于平日里最寻常的琐事，也总要默默祈祷一番。正如此刻，她在轻声低喃着："主啊，求求您，让我在他眼里仍然漂亮吧！"

门开了，吉姆走进来，回手关上门。他身形瘦削，表情严肃。可怜的家伙，他也只有二十二岁，年纪轻轻就要扛起养家的重担。他亟需一件新外套，还应该添一双手套。

吉姆背对着门，定定地站在那儿，像一只闻到了鹌鹑气味的猎犬。他的目光紧紧盯住黛拉，眼里满是她读不懂的神情，让她心生惧怕。那里面没有气愤、惊讶，也没有不满、恐惧，那不是她鼓足勇气准备好面对的任何一种情绪。吉姆只是站在那儿，盯着她，满脸只有那种奇特的表情。

黛拉轻盈地从桌边起身，蹭到他跟前。

"吉姆！亲爱的，"她拔高了声调，"别这么看着我呀。我把头发剪掉卖了，要是不送你一样礼物，我实在没法过这个圣诞节！头发还能再长回来的，你不会介意吧，对不对？我实在是没办法呀。其实我头发长得特别快呢。快跟我说'圣诞快乐'吧，吉姆！开心点儿。你都不知道我给你准备的礼物有多棒——太漂亮、太精致了！"

"你、把、头、发、剪、掉、了？"吉姆一字一句艰难地问道，似乎即便绞尽了脑汁也无法完全消化这个明摆着的事实。

"剪掉了，卖了，"黛拉说，"难道你不是无论如何都会一样爱我吗？就算剪了头发，我还是那个我呀，不是吗？"

吉姆古怪地扫视了一圈屋子。

"你是说你的头发没了？"他问着，表情有些呆滞。

"不用找了，"黛拉说，"已经卖掉了。我说过了，卖了，没了。老天，这可是圣诞前夜，别对我那么严肃好吗？那可是为了你呀！也许我的头发可以数得清有多少，"说着说着，她忽然改用了甜甜的声调说，"可永远没人能说得清我对你的爱有多深。那我开始做菜了，吉姆？"

吉姆仿佛一下子从恍惚中醒来。他呼啦一把将黛拉紧紧拥入怀里。现在请大家别过脸专心往另外一个方向看，看什么都行，十秒钟左右吧。房租一周八块还是一年一百万，有区别吗？也许此时只有数学家或者自作聪明的人才会答错。麦琪①带来了无价的礼物，但他们也没有答案。这句话说得有些莫名其妙，我们稍后再交待明白。

---

①麦琪，又称东方三贤人、东方三博士、东方三智者等等，名字分别为梅尔基奥尔、加斯帕和巴尔撒泽，被认为是圣诞礼物的发明人。基督初生时他们从东方来耶路撒冷给他送礼物，分别送了黄金（代表基督的权威）、乳香（象征基督纯洁的品质）和没药（象征基督即将受到的苦难）。

吉姆从大衣口袋里掏出一个包裹，随手放在小桌上。

"黛儿，"他说，"别误会，我觉得任何东西——不论是发型、修面、洗发之类的都没法让我少爱我家姑娘一丁点儿。不过要是你拆开那个包裹，就能明白为什么刚一进门那会儿我会发懵。"

黛拉纤细白皙的手指灵巧地拆开了包装的绳子和纸。几秒钟后，一声充满狂喜的惊叫陡然响起！接踵而来的是只有女人才能瞬间爆发出的号啕大哭、泪流满面，非得这位男主人使出浑身解数才能安抚不可。

静静躺在盒子里的是一套梳子——一整套的，有梳理两鬓用的和背梳。这就是黛拉曾在百老汇的一个橱窗前久久驻足、向往流连的那一套。精美的梳齿，纯玳瑁的，边缘还镶嵌着珠宝——与那头已然消失了的秀发再般配不过。她知道，这套梳子十分昂贵，对它们，自己的心之前只是单纯的渴望，即便一丝一毫拥有的奢求都不曾有过。而现在，它们属于她了，当她终于可以用这件梦寐以求的礼物梳妆打扮时，却已经失去了那头美丽的长发。

但她还是将梳子紧紧抱在胸前。许久，才抬起泪眼蒙眬的小脸，努力微笑着说："我的头发长得可快了，吉姆！"

接着，黛拉像被烧着了尾巴的小猫似地跳起来，大喊着："噢！噢！"

吉姆还没看到他漂亮的礼物呢。她摊开一直紧紧攥着的手掌，急切地将表链送到他面前。在她明亮而火热的激情映照下，哑色的贵金属闪耀着光芒。

"简直太华丽了是吧，吉姆？我把整座城翻了个遍才找到它的。现在，你每天得看一百次时间才行啦。把表给我，让我看看把它挂上去会是什么样。"

吉姆并没有照她说的做，而是一屁股跌坐在沙发里，双手放在脑后，脸上绽开了一个微笑。

"黛儿，"他说，"我们暂时先把圣诞礼物收起来吧。它们都很棒，但还不急着用。我把表卖了，用卖表的钱给你买了梳子。好了，现在你可以去做菜了。"

我们知道，麦琪是三位智慧贤人——他们给那位马槽中降世的婴孩带来了礼物，他们发明了送圣诞礼物这档事儿。作为智者，他们的礼物无疑很明智，说不定经过复制量产之后还能流通交易。在这儿，我给大家讲了一个平凡的小故事，主人公是两个蜗居在小公寓里的傻孩子，特别不明智地为彼此牺牲掉了家里最宝贵的财产。可我最后要对现今的聪明人说，在所有送礼物的人之中，这两位是最为聪明的。在所有交换礼物的人之中，他们也是最聪明的。无论在何处，他们都是最聪明的。他们俩就是麦琪。

最后一片叶子

华盛顿广场的西边有个小街区，那里的街道简直像疯了一样，横七竖八，纵横交错，它们把自己分割成一条条"小巷"，这些"小巷"有着各种各样奇怪的角度和弯道，它们当中有的甚至还能跟自己本身交叉不止一次。有位画家还设想这条街上可能发生这样的稀罕事：假设一个收账的人，来到了这里催颜料、画纸和帆布的钱，他会突然发现自己总是回到原地，一个子儿都没有收回来！

很快，就有许多画画的人冲着那些朝北的窗子、十八世纪的三角墙、荷兰式阁楼，以及低廉的租金，找到了这个古香古色的老格林尼治村。他们从第六大道带来了白蜡杯子和几口烘锅，就此形成了一处"艺术区"。

在一座低矮的三层砖房楼里的阁楼，苏和琼西拥有了一间工作室。"琼西"是乔安娜的昵称。她俩一个来自缅因，一个来自加利福尼亚。两人在八号街"德尔莫尼科"餐厅的餐桌上相遇，聊天中发现彼此无论对艺术，还是在对莴苣沙拉和灯笼袖的品味上都是那么相投，于是一拍即合，共同开设了这间工作室。

那是五月里的事情了。这年十一月，一位冷酷的不速之客侵入了这里，医生们管它叫"肺炎"。它在这一地区潜行蔓延，冰凉的手指触摸着一个又一个生命。在东边，这位破坏者肆虐横行，大批受害者染病倒下。幸而在这块街巷逼仄，苔藓丛生的迷宫中，它总算放缓了践踏的脚步。

肺炎先生可绝不是什么有骑士精神的老绅士。一个身板单薄、被加利福尼亚的西风吹得几乎没有血色的弱女子，怎么敢得过这个摩拳擦掌、气势汹汹的老混蛋！但它还是狠狠地袭击了琼西。她倒下了，几乎一动都不能动，躺在一张刷漆的铁床上，只能透过小小的荷兰窗玻璃，凝望着隔壁砖房那堵单调的侧墙。

一天早上，忙碌的医生扬起他那灰白色的杂乱粗眉，示意苏跟他到走廊里去。

"这么说吧，她活下来的几率只有一成。"医生边说边把体温计里的水银柱甩下去，"而且这还得看她的求生意志。现如今好些人宁愿到殡仪馆去排队也不想活下去，这情形让整个医疗业就像个笑话。你的这位小姐妹已经断定自己不能康复了。她还有什么心愿吗？"

"她——她想有一天能去那不勒斯湾写生。"苏说。

"画画？瞎扯！她脑子里就没有值得考虑的东西了吗——比如男人？"

"男人？"苏吓了一跳，喉咙里发出奇怪的声音，"难道男人值得——不，医生，没有这样的东西。"

"唉，那这就是很不利了。"医生说，"我会尽一个医生的所能，目前看来我的努力还是能起一点作用的。可一旦病人开始算能来多少辆马车给她送葬，药物的作用就得扣除一半。但如果你能让她打听起今年冬季时髦的斗篷袖，我就有五成把握能救她——明白吗？是五成，不是一成！"

医生离开后，苏跑进工作室，哭湿了一条日本餐巾。然后，她夹着画板大摇大摆地晃进了琼西的房间，一边还吹着调子滑稽的口哨。

琼西躺在那儿，脸朝着窗户，被单下几乎不见波动。口哨声戛然而止，苏想琼西是睡着了。

她摆好画板，开始用钢笔为杂志画故事插图。年轻画手们为了在艺术上求得前途，不得不先为杂志画许多故事插图。而杂志上那些故事，则是年轻作者们为了寻求文学上的发展而创作的。

苏的笔刷刷地勾勒着，一条讲究的马裤，一副单片眼镜，一位主人公的形象跃然纸上——她画的是一名爱达荷牛仔。这时，她听见一个低低的声音翻来覆去在念着什么，一下子奔到床边。

琼西的双眼睁得大大的，凝视着窗外，数着数——是倒着数。

"十二，"她数道，停了一会儿，"十一。"接着是"十"，然后"九"，"八"和"七"又几乎是同时出来的。

她寂寞地望着窗外。有什么可数的？外头只有一个荒芜凄凉的院子，二十英尺外就是隔壁楼那堵沉闷的侧墙。一株很老很老的常春藤，盘根错节，近乎枯萎，爬满了半堵墙。深秋凛冽的寒风将藤上的叶子吹得七零八落，只剩下光秃秃的藤蔓绝望地趴在斑驳的墙砖上。

"怎么了，亲爱的？"苏轻声问道。

"六，"琼西数着，轻如耳语，"它们掉得越来越快了。三天前还有近百片呢，我数得头都疼了。可现在轻松了。又掉了一片。只剩五片了。"

"五片什么，亲爱的？告诉你的苏迪嘛。"

"叶子。常春藤上的叶子。最后一片叶子掉落的时候，我也该一块儿走了。我三天前就知道了。医生没跟你说吗？"

"哎呀，我可没听过这些胡说八道。"苏埋怨道，满口不以为然，"这棵老藤跟你的康复有什么相干？你以前不是还特别喜爱它吗？别犯傻啦，淘气丫头！今早医生跟我说了，你马上就能好起来，康复的可能性是——让我想想他具体是怎么说的来着——他说，有百分之一千的把握！那可不亚于咱俩在纽约乘电车或者路过一幢新大楼的几率！来，喝点儿肉汤，然后苏迪我继续画插画，卖给那个男编辑，赚了钱给苏迪的病娃娃买瓶波特酒，然后再给我这只馋猫弄些上好的排骨。"

"不用买什么酒了，"琼西的目光牢牢盯着窗外说，"又掉了一片。我不要肉汤。只剩下四片叶子了。我想天黑前看着最后一片叶子掉下去。然后我就跟着一块儿走了。"

"琼西，亲爱的，"苏弯腰看着她，"答应我，闭上眼睛，在我画完之前不要看窗外好吗？我明天必须交画稿。要不是我需要光线，就把遮帘拉下来了。"

"你就不能到隔壁屋去画吗？"琼西冷冰冰地问。

"我想在这儿陪着你，"苏答道，"而且我也真不想让你老看着那几片蠢叶子。"

"你画完告诉我，"琼西说着闭上了眼睛，仿佛一尊倒下的雕像，苍白而安静，"我还要看最后一片叶子凋落。我等得太累了，想得太累了。我想要放手，抛下一切，坠落，一直坠落，就像那些可怜又疲惫的叶子一样。"

"睡会儿吧，"苏说，"我得去把贝尔曼喊上来，请他给我当个隐居老矿工的模特。就一分来钟，我回来之前你不许动啊。"

老贝尔曼也是一位画家，就住在她俩这栋楼的底楼。他已经六十好几了，那一把大胡子跟米开朗基罗的摩西雕像一般，长在一颗像是半人半羊的森林之神萨堤尔①的脑袋上，底下还有个小魔怪般的身子。贝尔曼的艺术事业很失败。他画了四十多年，却连心上人的裙边儿都没挨着过。他总说自己马上就要创作出一幅杰作，却从未真正动笔。好几年来，除了偶尔在宣传单、广告页上头涂涂抹抹之外，他什么正经作品也没有画出来。他收入微薄，靠着给艺术区的年轻画家们当模特赚几个子儿——这些画家当然没钱请专业模特。他酗酒，金酒是他的命根子，嘴里整天叨念着那幅即将面世的杰作。此外，他还是个脾气暴躁的小老头，嘲讽起别人的软弱来毫不留情。他自诩为楼上工作室两位年轻画家的忠实卫士，时刻准备着出手保护姑

---

①萨堤尔，希腊神话中最低级的森林之神，形象为半人半羊。

娘们。

苏在楼下那个昏暗的蜗居里找到了浑身散发着金酒味儿的贝尔曼。房中一处角落里的画架上，绷着一块空白的帆布，等着他落下那幅杰作的第一笔，一等就是二十五年。苏跟贝尔曼说了琼西的胡思乱想，她说自己害怕，怕就像那片叶子般枯槁而脆弱的琼西真的就这么飘走，随着她对这个世界的留恋越来越弱，生命也渐行渐远。

老贝尔曼气得双眼通红，含着泪大声嘲笑这愚蠢的幻想。

"开什么玩笑！"他大喊，"这世上怎么会有人蠢到因为叶子从那该死的藤上掉下来就不活了呀？我从没听说过这种荒唐事！不行，我不能去给你做什么蠢隐士的模特！你怎么能让这种愚蠢的想法进了她的脑子？哎哟，我可怜的小琼西！"

"她病得特别厉害，特别虚弱。"苏不服气地辩解，"烧糊涂了，满脑子胡思乱想。好吧，贝尔曼先生，你不想给我当模特就拉倒，可是我还是要说，你真是个特别讨厌的老——老啰唆鬼！"

"你怎么这么婆婆妈妈！"贝尔曼吼道，"谁说我不干了？走，我跟你去啊。半小时前我就答应给你当那个模特了！老天！这可不是个能让琼西姑娘好好养病的地方。总有一天我会画出那幅杰作，然后我们一起搬走！老天！一起搬走！"

两人来到楼上时，琼西已经睡着了。苏把遮帘拉下，示意贝尔曼跟她去隔壁房间。他俩坐在屋里，忧心忡忡地瞥向窗外的常春藤，大眼瞪小眼，相对无言了好一会儿。窗外下起了雨，细密冰冷，夹杂着雪片。贝尔曼穿着他那件蓝色的旧衬衫，坐在倒扣过来充当岩石的水壶上，扮演起那个隐居的老矿工。

第二天早晨，苏只睡了一小时就醒了，发现琼西无神的双眼瞪着拉下来的绿色遮帘。

"拉上去。我要看看。"她气若游丝地命令道。

苏无奈地照做了。

可是，看哪！经历了冰雨的冲刷、寒风的摧残，熬过了一辈子那么漫长的一夜后，竟然还有一片常春藤叶贴在墙上。那是藤蔓上的最后一片叶子。叶柄附近依然深绿，锯齿状的边缘已经枯黄。它傲然挂在藤条上，在离地面二十英尺的半空中坚守。

"这就是最后一片叶子，"琼西说，"我以为它昨晚一定会掉的。我听到了风声。它今天肯定会掉，我也会跟它一块儿走。"

"亲爱的，亲爱的！"苏憔悴的脸都快贴上了枕头，"你不为自己着想，也为我想想啊！你走了，我要怎么办？"

可琼西没有回应。这个世界上最寂寞的，莫过于一个已经准备踏上神秘而遥远的旅程的灵魂。这种信念一天比一天更坚定地占据了她的心灵，而她与友情、与世界的那些纽带则一根一根松开了。

时间一分一秒地流逝，即便在暮色中，她们仍然能够看见那片孤零零的常春藤叶依旧紧紧依附着墙上的藤蔓。夜幕降临，北风又如脱缰野马般肆虐起来，大雨又敲打起窗户，雨水沿着低矮的荷兰式屋檐哗哗地流。

天刚亮，琼西便残忍地命令苏升起遮帘。

那片叶子还在那儿。

琼西躺在床上，久久地凝视着它。她开口把在炉灶旁搅拌鸡肉汤的苏唤了过来。

"我真是个坏姑娘，苏迪，"琼西说，"一定有什么力量让最后那片叶子坚守在那里，为了让我看看自己有多犯浑。想死是一种罪过啊。你给我盛点儿肉汤来吧，牛奶里要加点波特酒，还有——不不，先给我面镜子，再给我加几个枕头，我想坐起来看你煮汤。"

一小时后，她开口道："苏迪，我想找一天去那不勒斯湾写生。"

当天下午，医生过来了。苏找了个借口，跟着医生溜到走廊里。

"有一半指望了，"医生紧握住苏颤抖着的瘦弱双手说，"好好看护，你会赢的。现在，我要去看看楼下那位患者了。他叫贝尔曼，应该也是位画家吧。他年纪大了，身体虚弱，病得太重，看来没希望了，但今天还是送他去住院，让他舒服一些。"

第二天，医生告诉苏："她脱离危险了，你赢了！现在就只需要补充营养和悉心照料了。"

这天下午，苏来到琼西床边，琼西靠在那儿，安详地编织着一条蓝得耀眼却毫无用处的羊毛披肩。她伸出胳膊，连人带枕头一把抱住琼西。

"我有件事要告诉你，小白鼠。"她说道，"贝尔曼先生因为肺炎今天在医院去世了。他只病了两天。第一天早上，看门人发现他倒在楼下的房间里，疼得没办法。他的鞋子衣服都湿透了，被冻得像冰一样。他们想不出在那样一个可怕的夜晚，他究竟出门去了哪里。后来，他们找到了一盏还亮着的油灯，一把被挪动过的梯子，散落在地上的画笔，还有混着绿色和黄色颜料的调色板，而且——你看看窗外吧，亲爱的，看看墙上那最后一片常春藤叶子。你不是奇怪风那么大，它怎么能不飘动也不掉落吗？唉，亲爱的，那就是贝尔曼的杰作——他在最后一片叶子掉落的那个晚上，把它画在了墙上。"

带家具出租的房间

躁动不安，来去匆匆，如时光一般飘忽不定——这正是下西区这片红砖街区里的居民写照。说他们无家可归吧，他们却有上百个住处。他们在无数带家具的房间之间搬来搬去，不管在落脚处上还是精神上，都是些匆匆过客。他们用拉格泰姆[1]爵士乐调子唱着《甜蜜的家》，把传家宝打包装进纸箱里拎着走，用葡萄藤缠在宽边帽沿上作为装饰，将无花果树做成假盆景。[2]

这个街区有成千上万的住客，自然也应该有成千上万的故事可以讲述——尽管其中大部分都没什么意思。不过要说在这么多飘泊过客里头还找不出一两个鬼魂，那才奇怪呢。

一天入夜时分，一位青年男子穿梭在林立的红色楼房间，拉响一栋又一栋的门铃。一直来到第十二栋楼的门口，他把空荡荡的行李包放在台阶上，摘下帽子，擦了擦帽沿和前额上的

---

[1]拉格泰姆，也叫做繁音拍子，早期爵士乐的一种，盛行于19世纪末20世纪初的美国。
[2]葡萄藤、无花果是安定家庭的象征。《旧约·列王记上》中有句子："撒罗满一生岁月中，从丹到贝尔舍巴的犹大和以色列人，都各安居在自己的葡萄树和无花果树下。"

尘土。微弱的门铃声在遥远而空洞的深处响起。

这是他拉响的第十二个门铃。不一会儿，房东大妈出现在门口，她的体态让他联想到一条圆滚滚的饱食终日的大肉虫，刚刚把一颗大果子吃干抹净，正要找下一名房客来填肚子。

青年开口问是否有空房出租。

"进来吧。"房东说，她喉头里发出的声音似乎被舌苔堵住了似的，"我这三楼后头有间屋子空了快一星期了，看一眼？"

青年跟着她上了楼。不知何处透进来一丝微光，削弱了走廊里的阴暗。两人不言不语地走在铺着地毯的楼梯上，那地毯已经残破得不成样子，恐怕连它自己都觉得愧对地毯这个名称。细看之下，它俨然变成了一大片植被，在这飘着恶臭阴暗的空气中腐朽，生出了浓密的青苔，蔓延的苔藓一丛丛生长在楼梯上，踩上去感觉像是潮湿黏稠的有机物。楼梯每个拐角的墙上都有空着的壁龛，说不定里头曾经摆放着植物——就算真是如此，那些植物也一定在这污浊腐朽的空气里了吧。又说不定或许里头供奉过神像，不过不难想象，小鬼恶魔们肯定早就将其拖入黑暗之中，拖到底下某个带家具的不洁深渊去了。

"就是这儿，"房东开口说，嗓子眼儿依旧跟被堵住了似的，"这房间特别好，难得空出来。去年夏天住在这儿的可都是些高层次的人——从不惹麻烦，房租也总是一分不差提前付清。走廊尽头有自来水。过去三个月住在这里的是斯普劳斯和穆尼，他俩是表演歌舞杂耍的。哎，就是布列塔·斯普劳斯小姐啊——你应该也听说过吧——当然，那也就是个艺名——梳妆台上头还挂着她的结婚证呢，还装在相框里。煤气灶在这儿，你看，储藏空间也很大啊。这间屋子很受欢迎，空不了多久就会被租出去。"

"您这儿的房客很多都是戏剧界人士吗？"年轻人问。

"他们可都是去了又来、来了又去，对，我大部分房客都跟戏剧圈有关系。先生，这儿可是剧院区，演员什么的从来不在一个地方待久了，我这儿也是他们待过的地方之一。是啊，他们是去了又来来了又去啊。"

青年租下了这间房，提出先付一周的租金。他说自己很累了，希望立即入住，点好钱就交给了房东。房东说房间里一应俱全，连毛巾和水都是现成的。房东准备离开的时候，他终于问出了那个已经问过一千次并且早就挂在舌尖上的问题。

"您记不记得这么个人——名叫瓦什娜——爱洛伊斯·瓦什娜小姐——有这样一位年轻女孩租过您的房间吗？没猜错的话，她应该在大舞台唱歌，皮肤白皙，中等个头，身材纤瘦，一头发红的金发，左边眉毛附近有颗黑痣。"

"没有。我不记得这个名字。那些演员换名字就跟换房间似的，去了又来、来了又去。嗯，我对这名字的确没印象。"

没有。又是没有。永远都是没有。他花了整整五个月马不停蹄地追寻打听，终究还是无可避免地得到了这个无可避免的否定回答。白天花上那么多时间去询问经纪人、中介、学校和合唱队，夜里还要向从各种戏院出来的观众们打听。不管是群星闪耀的音乐会还是鲜为人知的草台班子他都打听过了，有些档次低到他甚至害怕在那里找到她。他，世上最爱她的人，一直都在寻找着她。他确信，她离家之后，一定是受到了这个水边大城市的诱惑，流落在某处。这座城市好似一片巨大的流沙滩，沙砾不断地流动，无根无基，今天还在上层的沙砾，明天就被掩埋在了底部。

这个所谓家具齐全的房间以虚假的热情迎来了它头一回见面的新房客。它已经人老珠黄，像个欢场女子似的皮笑肉不笑，敷衍地摆出个欢迎架势。那些破败的家具让所谓"舒适"的环境变成了睁眼说瞎话：长沙发和两张扶手椅上的锦缎已经残破不堪，两扇窗户之间只有一块尺把宽的廉价穿衣镜；墙角挂着几个金粉斑驳的画框，画框下有一张黄铜床架。

这位房客跟个木头人一样仰面倒在椅子上，任由这间巴别塔①上的公寓，向他讲述形形色色的房客的故事。

地上有块色彩纷呈的地毯，像是一座花团锦簇的长方形热带岛屿，被四周污垢边缘所构成的汹涌海浪围困当中。鲜艳的壁纸上挂着的那些画作——《胡格诺恋人》、《第一次争吵》、《婚礼的早餐》、《泉边的赛姬》，几乎在每个漂泊住客住过的出租房里都能看到。庄重刻板的壁炉台羞于见人地躲在一堆破烂帷帐后头，布帘千疮百孔，可以拿去充当垂在腰间遮羞的布条跳土风舞了。台子上头摆着些零零碎碎——几个没用的花瓶、女演员的画像、一个药瓶、几张扑克牌，都是过往居住于此的漂流客们出发前往下一站寻求好运前留下的。

①巴别塔，也称通天塔，《圣经·旧约·创世记》第十一章宣称，当时人类联合起来兴建希望能通往天堂的高塔；为了阻止人类的计划，上帝让人类说不同的语言，使人类相互之间不能沟通，计划因此失败，人类自此各散东西。此故事试图为世上出现不同语言和种族提供解释。

房间里的各种密码线索一一显现出来，那些前任房客留下的细小线索也被一个个放大，变得清晰了起来。梳妆台前的地毯上，有一块磨损得格外严重的地方，意味着漂亮的女人们曾在这儿来来去去。墙上小小的手印讲述着被困于此的孩子们渴望阳光和空气的故事。另一摊炸弹爆裂般四溅开来的污渍则一定是盛装着液体的玻璃器皿被砸在墙上造成的。穿衣镜上，有人用金刚石刻下了硕大的"玛丽"二字。也许是终于被这里过分刺眼的冰冷弄得忍无可忍，租客们都在最后时刻怒火喷发。放眼望去，几乎每件家具都缺胳膊断腿，伤痕累累。沙发里的弹簧已经戳出了表面；变了形的座位好似一只受尽折磨、在扭曲痉挛中被宰杀的妖怪。大理石材质的壁炉台上有一条很大的裂痕，肯定是因为受到了某种强烈的撞击。地上每一块木板翘得姿态各异，一踩上去便吟响唱起曲调各异的嘎吱声来，哀鸣中述说着各自不幸的遭遇。不得不说，那些曾经把这里称作"家"的人们，竟然能够对着这儿发泄自己潮水般的恶意，毫不怜惜地肆意破坏，真是让人难以置信。可让他们怒火燃烧的，也许正是因为他们对家的眷恋植根于心底，却得不到满足，是出于对冒牌守护神的愤恨。如果真是自己的家，即便是草窝茅舍也好，我们都会收拾整洁、精心装饰、悉心维护。

　　年轻的房客倒在扶手椅中，任由这些思绪在头脑中轻舞飞扬。从别的房间飘进来各种声响和气味，萦绕在他身边不去。他听见有间房里传来阵阵放荡的吃吃低笑；另外几间房里有人在独自谩骂，有人在摇色子，有人在哼唱摇篮曲，还有人在低声哭泣；楼上有人把班卓琴弹奏得奔放激昂。不知何处的门"砰"的一声关上了；高架铁路上有火车间或呼啸而过；后面的篱笆墙上有只猫叫得凄凉。他的呼吸中全都是这个房间的味道——准确地说应该是潮气——那是一股阴冷的霉味，像是从地下室漫上来的，中间还掺杂着油毡上残油的哈喇味和木制品的腐烂味。

他就这么瘫在那儿，突然，整个房间弥漫着馥郁的木樨草甜香。它似乎是随着一阵风闯进屋子里的，是那么清晰、浓郁而强烈，沁人心脾，似乎就要幻化成活生生的来客。仿佛听到了谁的召唤，年轻人失声大喊："亲爱的，怎么啦？"他从椅子上一跃而起，四下张望。浓烈的香味萦绕在他身边，他伸出手臂想要触摸，一切感官在这一刻都混乱地交织在一起。气味怎么可能对他如此蛮横地呼唤？他肯定是听到了声音。而这个声音，难道不正是那个触动过他心底，抚慰过他心灵的声音吗？

"她住过这个房间！"他大吼一声，一蹦三尺高，脑中灵光乍现，他就知道自己肯定能认出曾属于她的物件或她曾触摸过的物体，无论多么微小都能。这阵围绕身边的木樨草香，她曾经喜爱且专有的这种气味——究竟来自何处？

房间的布置杂乱无章。做工马虎的梳妆台上散落着一打发卡——样式朴素，几乎每个女人们都有，用语法来打比方，就是阴性的，不定式的，不限时态的，没有更多信息可透露。他很快略过了这些发卡，它们显然缺乏个性特征。他把梳妆台抽屉翻了个底儿朝天，找到了小小一方被丢弃的旧手帕。他将脸埋进手帕，一股刺鼻野蛮的洋茉莉味儿扑面而来，冲得他赶紧将它扔到地上。另一个抽屉里有几颗纽扣、一张节目单、一张当铺老板的名片、两粒不小心掉落的果汁软糖，还有一本解梦书。

最后一个抽屉里，有一个黑缎子的蝴蝶结发饰，让他整个人呆了一下，像在冰火之间感受着激动与失望。不过这样的黑色蝴蝶结也是女人们常见的发饰，端庄而平淡，没有线索可循。

接着，他像一条嗅觉灵敏的猎狗般，趴在地上把房间扫了一遍，没放过墙面、拐角任何一处，翻遍了壁炉、餐桌、窗帘、挂画和角落的小酒柜，探查一切看得见的标记，希望能感知她是否曾经出现在这里，在他身边，在他对面，在他所站之处或是头顶上方，恳求他，大声唤着他的名字……他的知觉乱作一团，却似乎能更加强烈地感应到她的呼唤。他再次大声问道："亲爱的，怎么啦？"瞪大眼睛转过身来，却依然什么都看不见——他已经被这木樨草香熏得无法分辨形状、颜色、爱情和张开的双臂了。上帝啊！这香气到底从何而来？从何时起，气味也能召唤人了？他只有不断地摸索。

他在裂缝旮旯里研究探寻，只收获了几个瓶塞和烟头，瞥了一眼便抛下了。在地垫折缝里，他捡到一支只吸了一半的香烟，用鞋跟使劲碾了又碾，嘴里还狠狠咒骂着。他将这间屋子的每个方位都搜了个遍，发现了许多住客留下的各种无趣或不雅的痕迹。可那个他遍寻不着的她，那个很有可能曾在这儿停留的她，那个灵魂仿佛曾在这里徘徊的她，却毫无头绪。

他想起了房东。

他从楼下这间闹鬼似的屋子里出来，跑到一扇透着一线灯光的门前。房东应着敲门声出来了。他竭尽全力想要掩饰自己的激动。

"请告诉我，夫人，"他哀切地恳求着，"我来之前，到底是谁住过那个房间？"

"可以啊，先生，我再说一遍好了。就是斯普劳斯和穆尼嘛，我之前说过的。布列塔·斯普劳斯小姐是演员，后来变成了穆尼太太。我这房子可没什么不光彩的。他俩的结婚证不就挂在墙上吗，还配了镜框，用钉子……"

"斯普劳斯小姐是什么样的人呢——我是说，她长什么样？"

"怎么了？黑头发呀，先生。短发，丰满，脸长得挺有趣的。他俩上周二才走的呢。"

"那在他们之前呢？"

"嗯，那得是那个单身汉了吧，做货运生意的。他走的时候还欠我一周房租呢。在他之前是克劳德太太和她的两个孩子，住了四周；再往前就是老道尔先生，房租还是他的儿子们给付的。他可是住了六个月呢。这都是一年前的事儿啦，先生，再往前我就记不得了。"

年轻人道过谢，步履踉跄地回到房间。房中一片死寂。那阵给它带来勃勃生机的香气早已消散。木樨草香已经不在，取而代之的是破家具陈腐的霉臭，让人仿佛置身于仓库。

随着最后一丝希望的破灭，他的信念也已然耗尽。他坐在那里，盯着那盏昏黄跳跃的煤气灯。过了一会儿，他走向床边，把被单撕成一缕缕，拿到窗户和房门旁边，用小刀把它们紧紧塞进每一处缝隙里。等一切都安排妥当，他关上灯，把煤气开到满档，欣然躺上床。

今晚轮到麦库尔太太做东请喝啤酒了。她拿上啤酒罐，跟珀迪太太一块儿在她们的一个秘密基地里头小坐，那是房东们惯常聚会闲谈八卦的地方。

"就今晚，我把三楼后头那间房租出去了。"珀迪太太面前的啤酒堆着满满的泡沫，"一个男青年租的，两小时前他就睡下了。"

"真的假的啊？珀迪太太，珀迪夫人欸！"麦库尔太太无比崇拜地说，"您可真有能耐，连那间房都能推销出去！那您告诉他了吗？"最后一句是神秘兮兮地低声说出来的悄悄话。

"房间嘛，"珀迪太太用她像嗓子眼长毛似的声音答道，"配上家具就是为了出租的。我没告诉他，麦库尔太太。"

"您说得对着呢，夫人，咱们就是靠租房过活的。您这生意头脑可真是非比寻常，夫人。要是知道这房里有人自杀死在床上，恐怕没人愿意租呢。"

"您说得一点没错，咱们可也得挣钱过日子呀。"珀迪太太说。

"可不是嘛，夫人，就是这个理儿。我帮着您把三楼后头那间房收拾干净也就是上个礼拜今天的事儿吧？那姑娘是个小美人儿呢，竟然开煤气自杀了——那小脸儿怪甜的，是吧，珀迪太太？"

"她的确长得挺好，您说得没错，"珀迪太太勉强赞同，但还是刻薄地说了一句，"可惜左边眉毛那里多了颗痣。快给自个儿满上吧，麦库尔太太。"

爱的牺牲

当你爱着你的艺术，没有什么是不能牺牲的。

这是一个假定。我们的故事就是要从这个假定得出结论，以此来证明这个假定是不正确的。从逻辑上来说，这可能是件新鲜事儿，但从讲故事的技巧来说，早已有之，其历史比中国的万里长城还要古老呢。

乔·拉腊比是在中西部的老橡木滩上长大的孩子，在绘画方面才华横溢。六岁那年，他画了一幅关于镇上的水泵和一位匆匆而过当地人的画，被裱上镜框挂在药店橱窗里，旁边还装饰着几条玉米穗。二十岁那年，他动身去了纽约，领带在胸前飘扬，他的资金则比脖子上的领带结还紧。

迪莉娅·卡拉瑟斯是个南方姑娘，她在老家松树小镇学琴，能把六个八度的曲子弹得出神入化，惊得亲戚们合伙给她凑了一笔钱，让她到"北方"去"发展"。这样他们也就见不着她……咳，咱们还是接着看故事好了。

乔和迪莉娅相遇在一间工作室，和些学艺术的、学音乐的学生聚在那儿谈论着明暗对比、瓦格纳、音乐、伦勃朗、瓦特斐尔、壁纸、肖邦以及乌龙茶。

　　一来二去，乔和迪莉娅喜欢上了对方——或者说两情相悦，怎么说都行——很快便喜结连理，正如我们开头那句话：当你爱着你的艺术，没有什么是不能牺牲的。

　　拉腊比小夫妻俩把家安在了一间小公寓里。公寓的位置孤零零的，就像是钢琴键盘最左端的那个升 A 键。不过，小两口儿很快乐，因为他们有各自深爱的艺术，又有钟情的彼此。在这儿，我要给富裕的年轻人一个建议——不如卖掉你的所有财产，全部送给贫穷的门房吧，这样你就能有这份荣幸和艺术、和迪莉娅一起生活了。

　　蜗居在小公寓里的人们应当都同意我这句话吧：自己的幸福才是真正的幸福。只要家庭幸福，再怎么拥挤都合适——梳妆台可以放倒变成桌球台，壁炉可以改成划船机，写字台充当临时客卧，脸盆架则是立式钢琴。四面墙最好能再收紧些，这样你和你的迪莉娅就能被紧紧包围在中间了。但若是不幸的家庭，那房子自然越大越好——让入口在西海岸的金门，帽架放在东海岸的哈特拉斯角，披肩挂到南美洲最南的合恩角，而出口则在北美洲北面的拉布拉多半岛吧。

　　乔跟着大师玛吉斯特学画——你也知道他名气多响亮。他收的学费昂贵，课程却十分轻松[①]——这样的对比让他声名远扬。迪莉娅则师从罗森斯托克——你也该听说这位"钢琴键捣

---

①此处为双关语。"昂贵"的原文为high，"轻松"的原文为light，两者放在一起组成high-light一词，意为亮点、高光。

乱分子"的名号吧。

只要钱还支持得住，小夫妻就快乐如神仙。每一家都是如此——算了，我还是别太愤世嫉俗了。他们的目标十分清晰明确。乔的画作很快就会让修着细鬓角、揣着厚厚口袋书的老先生们趋之若鹜，争先恐后地抢购。迪莉娅的演奏技术也会越来越炉火纯青，出类拔萃，总有一天，看到音乐会上还有空着的乐池座位时，她就能够在专属餐厅中一边吃着龙虾一边说自己嗓子不舒服，拒绝登台演出。

不过在我看来，最美好的还要算小公寓里的家庭生活——学习一天后，两人热情缠绵的絮语；温馨的晚餐和新鲜健康的早餐；还有就各自的抱负的热烈交流，这样的交流对双方都十分有助益和启发，无论是自己的还是对方的雄心壮志，他们都深切关注，否则就太自私了；当然，还有深夜十一点少不了的酿橄榄和乳酪三明治——请原谅我破坏艺术氛围。

可好景不长，家中的艺术气息渐渐淡薄了。即使没人刻意标记它发生的时间点，这有时也是无可避免的。[①] 正如俗话所说：坐吃山空。这个小家庭已经付不起玛吉斯特先生和罗森斯托克先生的学费了。当你爱着你的艺术，没有什么是无法牺牲的。于是，迪莉娅说，她要去给别人上音乐课来养家糊口。

迪莉娅花了两三天时间在外面四处招揽学生。一天晚上，她兴高采烈地回来了。

"乔，亲爱的，"她开心地说，"我有学生了！他们真是

---

① "衰退"和"标记"在英语中共用flag这个词。

太好了！一位将军——平克尼将军的女儿——住在七十一号大街的那个。那屋子真是豪华，乔——你真该去看看那大门！大概是拜占庭风格的呢，还有屋里面！噢，乔，我从没见过那样华丽的房间！

"我的学生就是他的女儿克莱门蒂娜。我已经喜欢上这姑娘了。她跟个洋娃娃一般娇美——总是穿得一身雪白，举止既甜美又天真！她才十八岁。我一周给她上三节课，光想想就兴奋，乔！一节课五块钱，不过我一点儿都不介意价钱。等我再多招两三个学生，就能继续跟着罗森斯托克先生上课了。亲爱的，快别皱着眉了，让咱们好好享受一顿晚餐吧。"

"对你来说是不错，迪莉，"乔一边用餐刀和短柄斧粗暴地开着青豆罐头一边嘟囔，"可对我来说呢？你觉得我能让你在外奔波挣家用，自己却心安理得地徜徉在高尚艺术的国度里吗？以本韦努托·切利尼[①]的骨头发誓，这事儿我做不出来！也许我也可以去卖纸张或者去铺鹅卵石挣一两个子儿回来。"

迪莉娅走上前，双手圈住他的脖子。

"乔，我亲爱的，你这个傻瓜。你的学习可一刻都不能停。我又不是彻底放弃音乐去做别的事。我一边教课一边也能学习。我永远和我的音乐同在。而且，一周有十五块钱，我们就能过得跟百万富翁一样幸福了！你可千万不能停下玛吉斯特先生的课。"

---

①本韦努托·切利尼（1500-1571），意大利文艺复兴时期的金匠、画家、雕塑家、战士和音乐家。

"好吧，"乔说着伸手拿了个蓝色的贝壳形菜碟，"反正我不喜欢你去教课，那不是艺术。不过你能这样做真是既伟大又可爱。"

"当你爱着你的艺术，没有什么是不能牺牲的。"迪莉娅说。

"玛吉斯特表扬了我画的天空，就是那张在公园里画的速写。"乔说，"丁克尔答应让我在他的橱窗里挂两幅。说不定哪个呆头有钱佬恰好看对了眼，还能卖出一幅去。"

"一定能卖出去的！"迪莉娅甜甜地说，"好啦，让我们快来感谢平克尼将军和这顿烤小牛肉吧。"

接下来的整整一个星期里，拉腊比小两口儿每天都早早起床吃早餐。乔充满激情出发去中央公园写生，迪莉娅给他准备早饭，给他拥抱，给他赞扬，还要再甜蜜亲吻一番，七点钟准时送他出门。艺术真是一位需要花时间伺候的迷人小姐，通常差不多要到晚上七点乔才能回到家。

周末，迪莉娅回到家，自豪的甜笑中带着掩饰不住的疲惫。她豪气地掏出三张五美元钞票，往放在七个多平方的公寓客厅正中央那张七十多个平方厘米的小桌上一甩。

"有时候吧，"她疲惫地说，"克莱门蒂娜真是考验我的耐心。估计是练习得不够，我经常得把同一件事情讲上一遍又一遍。还有，她总是穿得一身纯白，看着真的很单调。不过平克尼将军可真是位再亲切不过的老人家！真希望你能认识他，乔。我给克莱门蒂娜上课的时候，他有时会进来看看——他妻子已经不在了，你知道吧——就站在那儿摸着自己的山羊胡。还总得问上一句'十六分音符和三十二分音符练得怎么样了呀？'。

"真希望你能看看他们家客厅的护墙板呢，乔！还有那些俄国羔羊皮门帘！克莱门蒂娜咳嗽起来很好玩，我希望她能更健壮些。噢，我真是越来越喜欢她了，她是那么温柔，出身又高贵。平克尼将军的兄弟还曾经是驻玻利维亚的公使呢。"

这时，乔以基督山伯爵的派头，掏出几张钞票逐一摆在迪莉娅挣来的钱旁边。一张十块、一张五块、一张两块，还有一张一块——都是合法的纸币。

"那幅方尖碑的水彩卖给了一个从皮奥里亚来的人。"他喜出望外地宣布。

"别跟我开玩笑，"迪莉娅惊讶地说，"皮奥里亚？"

"真的是从那儿大老远来的。你该见见，迪莉。一个裹着羊毛围巾的胖子，嘴里还叼着支鹅毛牙签。他在丁克尔的橱窗里看到了那幅速写，起初还以为画的是架风车。他出手挺大方，不管三七二十一就买下来了。然后他又订了一幅——他想带一幅拉克万纳货运码头的小油画回家。还有你的音乐课！我想也算还在追求艺术。"

"你能坚持下来，我太高兴了。"迪莉娅由衷地说，"你一定能成功的，亲爱的。三十二块！我们还从没有过这么多钱能花呢！今晚我们吃牡蛎吧。"

"还要菲力牛排配香菇，"乔说，"肉叉放哪儿了？"

一个星期后的又一个周六晚上，乔先回到家。他把挣到的十八美元摊开放在客厅小桌上后，才去洗掉双手染上的深色油墨。半小时后，迪莉娅回来了，右手上缠着厚厚的纱布和绷带。

"这是怎么了？"乔迎接她后问，迪莉娅勉强笑了笑。

"还不是克莱门蒂娜，"她说，"她下课后一定要吃威尔士干酪吐司。这小姑娘可奇怪了，下午五点吃威尔士干酪。结果将军在一边听见了。你真该看看他奔去取烘锅的样子，乔，就像那么大的宅子里连个仆人都没有似的。克莱门蒂娜身体不好，又太紧张。结果往吐司上浇奶酪的时候洒出来了，滚烫滚烫地泼在我的手和腕子上。疼死我了，乔。小姑娘很难过，可是平克尼将军慌得不得了，他冲下楼去叫人——据说是炉工或者在地下室的哪个下人——跑去药店买了烫伤膏和纱布。现在已经好些了。"

"这是什么？"乔问，他轻轻抬起迪莉娅受伤的手，从绷带下面扯出几根白色的线头。

"是纱布，"迪莉娅说，"上头涂了烫伤膏。噢！乔，你又卖出去一幅画？"她看见了桌上的钱。

"是不是呢？"乔答道，"问那个皮奥里亚人就知道了。他今天拿到了想要的码头风景画，虽然还没敲定，但他说还想再要一幅公园风景和一幅哈德逊河景。你刚才说是下午什么时候烫了手，迪莉？"

"五点吧，大概是，"迪莉可怜兮兮地答道，"熨斗——我是说奶酪，就差不多是那个时候从火上拿下来的。你真该见见平克尼将军，乔，他……"

"过来坐一会儿，迪莉。"乔说。他把她拉到沙发上，坐在她身边，胳膊环上她的肩头。

"这两个星期你究竟干什么去了，迪莉？"他问。

她瞪大双眼，里面满满了爱意与固执，愣愣地思考着这个问题，过了一会儿，才含含糊糊地又说起平克尼将军。但最后，终于垂下头，和着泪水说出了真相。

"我招不到学生，"她啜泣着承认，"可我更不能让你放弃绘画课；所以就去二十四街那间很大的洗衣店找了份熨衬衫的活儿。我本来以为平克尼将军和克莱门蒂娜的故事编得可好了，你说呢，乔？今天下午，洗衣店的姑娘拿着热熨斗烫到我的手之后，我就在回家路上编出了个威尔士干酪的故事。你不生气吧，乔？话说回来，要是我没找着这份工作，你可能也没机会把那几幅画卖给那个皮奥里亚来的人呢。"

"他不是从皮奥里亚来的。"乔慢慢地说。

"他从哪儿来不重要。你真聪明，乔——来亲我一下，乔——是什么让你对我去给克莱门蒂娜上音乐课的故事产生怀疑的呢？"

"我没有，"乔说，"今晚之前都没怀疑过。如果不是今天下午，我把锅炉房的废棉花和油膏送到楼上，给一个被熨斗烫伤了手的女孩儿包伤口用，大概到现在还信以为真呢。这两个星期以来，我都在给那家洗衣店烧锅炉。"

"所以你并没有……"

"我那位皮奥里亚来的买家，"乔说，"还有你的平克尼将军，都是同一种艺术创造呀——虽然那既不是绘画也不是音乐。"

他俩一块儿笑了出来，乔又开口说：

"当你爱着你的艺术，没有什么是不能……"

迪莉娅的手指堵住了他的嘴唇。"不，"她说，"只要说到'当你爱着'就够了。"

心与手

丹佛车站，一群旅客涌上了东去的 B&M 快车车厢。一位相当漂亮的年轻女士坐在其中一节车厢里，她衣着优雅，身边堆满了各种奢侈的旅行用品，一看就有着丰富的出游经验。新上车的旅客中有两位年轻男士。一位长相帅气，一脸的无畏与坦率，风度翩翩；另一位则满脸阴郁，身形魁梧，穿着马虎。二人被一副手铐铐在了一块儿。

他们一前一后走在过道上。车厢里只有那位漂亮女士对面的座位还空着，那是预留的位子。两个人走到座位上坐了下来。女士不经意地扫了一眼，脸庞顿时绽开了一个迷人的笑容，圆圆的脸颊也染上了一层红晕，她伸出戴着灰色手套的小手递过去。一开口，从她字正腔圆的发音和甜美从容的语气就能听出，声音的主人习惯于发表意见并被人聆听。

"伊斯顿先生，既然您非要我先开口，那我就主动点儿好了。难道您到了西部就不认识老朋友了吗？"

听到她的话，年轻些的那个男人吃了一惊，片刻的尴尬之后，便伸出左手轻轻接住她的手指。

"原来是菲尔柴尔德小姐，"他微笑道，"请原谅我腾不出另一只手，它现在有些不方便。"

他稍稍抬起右手，把手腕上那只将他和左边的同伴连接起来的亮闪闪的"手镯"亮给她看。女子眼中的兴奋渐渐转为不知所措的恐惧，双颊的红晕也随之散去。因为窘迫，她的双唇微微张开。伊斯顿像是被逗乐了，轻轻笑了起来，正想再开口时，却被同伴抢去了话头——他身旁那位阴郁的男子一直在不着痕迹地打量着女子，眼神锐利而机敏。

"抱歉插个话，小姐，不过看来您跟这位警官很熟。要是当初您能让他在审判时替我说几句好话，我的日子肯定就没这么难过了。他正要把我送到莱文沃斯监狱去，因为伪造罪，我得被关上七年。"

"哦！"姑娘深吸一口气，脸色恢复了正常，"原来您是来办公事儿？您当警察了呀！"

"亲爱的菲尔柴尔德小姐，"伊斯顿平静地说，"我总得工作吧。金钱这东西长着翅膀，总是会自己飞走。在华盛顿，要维持咱们那样的生活水平，可得花不少钱，这个您最清楚了。正好西部有机会，所以……法警这职位虽然没有大使那么高级，但……"

"那个大使啊，"姑娘热心地打断他，"他早就不给我打电话啦。您该知道，他根本用不着来找我。这么说，您现在是一名威风凛凛的西部英雄啦，骑马，打枪，赴汤蹈火，冲锋陷阵！跟在华盛顿的日子真是太不一样了。老朋友们一直都惦记着您呢。"

姑娘梦幻般地说完，目光落回到刺眼的手铐上，眼睛又睁大了。

"别担心，小姐，"旁边的男子开口，"法警都要把犯人跟自己铐在一块儿，以防逃走。伊斯顿先生非常忠于职守。"

"最近你还会去华盛顿吗？"姑娘又问。

"应该不会，"伊斯顿答道，"我的逍遥日子恐怕已经一去不复返了。"

"我很喜欢西部。"女子扯开话题，眼里泛着水光。她扭头望向窗外，褪去矫饰，真挚而平实地说："妈妈和我这个夏天都在丹佛。她上周先回家了，因为父亲有些不舒服。我一个人在西部也能过得很愉快，这儿挺适合我。金钱不是一切。可人们总容易误解，而且一直都愚蠢地……"

"我说，法警先生！"阴郁的男子突然咆哮起来，"太不公平了！我得喝上一杯，而且这一整天，连个烟屁股都没抽到。您也聊得够久了吧？能带我去吸烟室吗？我烟瘾犯了。"

铐在一起的两名乘客双双起身，伊斯顿脸上还挂着刚才那副迟钝的微笑。

"我不能拒绝他的请求，"他轻声说，"抽烟是这位倒霉老兄的唯一安慰。再会，菲尔柴尔德小姐。使命在召唤，您一定能理解的。"他伸出一只手道别。

"您不回东部真是太遗憾了，"她说道，重新拾起了上流社会淑女的风度，"我猜，您必须要去莱文沃斯对吗？"

"是的，"伊斯顿说，"我得一直坐到莱文沃斯。"

两个男人沿着过道侧身而行，走进了吸烟室。

邻近位子上，有两位旅客把三个人的对话听了个大概。其中一个旅客甲说："那法警是个好人。看来西部佬里头也有不错的人嘛。"

"对于这个职位来说，他真是够年轻的，你说呢？"另一个说。

"年轻？！"旅客甲惊讶地说，"你没搞明白吧？我说，你见过哪个警察会把罪犯铐在自己右手上？"

二十年后

大街上，今晚当值的警察走得脚步铿锵。他那标准的动作完全是习惯使然，跟耍帅挨不上边儿，因为行人已经寥寥无几。才夜里十点不到，可刺骨的寒风挟着丝丝小雨几乎浸润了每一条街道。

他挨家挨户地查看，手中的警棍挥舞得花样百出，间或还警惕地扭头察看平静的街道两端。健硕的体魄加上威风凛凛的风度，让他看起来简直就是和平守护神。这一地区的人们都习惯早睡早起。街上只有香烟铺或不打烊的小吃店里透出零星的灯光，绝大多数商铺都已经早早关门了。

警察巡逻到某个街区当中，忽然放慢了脚步。在一间五金店幽暗的门道里，隐约有个男人的身影靠在墙上，嘴边还叼着一支未点燃的烟。警察走上前去正要盘问，男人抢先开了口。

"没事儿，警官，"他向警察保证，"我只是在等一个朋友。我跟他二十年前就约好了。听着挺可笑的吧？如果你一定想要搞明白，就让我仔细解释。二十年前，这间五金店原本是个餐厅——乔老大布雷迪餐厅。"

"五年前还叫这个呢，"警察插上一句，"后来被拆掉了。"

男人划了根火柴，点燃了香烟。微弱的火光映出一张苍白方正的脸，他有一双机警的眼睛，右边眉毛附近还有一处小小的白色伤疤。他的围巾扣是一枚硕大的钻石，真是古怪的搭配。

"二十年前的今晚，"他继续道，"我在乔老大布雷迪餐厅跟吉米·威尔斯一块儿吃晚餐。他是我的挚友，是世界上最棒的小伙儿。我俩都是土生土长的纽约人，从小一块儿长大，亲如兄弟。那会儿我十八岁，吉米二十。第二天一早，我就要去西部淘金了。可不管怎么劝，吉米都不肯离开纽约。他认为纽约是地球上唯一能待的地儿。反正，那天晚上我俩约定，二十年后的这个时候、这个地点，我们就在这儿相聚，不管混成什么样，不管多远都得赶回来。当时觉得二十年怎么着都足够我们兄弟俩各自找到自己的路，挣到自己的钱了。不管走哪条路，挣多少钱。"

"听来挺有意思，"警察说，"可你俩约定的时间未免也隔得长了点。你走之后，还有他的消息吗？"

"当然，我俩还写信联系过一段时间。"男人回答，"可一两年后，我们就没了对方的音讯。您知道，西部的天地太广阔了，我一直在四处奔波。不过我相信，只要吉米还活着，就一定会来见我，他可是这世上最真诚、最忠实的老伙计了。他绝对不会忘记。我千里迢迢赶来，就是为了今晚能站在这扇门前等他，只要我的老朋友能出现，一切都值了。"

等待中的男人掏出一块精美的表，表盖上点缀着一颗颗小钻石。

"还差三分钟就十点了，"他说，"当年我们在餐厅门口分别时，就是十点整。"

"你在西部混得挺不错的吧？"警察问了一句。

"没错！希望吉米混得能有我一半好。可他是个老实家伙，人好，心眼儿实，只会埋头苦干。为了搞到钱，我在外头每天都得跟最奸诈的老滑头们斗智斗勇。在纽约待久了，人就会变得墨守成规，安逸度日。要想有些锋芒，还得到西部去磨练闯荡。"

警察耍了下手里的警棍，往前走了两步。

"我继续巡逻去了。希望你朋友能赶到。他十点没来的话，你就离开吗？"

"那怎么行！"男人说，"我最少也得再多等他半小时。只要吉米还活在这世上，他一定会在半个小时里赶到的。再会，警官。"

"晚安，先生。"警察说罢，继续他的执勤任务，挨家挨户地检查去了。

一场细密清冷的小雨淅淅沥沥地落下，凛冽的寒风从轻拂转成了呼啸。偶尔有零星几个衣领高高竖起，双手插进口袋的行人匆匆而过，严肃而沉默。五金店门廊里，这个为了一个不确定到近乎荒谬的约会，不远千里赶来，欲与年少时挚友相见的男人，又点燃一根香烟，继续等待。

过了大概二十分钟，一个颀长的身影从街对面快步穿过来。那是个穿着长外套的男人，衣领竖起来挡住了耳朵。他径直朝着等待中的男人走去。

"是鲍勃吗？"他不确定地问。

"是你吗，吉米·威尔斯？"门边的男人叫道。

"我的老天爷！"刚赶到的来客惊叫一声，冲上前一把将男人的双手紧紧握住，"鲍勃，真的是你！我就知道，只要你还活着，我一定能在这儿见到你。哎呀，哎呀，哎呀！——都二十年了！老餐厅已经没了，鲍勃，它要还开着该多好，这样我俩就能再去吃上一顿了。你在西部混得好吗，老弟？"

"再好不过了！我想要的一切都实现了。你变了好多，吉米，比我记忆中高了怕有两三英寸。"

"哦，我二十岁之后又长了点个儿嘛。"

"在纽约还好吗，吉米？"

"还行吧。我在市政府的一个部门里谋了个差事。来吧，鲍勃，咱们去找个地方聊聊，好好叙叙旧。"

两个男人亲热地挽起手臂，走到街上。西部归来的男人抑制不住自豪，开始滔滔不绝地讲述起自己的创业史。另一位则用长外套将自己裹得严严实实，饶有兴味地细心聆听。

街角处有一间药店，灯光亮如白昼。走到灯下，两人不约而同地扭过脸看向对方。

西部回来的男人突然止步，抽出自己的胳膊。

"你不是吉米·威尔斯！"他厉声道，"二十年的确很漫长，但还没漫长到能把一个人高挺的罗马鼻变成八哥犬的塌鼻梁。"

"有时候，二十年还能让一个好人变成坏人，"高个子说，"你已经被捕十分钟了，'老滑头'鲍勃。芝加哥警方料到你会拐到我们这儿来稍作停留，打电话来说想约你去喝个咖啡聊会天。你是想静静地来悄悄地走吧？倒是挺明智的。对了，去警局之前，我这儿还有张别人让我捎给你的纸条，你就在橱窗下头看吧，是巡逻官威尔斯给你的。"

西部回来的男人展开递过来的小纸条。读第一个字的时候，他的手还很稳，可看到最后时却已经微微颤抖。留言很短：

鲍勃：

　　我准时到了我俩约定的地方。你划着火柴点燃香烟的那一刻，我就认出了那张芝加哥通缉令上的脸。可我不忍心亲手逮捕你，只好去找了一位便衣同行来执行任务。

吉米

感恩节的先生们

有一天属于我们。在那天，全体没法自力更生的美国人都会回到老家，吃着苏打饼干，感叹眼前的那台老抽水机又离门廊近了许多。祝福这个日子吧，这是罗斯福总统送给我们的节日。我们也听说过清教徒的事，但别光记着他们以前做的那些事。我打赌，如果他们胆敢再上岸来肯定会被我们揍到天上去。你说普利茅斯石？ [①] 这个听起来更耳熟了。因为火鸡基金会 [②] 得了逞，我们很多人都只能吃母鸡了。不过华盛顿那边已经有人把感恩节宣告提前透露给了他们。

在蔓越莓沼泽东边的大都市纽约，感恩节已经成为了一种制度和习俗。只有在十一月最后一个星期四，纽约人才承认渡

①1620年，英国的清教徒为了逃避迫害，坐船逃往美洲新大陆，在马萨诸塞州的普利茅斯登陆，上岸后得到了印第安土著的无私帮助而定居下来。第二年，清教徒和印第安人共同庆祝了第一个感恩节。1941年，美国国会经罗斯福总统批准通过一项法案，宣布每年11月的第四个星期四为全国的感恩节。
②1904年11月16日的《芝加哥活禽天地》报纸上刊登公告，乔治亚州沃伦县的农民成立了火鸡基金会，宣布在该年感恩节前夕将提高火鸡价格。自此，火鸡基金会便成了每年火鸡价格的主宰。

口以外的美国的存在。唯有这天才是纯粹的美国人的节日。一个专属美国人的欢庆日。

下面这个故事将证明，我们在大洋的这一头也有着自己的传统和习俗，多亏了我们的干劲和进取心，我们的习俗比英格兰那些个古老传统形成得迅速得多。

斯达非·皮特坐在联合广场东入口右边的第三张长凳上，正对着喷泉。已经九年了，每到感恩节这天，他都会在一点钟准时坐到这里，每次也都会有事情降临在他身上——一些犹如查尔斯·狄更斯笔下的事，他的肚子涨得令马甲紧贴着胸口和后背。

不过今天，斯达非·皮特出现在这个一年一会的地方，更多的是出于习惯，而不是因为一年一度的饥饿——根据慈善家们的观点，在一年当中穷人们应该只被饿肚子折磨一次。

当然，皮特这会儿一点都不饿。他刚刚饱餐了一顿，撑得只剩下呼吸和挪动的力气了。他的眼睛像两颗黯淡的醋栗，深深镶嵌在一个肿胀油腻的面具上，上面还残留着肉汁。他呼哧呼哧地急喘着气，双下巴上的脂肪把他立起的衣领顶得完全走了形。救济站的好心人一周前帮他缝上的衣扣被一个个地被绷开，跟爆米花似的在周围撒了一地。这会儿他又沦落得衣衫褴褛，衬衫前襟裂到锁骨。可就算是夹杂着点点雪花的十一月的寒风，也只够让他感谢一下这点儿清凉罢了。因为斯达非·皮特真的太撑了，那份超级丰富的午餐产生的热量实在惊人，开胃前菜是生蚝，餐后甜点是葡萄干布丁，中间是世界上全部的烤火鸡、烤土豆、鸡肉色拉、南瓜派和冰淇淋（在他看来）！于是，他现在只能坐在那儿，酒足饭饱，带着大餐后的餍足眯着眼看世界。

能吃上这顿饭真是完全出乎意料。那会儿他恰好经过第五大道上的一座红砖豪宅，豪宅里住着两位上了年纪的女士，出身古老的大家庭，非常重视传统。她们甚至不愿意承认纽约的存在，坚信感恩节完全是为了华盛顿广场而设立的。① 她俩坚守的传统之一是在中午十二点钟声响过之后，让等在后门口的仆人把第一个经过宅子的饥饿流浪汉领进门，招待他吃到撑为止。斯达非·皮特在去公园的路上恰好经过了这户人家的后门，就被仆人们拖了进去，成全了这座豪宅的习俗。

足足有十分钟，斯达非·皮特都在呆望着前方，他十分渴望能变换一下视野。于是他费了老大力气，缓慢地转过脸来看向左边。突然，他倒吸一口凉气，眼珠子都快掉了下来，穿着破皮鞋的短腿颤抖着，磨得地上的沙砾簌簌作响。

那位老先生正穿过第四大道，向他坐着的长凳走来。

连续九年，每逢感恩节这天，老先生都会来到这儿，找到长凳上的斯达非·皮特。他大概把这件事当成一个传统了。连着九年里的每一个感恩节，他都到这儿来找到斯达非·皮特，带他去餐厅，亲眼看着他美餐一顿。在英格兰，这种事早已是司空见惯，人们自然而然地做着这类好事。可这里毕竟是一个年轻的国家，能坚持九年也已经很不错了。老先生是个忠诚的爱国者，把自己视作开创美国传统的先锋。为了树立别具一格

①纽约市名在英语中意为"新约克"，以英国的约克郡命名，曾经为英国殖民地。经过数次易主回到英国手中，最后英国被迫承认美国独立，放弃这个殖民城市，因而许多老派英国人并不承认纽约这一城市。

的传统，必须坚持长时间不间断地做一件事，比如每周收齐工业保险税，或者上街搞大扫除。

老先生庄严地朝着他一手培养的"制度"坚定前行。说实在的，每年请斯达非·皮特吃一顿大餐实在没有什么普遍意义，跟在英格兰提《大宪章》[①]或者早餐吃果酱[②]完全不可同日而语。即使有些封建，可好歹也算迈出了一步。它至少表明要在纽——啊不是——在美国建立一种"习俗"，并非是绝不可能的。

老先生身形瘦削，高个儿，六十来岁。他一身黑衣黑裤，鼻子上摇摇欲坠地架着一副老式眼镜。一头白发比去年更白、更稀薄，走起路来似乎也更加依赖他那根弯把拐杖。

眼看着恩人走过来，斯达非不由得呼吸急促，直打哆嗦，活像一只贵妇人的胖哈巴狗在街上受到了野狗的惊吓。他想要飞奔逃走，可就算桑托斯·杜蒙[③]使出浑身解数都没法把他从长凳上拉起来。那两位老夫人的忠仆们把任务完成得真是十分漂亮。

"日安，"老先生说，"我很高兴，经历了又一年的兴衰变迁，你还是在这美丽的世界上健健康康地活着。即便冲着这点庇佑，也该让我俩恰如其分地庆祝今天这感恩的日子。请跟我来，我的小兄弟，我会为你提供一餐饭食，让你的身体配得上你那颗健壮

---

①即《英国大宪章》，保障的是贵族而非农民的特权，不被人民拥戴。
②传统英式早餐中不会有果酱。
③桑托斯·杜蒙，全名阿尔贝托·桑托斯–杜蒙(1873-1932)，是欧洲第一位制造出能转弯飞行飞艇的人，第一位驾驶飞艇绕埃菲尔铁塔飞行一周的人，第一位在欧洲实现动力飞机飞行的人；也是世界上第一架超轻型飞机的设计制造者。

的心脏。"

老先生每回都要如此开场——连续九年，每个感恩节都一模一样。这段话本身几乎已经形成了一种制度，除了《独立宣言》，没有任何文字能与之相比。就平时来说，这段话听在斯达非耳朵里不啻天籁之音。可今天，他抬眼望向老人家的脸庞，愁眉苦脸，眼泪盈眶。细密的雪花落在他汗津津的眉毛上，几乎能听到热气蒸腾的嘶嘶声。老先生只是微不可见地打了个冷战，转身背对寒风。

斯达非一直以来都心存疑惑，不知为什么，老先生每次说那番话都语带伤感。他不知道，那是因为老先生每年都在期望自己能有个儿子继承这个传统，一个在自己离世之后还能继续在同一天来到这里，自豪地站在斯达非的继任者面前说："为了纪念家父。"那样，"制度"才算真正成形。

可老先生没有亲人。他所住的出租屋就在公园东面最寂静的街道上，那些褐石老宅中的其中一栋。一到冬天，他会在一个只有塞在床底的行李箱那么大的小温室里种一些倒挂金钟；每逢春季，他从不会错过复活节大游行；盛夏来临，他会去新泽西的山间农舍避暑，坐在柳条扶手椅上，叨念着一种叫乌翼巨凤蝶的蝴蝶，说是总有一天要找到它；而当秋风吹起，他便会招待斯达非饱餐一顿。这些就是老先生每年的工作。

斯达非·皮特望着他足有半分钟，生出一份自怜自怨的愤懑和无助。老先生因为助人的快乐而双眼发亮。虽然脸上的皱纹逐年增多，可他脖子上的小黑领结看起来永远都是那么精神，亚麻衬衫挺括洁白，连灰色小胡子的末梢都经过精心梳理，角度翘得恰到好处。斯达非的喉咙里仿佛有豆子在陶罐中沸腾一样——他要开口说话了。老先生已经是第九次听到这声音，理所当然地把这当做斯达非接受施舍的感谢辞。

"谢啦，先生。我这就跟您走，特别乐意跟您走。我真是饿得不行啊，先生。"

饱食造成的昏沉并没有妨碍斯达非清楚地认识到自己是一个制度的基石。感恩节这天，他的胃口由一切现有习俗的神圣权力所掌控，不再受他自己控制。至少，也应该由这位抢占了先机的善良老先生来决定他什么时候饿，饿多久。没错，美国是自由的国度；但为了建立传统，必须有人来充当循环小数。英雄并非全由钢铁和黄金造就。看这里这位草根英雄，手里唯一的武器不过是没镶多少银的铁器和锡器①。

老先生带着每年一度受他恩惠的斯达非来到城市南部的餐厅，在每次就餐的同一张桌旁坐下。餐厅的人都认出他们了。

"老头儿又来了，"侍应生说，"每年感恩节他都请那流浪汉吃一顿。"

老先生在斯达非对面坐下，整个人如同抛光的珍珠一般熠熠生辉，热忱地看着这个将成为古老传统"基石"的人。侍应生端上一道又一道节日美食，而斯达非，即使叹气也被解释为饥肠辘辘，终究举起了刀叉，为自己刻出一顶不朽的皇冠。

没有人能像他一样劈开千军万马杀出一条血路！火鸡、排骨、汤、蔬菜、派……被他以风卷残云之势一盘接一盘消灭了。

---

①指斯达非用餐使用的西式餐具。

刚进餐厅时，他几乎撑到了极限，坐下之后，食物的气味差点儿让他失了一个男人该有的尊严，但他像一位真正的骑士那样振作了起来！他看到了老先生脸上浮现出因为行善而满足的幸福笑容——甚至比倒挂金钟和乌翼巨凤蝶更让他快乐——他真的不忍心看到这笑容凋零。

一小时后，斯达非胜利凯旋，靠在椅子背上。"感谢您的仁慈，先生，"他跟漏气蒸汽管似地喘着粗气，"感谢您的仁慈，招待我这么顿大餐。"说完，他咬紧牙关，拖起沉重的身躯，目光呆滞地朝着厨房走去。侍应生跟转陀螺似地推着他转了个身，指给他大门的方向。老先生仔仔细细地数出来一块三毛钱的小银币，又给侍应生留了三个镍币当做小费。

像往年一样，两人在门口分别，老先生往南走，斯达非朝北走。

转过第一个拐角，斯达非呆站了一分钟。突然，他全身衣裳绷裂，活像只羽毛耸立的猫头鹰，而后像一匹中暑的马一样轰然倒在人行道上。

救护车赶到，年轻的医生和司机忍不住对这人的体重小声抱怨了一下。他身上没有丝毫酒味，所以这事儿警察也不会管，于是斯达非连同他吃下去的两顿午饭一块儿被送进了医院。医护人员把他摊到一张病床上，开始给他进行各种各样的化验，排查疑难杂症，希望能找出这块赤裸的钢坨究竟犯了什么毛病。

瞧呀！一小时后，老先生也躺在另一辆救护车里被送进了医院。他们把他放在另一张病床上，讨论着阑尾炎的可能性，因为老先生看上去付个手术费不成问题。

不过才一会儿，年轻医生看到一位护士经过——他一直觉得她的眼睛很迷人——便停下来跟她聊起了这两个病例。

"那边那位体面的老先生，"他下巴抬了抬，"你想不到吧，他居然是饿到晕厥的，应该是出身名门世家吧。他跟我说，他整整三天都粒米未进了。"

镀金时代
THE GILDING AGE

忙碌经纪人的罗曼史

皮彻是证券经纪人哈维·麦克斯韦事务所的机要秘书。九点半，他眼见着老板跟年轻的女速记员一同步履匆匆地进了公司，这个画面让他一向波澜不惊的脸上泛起了一丝兴味和惊讶。"早，皮彻。"麦克斯韦干脆地打了个招呼，就以起跳助跑的架势冲向办公桌，一头扎进那些等着他处理的堆积如山的信件和电报中去了。

那位年轻姑娘担任麦克斯韦的速记员也有一年时间了。她的美在速记员中极为罕见。她并没有追逐时髦弄那种华丽诱人的庞巴度头，不戴任何项链、手链或吊坠，也不会随随便便就接受午餐邀约。她穿着灰色的朴素裙装，却极为合身，恰到好处，头戴一顶精致的黑色无边帽，帽上插了支翠绿色的金刚鹦鹉羽毛。今天早上，她浑身散发出一种明艳动人的感觉，虽然还是温柔又害羞的样子。她的双眸水润晶莹，如梦似幻，双颊泛着绯红，一脸幸福，仿佛在回味着美好的记忆。

皮彻的好奇仍未退去。他发现速记员今天早上的行为有些不同。她没有像平常一样直接走进隔壁房间，坐上座位，而是带着些许犹疑不决在外间办公室逗留了一阵。终于，她下了决心似的往麦克斯韦的办公桌走了过去，在他肯定可以感知到的地方停下来。

这位纽约证券经纪人，坐在办公桌前的时候已经不再是一个人了，而是一台机器，在咔嚓咔嚓的齿轮和一伸一缩的发条带动下机械地工作着。

"怎么？有事？"麦克斯韦不客气地问。他面前拥挤的办公桌上，一大叠已经拆开的邮件跟雪堆一般。他锐利的灰色双眼略显不耐地扫了她一眼，不带丝毫人情味，直白且无礼。

"没事。"速记员回答，露出一个小小的微笑，转身走开了。

"皮彻先生，"她转而问着机要秘书，"麦克斯韦先生昨天有没有提到另请一位速记员的事情呢？"

"他说过，"皮彻回答，"他提到要另请一位。我昨天下午就通知了中介，请他们今天早上介绍几个人过来。现在都九点四十五了，无论是戴宽边帽的女士还是嚼菠萝味口香糖的男士，都还一个也没出现。"

"那在有人来顶上之前，"年轻的女士说，"我还是照常工作吧。"说完，她快步走到办公桌旁，把那顶插着翠绿的金刚鹦鹉羽毛的黑色无边帽在老地方挂好。

如果一个人没有亲眼见过生意大热时的纽约证券经纪人，是没资格成为人类学家的。诗人歌颂着"灿烂生命中的一个忙碌时辰"，但证券经纪人忙碌的可不单单是一个时辰，他们的每分每秒都挤得满满当当，犹如被乘客和行李堆得无立锥之地的站台。

对于哈维·麦克斯韦来说，今天又是忙碌的一天。自动收报机开始一个劲地往外吐出一卷卷报表，办公电话铃铃铃地响不停，跟得了响铃慢性病一样。客户潮水般地一拥而入，隔着扶栏跟他吼着交流，有人高兴，有人尖刻，有人恶毒，有人激动……送信小弟们捧着一叠叠通知和电报进出穿梭，事务所里的每位秘书都在上蹿下跳，跟暴风雨中的水手没有什么两样。就连皮彻都被感染，脸上有了活泼的生气。

交易所里简直是被龙卷风、大塌方、暴风雪还有冰河火山轮番肆虐过，经纪人们的办公室一样不能幸免，只不过袭击规模小了些。麦克斯韦一把将椅子推到墙边，以腾出地方处理业务，一刻也不停歇，仿佛在跳足尖舞。他在收报机和电话之间跳跃奔走，身形灵活敏捷，简直比得上一名训练有素的马戏团小丑。

正当这位经纪人气喘吁吁地忙得不可开交时，视野中忽地冒出了一堆高高耸起的金发，上面压着一顶鸵鸟毛点缀的天鹅绒帽子，一件仿海豹皮的宽身上衣，一串山核桃大小的珠子一直垂到地面，下面坠着一枚银质鸡心。这身装扮的主人是一位从容不迫的年轻女士，她轻轻点着头，正听着皮彻的介绍。

"这位是速记员中介所介绍来了解职位的。"皮彻汇报道。

麦克斯韦半转过身子，手上还满满攥着一堆纸张和报表。

"什么职位？"他皱眉问。

"速记员啊，"皮彻说，"您昨天吩咐我让他们今天早上派一位过来。"

"你忙傻了吧，皮彻？"麦克斯韦不悦地说，"我怎么会给你下这种指示？这一年间，莱斯利小姐的工作表现一直都令人相当满意。只要她愿意，这个位置永远都是她的。女士，我们这儿不招人。皮彻，跟中介取消这笔订单，别再带人进来了。"

银鸡心晃荡出了办公室，一路上左摆右甩地磕碰着事务所的家具，忿忿不平地离开了大楼。百忙之中，皮彻还抽空跟簿记员抱怨一番，说老板最近真是越来越心不在焉，越来越健忘了。

交易所的业务量噌噌噌往上涨，工作强度越来越大，交易节奏也越来越快。麦克斯韦的客户重金投资的股票中，有五六只在市场上受到了重创。买进卖出的单子如雨燕般穿梭，麦克斯韦自持的几只股也陷入了危机。他像一台上足了发条的强力精密机械般运转着——马力全开，全速前进，计算精准，毫不犹豫，随时准备下达指令，做出正确决定，迅速采取行动，跟钟表一样精确。股票和债券、借贷和抵押、保证金和担保物……这是一个金融的世界，没有丝毫缝隙，容不下人类或自然世界插足。

快到午饭时间，满事务所的喧嚣总算平静了一些。

麦克斯韦站在桌旁，两手抓满电报和备忘，右耳朵上夹着支水笔，头发结成一绺绺，凌乱地散在前额。他的窗子敞开着，因为我们可爱的女神守护者——春天姑娘，已经在大地的暖气管里添上了一丝暖意。

这时，从窗口飘进一丝游荡的气息——也许是迷路了的——气息——一股优雅香甜的紫丁香气息，它将我们的证券经纪人钉在原地，好一会儿一动不能动。这香气是莱斯利小姐特有的，只属于她一个人的香气。

这香气让他真真切切的看到了莱斯利小姐，仿佛触手可及。金融的世界骤然缩小至一粒尘埃。而她就在隔壁，离他二十步之遥。

"老天，我得立刻行动。"麦克斯韦不小心说出了声，"我现在就去跟她求婚。我怎么会拖到现在呢！"

他几个箭步冲进里间，跟急着补仓似的扑到速记员桌前。

她抬起头，冲他露出一个微笑。一抹粉红爬上了她的脸颊，眼神柔和而率真。麦克斯韦一只手肘撑在她的办公桌上，两手仍攥着哗啦作响的纸张，耳朵上也还夹着那支笔。

"莱斯利小姐，"他急不可耐地开口，"我只有这会儿有空，趁着这时候想跟你说句话。你愿意做我妻子吗？我实在没时间像一般人那样追求你，但我确实真心爱你。请快点回答——那帮人正在挖联合太平洋铁路公司的墙角呢。"

"你说什么？"年轻的姑娘被吓了一跳。她站起身来，双眼圆睁。

"你没听明白吗？"麦克斯韦坚持不懈地说，"我希望你能嫁给我。我爱你，莱斯利小姐。我之前就想对你讲了，直到刚才情势有一刻缓解，我才能抽出一分钟到你这儿来。天啊，他们又在打电话找我了。皮彻！叫他们等一下！你不愿意吗，莱斯利小姐？！"

速记员接下来的反应十分奇妙。她先是难以置信，接着泪水从她惊愕的双眼中喷涌而出，下一刻，又泪眼蒙眬地绽放出一个明丽无比的笑容，一只胳膊温柔地环上了经纪人的脖颈。

"我明白，"她柔声说道，"原来你是被这单生意占满了心思，根本想不到别的。我刚刚真的被吓着了。你不记得了吗，哈维？昨晚八点，我们在街角那间小教堂已经举行过婚礼了。"

财神与爱神

老安东尼·罗克沃尔是罗克沃尔尤里卡肥皂的制造商和专利人，现已退休颐养天年。这天，他在自家第五大道的私宅里向书房窗外望去，咧嘴一笑。右边那户邻居，贵族交际家乔·范·舒莱特·萨福克琼斯出了门，朝着等在他家门口的小轿车走去。跟平常一样，他傲慢轻蔑地扇了扇鼻翼，又一次对这座肥皂大厦正面的文艺复兴式雕塑表达了不屑。

"这个无所事事的老傲娇，就端着你那架子吧！"前肥皂大王比他更不屑，"老小子最好小心着点儿，迟早被冻成什锦果脯送到伊甸园博物馆去！①明年夏天我就把这房子漆成红白蓝的，倒要看看他那荷兰鼻子还能翘到天上去不成！"②

---

①原文为内斯尔罗德什锦果脯（Nesselrode），是用栗子、鸡蛋和奶油等制成的风味浓郁的冷冻布丁，也可用来制冰激凌，发明者是俄国外交大臣卡尔·罗伯特·涅谢尔罗迭（KarlRobertNesselrode，1780-1862），因此以他的名字来命名。伊甸园博物馆是1884年开在纽约曼哈顿的蜡像展览馆，在文中老安东尼以这种食物来羞辱萨福克琼斯，警告他小心变成像冷冻布丁一样的蜡像被收入蜡像馆中。
②荷兰国旗是由红、白、蓝三种颜色构成的。因萨福克琼斯是荷兰人，老安东尼便想通过将自己家的房子漆成荷兰国旗的颜色来羞辱他。

然后，从来都把传唤铃当摆设的安东尼·罗克沃尔先生，走到书房门口大吼一声："迈克！"他那大嗓门曾经可是在堪萨斯大草原响彻云霄过的，今天喊这一嗓子也是宝刀未老。

　　"去跟我儿子说一句，"安东尼吩咐进来领命的用人道，"让他出门之前到我这儿来一下。"

　　小罗克沃尔走进书房的时候，老头子把手里报纸搁在一边，红光满面的大脸盘子上泛着一股慈爱和严肃，眯缝着眼瞅着儿子。他一只手在自己花白的脑袋上乱揉一气，另一只手伸进口袋，把钥匙弄得咔啦咔啦响。

　　"理查德呀，"安东尼·罗克沃尔开口道，"你用的肥皂是多少钱的？"

　　理查德才从学校放假回来小半年，冷不丁被这么一问，稍微吃了一惊。他还没来得及摸透自己父亲的脾气，这老爷子说话跟个初次交际的大姑娘似的，提的问题总让人摸不着头脑。

　　"大概六块钱一打吧，爸。"

　　"衣服呢？"

　　"估计一般就六十块左右吧。"

　　"那你真是个绅士了。"安东尼断定道，"我听说现在那些个年轻公子哥，用的肥皂要二十四块一打，买件衣服动不动上百。你手头上钱也不少，足够跟着他们挥霍，可你还是规规矩矩地花钱，掌握着分寸。你爸我也还用着老牌尤里卡肥皂呢——不仅是因为念旧，更因为这才是最纯粹的肥皂。要知道，一块肥皂也就是一毛钱的成本，再贵那就是花到劣质香料和商标包装上去了。像你这种年纪、地位和家世的年轻人，用五毛钱一块的就非常好了。我不是说吗，你是个绅士。他们说三代人才出得来一位真正的绅士，那是不对的。有钱就能办到，还能办得跟肥皂油脂那样顺滑。你看你不就是个好例子吗？老天！这么说来我都差点儿加入这个队伍了，你看咱家左邻右舍的两位荷兰老'绅士'那乖戾无礼、态度蛮横的做派，就因为我在他俩中间买了房，晚上连觉都睡不好了。"

"可有些事情就算有钱也办不到。"小罗克沃尔忧郁地说。

"这话怎么说的！"老安东尼大惊道，"有钱能使鬼推磨啊。我把百科全书翻到Y字头都没找到什么东西是用钱买不到的，估计下周我连附录都看一遍也找不出。我可是金钱至上一辈子了。告诉你爸，什么东西是钱买不到的？"

"就比如，"理查德有点不服气地说，"有钱也买不进上流社会的圈子里去。"

"哟呵！是吗？"万恶之源的拥趸暴喝一声，"你给我说说，要是阿斯特家①的老祖宗当年不是花钱买了船票跑来美国，你那所谓的上流圈子要打哪儿来啊？"

理查德叹了口气。

"既然说到这儿了，"老人家恢复了正常的音量，"我叫你来就是为了这个。儿子，最近看你有点不对劲儿啊，你心里

---

①阿斯特家族曾经非常显赫，约翰·雅各布·阿斯特一世（1763-1848）是个德国籍的美国商人，是最早来到美国的移民之一，他是美国当时赫赫有名的富豪，也是美国信托投资产品的创始人，是美国历史上第四富豪。但其继承人四世不幸在泰坦尼克号事件中遇难，整个家族也随之沉寂。

装着事儿呢，我都观察你两个星期了。说吧，你爸二十四小时之内就能弄来一千一百万，还不算不动产。要是你的老肝病又犯了，'漫步者'号就停在港口，上足了煤，两天就能到巴哈马群岛。"

"您还挺能猜的，爸，基本差不多。"

"啊哈！"安东尼一下子热切起来，"她叫什么名字呀？"

理查德站不住了，开始在书房里踱来踱去。他这粗心的老爸难得对他这么关切，弄得他不由自主想说实话。

"你干嘛不直接开口呢？"老安东尼态度很强硬，"她肯定会扑上来的。你有钱又有样儿，还是个这么体面的孩子。什么时候都干干净净的，一点儿肥皂沫都没残留呢。你是上过大学，但她肯定不挑这个吧。"

"可我都没找着机会。"理查德哀怨道。

"不会制造个机会啊！"安东尼说，"带她去公园散个步，或者兜个风，或者做完礼拜送她回家呀！机会，哼！"

"您不知道现在社交圈子的情况，爸。她是推动社交运转的潮流分子。她的每小时、每分钟都是提前好多天安排好了的。我必须得追到她，爸爸，要不这个城市对我来说就是个永恒的臭沼泽。我又不能写信表白——我做不到啊。"

"呸！"老头子气了，"你是说我这么多钱都买不到你跟这姑娘相处一两个小时吗？"

"也是我耽搁太久了。她后天中午就要启程去欧洲，一去就是两年。我只能约她明晚见上几分钟。她现在住在拉奇蒙特她姑妈家里，我又不能就这么贸然登门。好在她同意，让我明晚搭出租马车到中央车站接她。然后我们就顺着百老汇疾驰向南赶去沃雷克剧院，她母亲和另一位包厢贵宾会在大厅等着我俩。这段路也就六到八分钟，您觉得她在这种情形下还有心思听我表白吗？不可能的。然后到了剧院就看戏，接着就看完戏了，我又能有什么机会呢？更没有了。爸，真的，这就是您的钱也解不开的一个结啊。用钱是买不到哪怕一分钟时间的，要是能买到，富人们就都能长命百岁了。蓝特利小姐起航去欧洲之前，我都没有任何希望能跟她好好说上话了。"

"行啦，理查德，我的傻儿子，"老安东尼兴高采烈道，"你赶紧去你的俱乐部吧，我知道你不是又肝疼就好了。别忘了时不时去寺院给财神爷上几炷香啊。你说钱买不到时间是吧？呵呵，咱们当然没法买了永恒然后让人包好了送上门来，但是你爸我可是看过时间之神他老人家在通过金矿区的时候，膝盖被金块磕得青一块紫一块的呐。"

那天晚上，艾伦姑妈到书房来聊天。她是一位温柔和蔼、多愁善感、满脸皱纹、被财富压得连连叹气的贵妇人。她的老弟弟安东尼正好在看晚报，两人就小情侣的烦恼展开了话题。

"他都跟我说啦，"安东尼老弟打着呵欠道，"我告诉他，我银行里的钱他随便用，可他接着就开始埋汰金钱了，说什么钱也帮不上他的忙，还说什么就算十个百万富翁一齐使劲儿，都不能把社会规律改变分毫。"

"唉，安东尼，"艾伦姑妈叹息着，"我倒宁愿你别老想着钱啊钱的。在真爱面前，金钱又算个什么东西！爱情才是最为强大、无所不能的。可是理查德这孩子，怎么没早点儿说出来呢！她定是不会拒绝他的呀。事到如今恐怕也已经太晚了。他没有丝毫机会跟她表白。你的那些钱，终究还是没法给儿子带来幸福呀。"

第二天晚上八点，艾伦姑妈从一个老得都被虫蛀了的匣子里取出一只古典雅致的金指环，交给了理查德。

"侄子，今晚戴上这个，"她恳求道，"这是你母亲给我的，她说这能给人带来爱情的好运气。她还跟我说，当你找到心中所爱，一定要将它传给你。"

小罗克沃尔恭敬虔诚地接过指环，往小指上一戴，可只滑到第二个关节就卡住了。于是他就摘下指环，把它塞进了马甲口袋里——这是所有男士的习惯。接着便打电话叫了马车。

他到了火车站，八点三十二分准时从熙熙攘攘的人群中接到了蓝特利小姐。

"可不能让妈妈她们等着我们。"她说。

"去沃雷克剧院，能多快就跑多快。"理查德忠实地传达了指令。

马车向着百老汇飞驰，旋风般地驶过四十二街，接着沿一条闪着璀璨星光般街灯的小路，从静谧的西区奔向高楼林立的东区。

途经三十四街，小理查德猛地推开车窗，吩咐车夫停住。

"我的指环掉了，"他一边道歉一边跨出车门去，"那是我母亲留下的，我真的不愿意弄丢它。耽误不了一分钟——我看见它是从哪儿掉下去的了。"

不到一分钟，他真的拿着指环回到了马车上。

可就在那一分钟里，一辆四轮马车恰好停在了他们的马车前头。车夫试图从左边绕过去，可被一辆快运大货车抢了先。他又试着绕道右边，却又被一辆不知打哪儿钻出来停在那里的家具搬运车挡了路，只好倒退。他又想着干脆倒退着出去，可一不小心缰绳掉了，只好应付似的咒骂了几句。他发现自己的车子已经被牢牢困在混乱的车水马龙之间了。

在大城市里，有时候的确是会突发这种交通堵塞，四面八方皆动弹不得。

"怎么不走了？"蓝特利小姐有点失去耐性了，"我们会赶不上的。"

理查德把身子探出车顶，四下环顾。只见百老汇大道、第六大道和三十四街原本宽阔的交叉路口，硬是被各式各样的货车、卡车、马车、搬运车和轿车堵得水泄不通，好比腰围二十六英寸的姑娘硬挤进二十二英寸的束腰一样。雪上加霜的是，所有交叉街道上还有车辆朝这个混乱中心飞驰而来，给本来就已经搅成一锅粥的车马阵持续添乱，还不忘附带上车夫们闹翻天的诅咒声。整个曼哈顿的交通似乎都堵在这一点，数以千计的围观者挤在人行道上看热闹，就连其中最老资格的纽约客都不记得曾几何时见过如此规模的堵车大戏了。

"实在是太抱歉了，"理查德回到座位上说，"我们怕是真的完全被堵在这儿了。这阵势没有一小时恐怕是缓解不了的。都是我的错。我要是没掉了指环……"

"给我看看那个指环呗。"蓝特利小姐打断他说，"既然已经无计可施了，那我索性也就不在乎啦。横竖我觉得看戏这事儿也挺傻挺无聊的。"

晚上十一点，有人轻轻敲了敲安东尼·罗克沃尔的门。

"进来。"穿着红睡袍读着海盗小说的安东尼大声应门。

敲门的是艾伦姑妈，她就像一位不小心流落人间的灰发天使。

"他俩订婚啦，安东尼，"她柔声说道，"她答应嫁给咱们家理查德了。他俩去戏院的路上遇到交通阻塞，足足在马车上待了两个小时呢。

"对了，安东尼，我的好弟弟，这下你可别再吹嘘金钱的力量啦。让我们理查德找到幸福的原因，就是一个真爱的小小象征而已——一枚代表着无尽无私爱意的小小指环！他在路上掉了指环，下车去捡，刚巧就在这时候开始塞车，他们就动不了了。马车被困在路当中的时候，他抓住机会向她袒露心声，赢得了她的爱！金钱和真爱比起来，那就是渣渣呀，安东尼。"

"好吧，"老安东尼摊摊手，"孩子如愿以偿了，我也挺高兴的。我早告诉他我会不惜一切代价给他……"

"得了，安东尼老弟，你的钱在这里头帮到半点忙了没有？"

"姐姐啊，"安东尼·罗克沃尔叹道，"我的海盗现在可是在危急关头呢，他的船穿了底儿，他又是个有钱又惜财的，绝不会让自己淹死。你行行好让我看完这章书呗。"

故事到这里应该就结束了。我跟诸位一样真心这么希望的。可我们还是有必要知道一下事情真相的吧。

第二天，一个双手通红，系着蓝圆点领带自称凯利的人来到安东尼·罗克沃尔府上拜访，立刻就被请到了书房。

"嗯，"安东尼一边伸手拿支票簿一边说，"这锅肥皂水熬得不错。来看看——你已经拿过五千块现金了。"

"我自己又垫出去三百块呢，"凯利说，"比预计的超支了那么一些。快运四轮和马车基本上都是每辆五块，可大卡车和两匹马的车队开价就是十块。电车司机也要十块才肯干，搬运车队有些还跟我要二十来着。警察敲我可是敲得最狠的啊——其中两人我给了五十，另外两个分别给了二十和二十五。可是您看，罗克沃尔先生，这场表演不是精彩到家了吗？幸好威廉·阿·布雷迪[1]没见着这幕群车争霸的外景场面，我可不想让他因为嫉妒而心碎呀。而且咱们这可是连一次彩排都没有过呢！大家伙儿可是一秒不差地准时到场呀！堵得那叫一个结实，足足两小时，格里利塑像底下连条蛇都钻不过去！

"一千三——拿去吧，凯利。"安东尼撕下一张支票，"你的一千辛苦费，还有垫付出去的三百。我说凯利，你不至于瞧不起钱吧？"

"您问我？"凯利撇着嘴，"我还想好好揍一顿那个发明了贫穷的人呢！"

凯利走到门口，安东尼又出声叫住了他。

---

[1]威廉·阿·布雷迪（1863-1950），美国著名戏剧演员、电影制片人和运动推广人，成功经营剧院长达三十多年，电影史上首部宽银幕纪录片制作人之一。

"在堵车现场的周围，"他问，"你有没有看见一个光着屁股的小胖子拿把弓对着人乱射箭？"①

"啊？没有，"凯利有点摸不着头脑，"没见着啊。要真有这么个您说的小胖子，估计在我到现场之前就被那几个警察押下去了。"

"我还猜那小流氓不会去呢。"安东尼嘿嘿笑起来，"慢走啊，凯利。"

---

①指爱神丘比特

擦亮的灯

当然，这个问题是有两面性的。我们先看一下另一面。我们总是会听到"店女郎"这样的说法。其实哪里有这种人存在啊。有的只是在商店里售货的姑娘罢了。她们就是靠做这行糊口的。可有什么必要把人家的职业弄成个形容词呢？还是公平一点吧。我们也从来没把在第五大道上住着的姑娘们叫成"婚女郎"嘛。

卢和南希是一对闺蜜。她俩来到大城市找工作，因为家乡地方太小，机会太少。南希芳龄十九，卢刚满二十。两个都是漂亮活泼的乡下姑娘，没有登上大舞台的野心。

坐在云端的胖墩小天使指引这对小姐妹租到了一间便宜但口碑不错的公寓。两人很快找到了工作，开始挣钱养自己，并且继续当闺蜜。转眼半年过去了，这时候我才想请您走上前来认识一下她俩。好事的读者，我在这儿隆重给您介绍：我的女性朋友们，南希小姐和卢小姐。您跟她俩一一握手的时候请留意一下——但要小心点——她们各自的打扮。没错，一定得小心，因为她们跟任何一位马术表演包厢里的淑女一样，特别讨厌人家打量。

卢在手工洗衣店里当熨衣工，薪水计件。她穿着一条相当不合身的紫色裙子，帽子上的羽毛足足长出四英寸；但她的貂皮套筒和围巾可是值整整二十五块钱，上头缀着的珠子在这个购物季完结之前，拿到橱窗去还能贴上七块九毛八的标签卖掉。她的双颊粉红，有一双明亮的蓝眸。这姑娘浑身上下散发着一股子知足常乐的欢快。

南希呢，就是你们会说成是"店女郎"的那种——你们不是习惯这么喊嘛。店女郎是没有固定类型的，但堕落的一代总在试图给所有事物归类，那么这一类人应该就是这个模样了吧。她梳着高耸的庞巴度发型，整个发型的正面都夸张地烫直了。短裙是冒牌货，但式样还算过得去。她身上没有皮草抵御刺骨的春寒，可她穿着那件绒呢短夹克是那么得意洋洋，活像披着波斯羊羔绒的大衣似的！她的脸上、眼中，没有同情心的分类狂们看好了，那就是典型的店女郎神情。那是一种控诉的眼神，静默却带着轻蔑，控诉女性总是韶华虚度；那是一种同情的眼神，阴郁地预言着报复即将到来。就算她笑得声震四方，都不会改变这种神情。俄罗斯农民的眼里也有同样的眼神；当大天使加百列来送我们全体上天堂的时候，那时候还剩下的人们肯定也能从它脸上看到同样的表情。那是一种会让男人失去斗志、窘迫羞愧的眼神；可男人总是会对着这样的表情假意逢迎，附送鲜花一束——底下还系着红绳一条。

好啦，现在您可以抬抬帽檐走了，卢已经开朗地说了"回见"，而南希那抹嘲讽的甜笑，不知怎地跟您擦肩而过，幻化成一只白色蛾子，飞出屋顶朝着星星而去了。

两个姑娘在角落里等着阿丹。阿丹是卢那个稳重的对象。你问他忠诚吗？呃，反正每当玛丽的小羊羔不见了，需要雇十二个送传票的小弟四处寻找的时候，阿丹总是会到场帮忙。

"你不冷吗，小南？"卢问，"哎，说来你真傻，还在那个老百货店里干活，每周才挣八块钱！我每周都能挣十八块五呢。当然啦，熨衣服跟在柜台后头卖那些漂亮物件儿比起来，似乎没那么舒服，可它多挣钱呀。店里的熨衣工们最少每周都能拿到十块钱以上呢。而且话说回来，我觉得这活计也不会多不体面。"

"那你就干着呗，"南希鼻子一翘，"我就挣我的八块钱，住我的过道卧室好了。我就喜欢被漂亮的东西和时髦的人们包围。你看看我在这种环境里有怎样的机会！你知道吧，一个卖手套的女孩嫁了个匹兹堡的——是个炼钢的，或者铁匠什么的——以后可是要当百万富翁的呢。哪天我也会找个有钱人。我不是在吹自己长得好啊；可一旦有下注的好机会，我可绝对不会错过。女孩子在洗衣店能有什么前途啊？"

"我就是在那儿认识阿丹的呀，"卢跟打了胜仗似的自豪，"他到店里来取礼拜日要穿的衬衫和领子，一进门就看到我在第一张熨衣板那儿忙活。姑娘们都要抢第一张熨衣板的。艾拉·马金尼斯那天刚好病了，我就顶上了她平时的位子。他说他第一眼就注意到了我的手臂，那么滚圆白皙。我一般不都挽起袖子的嘛。还有不少很不错的小伙儿都会到洗衣店来。你看他们都是用手提箱装着衣服来的就知道啦；而且进门的时候那叫一个风风火火。"

"你怎么能穿这么一件束腰啊,卢?"南希惊问道,低头瞪着那件得罪了她的衣物,浓密的睫毛覆盖着的眼里尽是撒娇般的嫌弃,"这品味太可怕了吧。"

"你说这件?"卢大叫,义愤填膺地瞪大眼睛,"什么呀!我可是花了十六块买的这件束腰啊!原价二十五,有个女的拿到店里来洗,再也没来取过。老板就把它卖给我了。你瞧这一层层都是手工织绣呢。你还是说说你自己身上那件丑了吧唧土得掉渣的裙子吧。"

"这条丑了吧唧土得掉渣的裙子,"南希不慌不忙地回道,"可是范·阿尔斯坦·费舍尔夫人①那条的翻版。店里的姑娘们说,去年她这条裙子在商店里标价要一万二。我是自己亲手照着做的,就花了一块五。十英尺之外你都看不出来跟原版那条的区别。"

"好吧好吧,"卢好脾气地先投降了,"你愿意饿肚子喝西北风就随你吧。反正我是要继续干这活儿挣钱的;干上几小时我就能买得起时髦又引人注目的衣服首饰了。"

话音刚落,阿丹来了——这是个严肃的年轻人,打着现成的领带,身上并没有都市人那种浮躁——他是个电工,每周进账三十块钱,会用罗密欧般的悲伤双眼注视卢,并且坚信她那件手工织绣的束腰是一张网,任何一只苍蝇都会心甘情愿落入其中。

"这是我的朋友,欧文斯先生——跟丹佛斯小姐握个手吧。"

---

①范·阿尔斯坦·费舍尔夫人,当时的社会名媛,服装设计师。

卢说着。

"非常荣幸认识您，丹佛斯小姐，"阿丹伸出手来说，"我经常听卢说起您。"

"谢谢，"南希用她冰凉的指尖碰了碰对方的手指，"我也听她说起过您——有那么几回吧。"

卢咯咯笑起来。

"你是不是跟范·阿尔斯坦·费舍尔夫人学的这样握手呀，小南？"她问。

"要是的话，你也可以随便学。"南希答道。

"哎呀，这我可用不来。对我来说可太造作了。这么个握手法一看就是为了炫耀钻戒。只能等我得了几个戒指以后再试试看啦。"

"可以先学会啊，"南希很聪明，"你就更有机会得到钻戒啦。"

"好了，咱们先不争论了吧，"阿丹绽开一个愉快的笑容，"我有个提议。既然我没法带你们俩一块儿去蒂凡尼，那么看场杂耍怎么样？我买好了票。如果不能跟真正的宝石握手，去欣赏一下舞台上闪耀的人儿不也很好吗？"

忠实的护卫体贴地站到路边；卢走到他身旁，明艳漂亮的衣裳衬得她有些孔雀开屏般的高傲；南希走在最里边，纤瘦的身材，穿得跟麻雀一般朴素，却走得颇有范·阿尔斯坦·费舍尔的范儿——三个人就这么出发去消遣他们的夜晚时光了。

我猜并不会有多少人把大百货商店看成教育机构吧。可南希工作的那间商店，对她来说就跟学校差不多。她周遭全是呼吸得出品位和精致的美丽商品。如果你身处一个满是奢侈的环境中，那么你就拥有这份奢侈，无论这钱是你花的还是别人花的，都一样。

她接待的客人基本都是女性，她们的装束、仪态和社会地位就是判定广大女性的标准。从她们身上，南希偷师学了许多——在她看来都是她们各自最亮眼的地方。

她善于观察，勤加练习，从这位小姐那里学得某个姿势，从那位女士那儿学得一个风情万种的挑眉，从其他人那里模仿走路的仪态、拎包的方式，学会怎么微笑，怎么问候朋友，还有如何跟"下等人"讲话。而从她的偶像范·阿尔斯坦·费舍尔夫人身上，她更是不遗余力地模仿到了那精华——一种温软而低浅的嗓音，如银铃般清透，像画眉鸣叫一样完美的发音。浸染在如此高阶层的文雅气息和良好教养的氛围中，她就算想不受到影响都不可能。都说好习惯比好规矩更重要，那么也许，好的仪态更胜过好习惯吧。父母对孩子的耳提面命也许无法将新英格兰的道德准则代代相传；但若是你坐在直背椅子上，重复"棱镜和朝圣者"四十遍，恶魔便会逃之夭夭。因此，当南希用范·阿尔斯坦·费舍尔的语调说话时，她能够感到自己从骨子里散发出一种高贵的颤栗。

在大百货商店学校中，还有另一种学习途径。无论什么时候，你看到三四个店女郎围在一块儿，一边明显是在嚼舌根，一边招摇着各自的镯子，可别以为她们仅仅是在挑剔哪个姑娘的发型。这个小会议也许不具备审议机构的尊严；可你千万不要小瞧了其重要性——可以媲美夏娃和大女儿第一次一起动脑子让亚当明白自己在家里的正确地位。这种小会叫做"关于女性进攻和击退社会的战略性理论之共同辩论与意见交换会议",相当于一个舞台;而男人呢,则是其观众或听众,要不断地坚持献上花束以表忠心。女人啊,好比是任何动物中最弱小无助的一种——有着小鹿的优雅,却没有它的敏捷;有着小鸟的美丽,却没有它的飞翔之力;有着蜜蜂般甜蜜的负担,却没有——哎,快别笑了——有几个人可能已经被蜇到了。

就在这种战事委员会上,姑娘们把武器从一个人手里传到另一个人手里,同时交换着各自在生活中积累总结出来的策略和算计出来的谋划。

"我同他讲,"莎蒂说,"你有意思不!以为我是什么人,敢这样说我?你知道他讲什么吗?"

只见一堆脑袋——棕色的、黑色的、亚麻色的、红色的和黄色的,不约而同地摇了摇;莎蒂公布了答案;姑娘们立即制定出反击方案,以便日后大家各自在与共同敌人——男人——作战时使用。

于是,南希就这样学习了防守的艺术;而对于女性们来说,成功的防守就相当于胜利啦。

大百货商店学校的课程包罗万象。恐怕没有任何一所学院能提供如此贴合她需求——嫁个好人家——的教育了。

南希在店里的职位是比较招人羡慕的。音乐播放室离她很近,她天天这么听着,很快就熟悉了那些顶级作曲家的作品——至少有所了解,让她能在自己没头没脑地试图涉足的社交圈子里冒充一下懂得欣赏音乐的淑女。她积极地汲取工艺品的影响,了解昂贵而精巧的织品,学习几乎等同于女性文化的装饰品知识。

其他女孩子很快便察觉到了南希的野心。"你的百万富翁来啦,南希。"每当有比较像样的男人接近她的柜台,姑娘们就会冲她开腔调侃。男士们似乎都养成了这么一种习惯,就是陪女性购物的时候,他们会在一旁瞎逛,逛着逛着就晃进了卖手帕的柜台,在这个细棉布的小天地里头消磨时间。不得不说,是南希刻意打造的上流发型和看得见的秀丽面庞吸引了他们。许多男人慕名而来,在她面前孔雀开屏。这其中有一些或许是真正的百万富翁;其他呢,也不过是依葫芦画瓢的冒牌货而已。南希早就学会区别二者了。手帕专柜尽头有个窗子,她一挨过去楼下街上待命接送购物者的车阵就一览无遗。她每天观察这些车子,发现汽车和其主人一样也是有贵贱之分的。

有一回,一位魅力四射的绅士一下子买了四打手帕,带着科菲多亚国王①的架势隔着柜台跟南希搭讪示好。他走后,一个售货姑娘说:

"怎么回事儿,小南,你怎么对那位这么冷冰冰的?我看他是上等货色呀,挺不错的嘛。"

"他?"南希摆出一个最为冷酷又甜美还不带人情味儿的范·阿尔斯坦·费舍尔式的微笑说,"我还看不上。我见到他在外头上车了。就他那辆十二马力的车子和爱尔兰司机!而且你也看见他买的什么手帕——丝绸的哎!还患有指炎。拜托,我可是宁缺毋滥的好吧。"

---

①传说中的一位非洲国王,爱上一位乞丐女子,并娶了这位女子作为王后。

本店里最为"娴雅"的两位女士——一个领班和一个收银员——时不时会跟几个"一流的绅士朋友"吃饭。有一次他们也邀请了南希。晚餐订在一间享负盛名的咖啡厅，要在这里订到新年前夜的位子，不提前整整一年根本没戏。请客的这两位"绅士朋友"：一位头上寸草不生——奢靡的生活把头发都磨光啦，咱们可以证明；另一位的格调和教养通过两方面令人对他刮目相看——他发誓所有的酒都染上了木瓶塞的气味；他还佩戴钻石袖扣。这位年轻的先生从南希身上感受到了无可抗拒的美德。他向来对店女郎有好感；而眼前这位不仅仅有着她这个阶层的人特有的率真魅力，说起话来更是带上了他所处的上流阶层的音调和仪态。于是第二天，他来到店里，在装满漂过的抽丝花边的爱尔兰亚麻布箱子上，严肃认真地向她求婚。南希拒绝了。十英尺开外，一个梳着庞巴度发型的棕发女孩儿一直睁着眼睛竖着耳朵关注全程。追求者受挫离开后，她冲过来对南希兜头就是一顿狂风骤雨般的谴责。

"你这个蠢得透顶的小傻瓜！那人可是货真价实的百万富翁——他是老冯·斯基特勒斯的亲侄子呀！他在那个阶层说话也是有分量的。你是不是疯了呀，小南？"

"我有疯吗？"南希不在意地说，"我这不是没答应他吗？反正他不是什么名副其实的百万富翁。他家每年只给他两万块花销。那天晚上吃饭的时候，那个秃顶男一直都拿这个调侃他呢。"

棕发庞巴度姑娘近前一步，眯起了眼睛。

"我说，你到底要什么？"她问道，声音因为少了口香糖的润滑而显得有些嘶哑，"这样还不够？你难道想做个摩门教徒，嫁给洛克菲勒①还是格莱斯顿·道伊②还是西班牙国王还是他们全部？一年两万还不够你花的？"

南希在对方那双黑色、肤浅的眼眸平视下，脸颊染上了些许红晕。

"并不完全是因为钱，卡丽，"她解释，"那天晚上吃饭的时候，他朋友当面戳穿了他的低级谎言。他曾经声称没有带某个女孩出去看电影。哎，我最受不了的就是撒谎了。所以这样那样的因素加起来——我就是不喜欢他；事实就是如此。我要把自己嫁出去，绝对不接受任何讨价还价。无论如何我都必须嫁给一个行得正坐得直的男人。对，我是想钓个金龟婿；可光是跟存钱罐一样丁零当啷响，其他一事无成的人是绝对不可以的。"

"你这不是自个儿找罪受吗！"棕发庞巴度嘟囔着走开了。

带着这类崇高的观念——如果不能称之为理想的话——南希继续过着八块钱一周的生活。她在通往不知名金龟婿的小路上坚定前行，一天天地啃她的干面包，一天天地勒紧裤腰带。她的脸上永远带着一丝若隐若现的坚毅、甜美却冷酷的微笑，使她看上去像一位天生的男性猎手。百货商店就是她的森林；有许多次，她端起来复枪瞄准了看上去鹿角发达、身形健硕的

---

①洛克菲勒，美国实业家、超级资本家，美孚石油公司创办人。全球历史上最富有的人，是世界公认的"石油大王"。
②格莱斯顿·道伊，作者时代美国的著名信仰治疗家约翰·亚历山大·道伊的长子。

猎物；但总是有种来自内心深处的准确直觉——也许是猎手的直觉，也许是女性的本能——让她收起枪管，继续上路。

卢在洗衣店干得可滋润了。她每周挣的十八块五里头只有六块用来租房吃饭，其他基本都买了衣服。跟南希比起来，她几乎没什么机会能提高自己的品味和仪态。在蒸汽腾腾的洗衣店里，除了工作、工作还有她对夜晚消遣的期许之外，其他什么都没有。有许多昂贵华丽的料子都经过她的熨斗碾压；搞不好她之所以对衣服裙子越来越喜爱，就是这块金属传导到她心里的吧。

一天的工作结束后，阿丹就会在门外等着她，无论她站在哪盏灯下，他都活脱脱是她忠实的影子。

有时候，他会困惑地瞧着卢的打扮，感觉她穿得越来越招摇而非越来越讲究款式；不过这绝对不是不忠的表现啊；他只是反感它们在街上给她引来的目光而已。

卢对闺蜜的感情一点都没有减少。她俩之间有个规定，就是无论她和阿丹有什么活动，南希必须跟着一块儿去。阿丹心甘情愿乐呵呵地接受了这一额外的负担。可以这么说，在这消遣三人帮里，卢负责提供色彩，南希负责基调，而阿丹则要担负起重量。这位保镖从不惊慌，从不抵触，穿着他整洁但明显不是定做的成衣，打着成品领带，带着他可靠又亲切的现成的智慧陪伴两位姑娘娱乐四方。他属于那类好小伙儿，那种在你身边的时候你很容易忘记他的存在，而一旦离开了又会立即想起来的好人。

在南希看来，这些不上档次的现成消遣对于她高档的品味来说有时候会稍嫌苦涩: 可她还年轻; 青春啊, 若是当不成老饕, 那么便至少当个吃货罢。

"阿丹总想让我立刻嫁给他, "卢有一回告诉她, "可为什么呢? 我可是很独立的。我自己赚钱想怎么花怎么花; 而且他肯定不会同意我结婚之后还继续工作的。不是我说你, 小南, 你还待在那老店里干啥呢? 总是忍饥挨饿, 还打扮得不伦不类。你要是愿意, 我立马就能在洗衣店给你谋个差事。我觉得如果你能多赚很多钱, 就用不着那么高傲啦。"

"我高傲吗? 没有啊, 卢。"南希说, "不过我是宁愿靠一半的口粮过活, 也要守着现在的工作。我想我应该早就养成习惯了吧, 这就是我想要的机会。我也不希望一辈子坐柜台, 我每天都在学习新东西呢。每时每刻我都做好了面对教养良好的有钱人的准备——就算我只不过为他们服务; 而且我一旦看到附近有目标, 是绝对不会错过的。"

"那你钓到了百万富翁没? "卢嗤笑地问。

"还没选中, "南希答道, "我正考察他们呢。"

"我的妈呀! 还几选一呢! 你可别放过任何一个啊, 小南——即便他钱少点儿也别放过呀。不过我知道, 你当然是开玩笑的——百万富翁才不会考虑我们这种打工的女孩子呢。"

"他们最好能考虑考虑, "南希头脑冷静地说, "我们这种姑娘才能教会他们怎么管钱。"

"要是有某个富家子来跟我搭讪, "卢大笑着说, "我知道我肯定会一头扑过去的。"

"那是因为你一个都不认识。富翁和普通人唯一的区别就是你必须在近距离观察他们才行。你不觉得你这红绸衬衣配这件外套有点儿太刺眼吗，卢？"

卢瞥了一眼她好姐妹身上那件朴素暗沉的橄榄色小外套。

"哎，我觉得不会——不过跟你这件褪了色一样的衣服放在一块儿看，可能是有些抢眼。"

"我这件外套，"南希鼻子都翘到天上去了，"跟范·阿尔斯坦·费舍尔夫人那天穿的那件是如出一辙的剪裁和尺码。光是料子就花了我三块九毛八。我猜她的要贵上一百多块吧。"

"噢，这样啊，"卢欢快地说，"反正我看它可不像能钓上金龟婿的饵。不过反正我也不会去想有没有可能比你先嫁入豪门。"

说真的，要将这两个小姐妹各自的理论分出个高下，那必须得交给哲学家来决定才行。卢，因为并不具有在商店和办公桌前勉强糊口的姑娘们身上的那种骄傲和一丝不苟，每天都能快活地在闷热的洗衣店里甩着熨斗卖力气。她的薪水除去给她舒适的生活之外还绰绰有余，不可避免地，她打扮得越来越漂亮，直到某次她瞥到阿丹那整洁却跟优雅沾不上边的穿着，心里腾起一股不耐烦来——这个阿丹，一如既往，一成不变，不偏不倚，无趣得要死。

至于南希，她的日子跟千千万万个姑娘的日子没什么不一样。高贵出身、高格调品位的美好世界里，充满了丝绸、珠宝、花边、装饰、香水还有音乐——这一切专为女性而存在；它们让她觉得生活是公平的。如果说它们已经成了她生命的一部分，那么只要她自己愿意，就让她一直待在它们跟前吧。她没有像以扫[①]一样背叛自己；毕竟她坚持了自己与生俱来的权利，亲手挣来的肉汤也稀薄得仅能果腹，并不奢靡。

南希属于这里；她在这里成长，尽管节衣缩食，她仍然心满意足地坚定前行。作为女人，她已然十分了解这个群体；而如今，她将研究目标转向了男人这种动物，知晓了他们的习性和标准。终有一天，她会让理想的猎物落网；但她也暗自发誓，她得到的一定是最大、最好，绝对不亏待自己半分的那一个。

就这样，她每天都擦亮自己的灯，将之点亮，准备好迎接某天一定会到来的如意新郎。

可世事无绝对，也许在不知不觉间，她又学到了另外一些东西。她的价值观开始有了些动摇和改变。有时候，她脑中的美元标志会模糊下去，幻化成别的一些字眼，像"真诚"、"尊重"，甚至时不时只剩下"善良"。我们用在深山老林里狩猎驼鹿或者麋鹿的猎手来打比方好了。猎人发现了一片小谷地，苔藓丛生树木环绕，谷中小溪潺潺，朝他汨汨召唤：来休息吧，很舒服哦。在这种时候，就算是宁录[②]的矛尖也会变成钝器。

因此，南希时不时会困惑，波斯羊羔绒究竟是不是按照它包裹的心的价值在市场上定价的呢？

一个周四的傍晚，南希从百货店下了班，在第六大道向西拐弯，往洗衣店走去。她准备跟卢和阿丹一块儿去看场音乐喜剧。

---

① 根据圣经《创世记》的记载，以扫是以撒和利百加所生的长子，心地直爽，因为"一碗红豆汤"随意地将长子名分"卖"给了孪生弟弟雅各。
② 根据《圣经》有限的记载，宁录是古实的儿子、含的孙子、诺亚的曾孙，称"他为世上英雄之首"，"他在耶和华面前是个英勇的猎户"。

刚走到门口，就碰见阿丹从洗衣店里出来。他的表情古怪，像是有种不自然的紧张。

"我是想着过来看看他们是否有她的消息。"他说。

"有谁的消息？"南希问，"卢不在吗？"

"我还以为你知道，"阿丹说，"她自打周一开始就既没来过店里，也没在家了。她把所有东西都带走了。她告诉了店里一个女孩儿，说可能要去欧洲。"

"没人在别的地方见过她了吗？"南希惊讶道。

阿丹看着她，绷紧了下巴，沉着的灰色双眼里有一抹铁色一闪而过。

"洗衣店的人告诉我，"他声音粗厉，"他们昨天看着她离开了——坐汽车走的。应该是跟一个富家子走的吧，我猜，就是你和卢天天朝思暮想念念不忘的那种人。"

头一次，南希在一个男人面前感到了畏惧。她用微微颤抖的手抓住阿丹的袖子。

"你没有权利对我这么说话，阿丹——这跟我有一丁点儿关系吗？"

"我也不是这个意思。"阿丹用柔和的口气说道，手伸进背心口袋里掏着什么。

"我还有今晚的票呢，"他故作轻松地殷勤道，"你要是……"南希向来欣赏有勇气的人。

"我跟你一块儿去吧，阿丹。"她接道。

南希再见到卢，已经是三个月之后的事情了。

在一个黄昏，我们的店女郎正沿着一座静谧小公园的外围匆匆赶着回家。她听到有人叫她的名字，一个转身，刚好接着迎面扑到她怀里的卢。

久违的拥抱过后，她俩像蟒蛇一样抬起头来，说不上来是想攻击还是想施展魔法，各自灵敏的舌尖上都堆积着上千个问题随时准备进出。然后南希注意到了，繁华降临到了卢身上，以值钱的皮草、闪烁的宝石和裁缝定制的服装彰显着。

"你这个小傻瓜！"卢大喊出声，饱含感情，"我看出来了，你还在那家商店干活，还是那么寒酸！你那超级金龟婿钓得怎么样了——还是没进展，对不对？"

说完，卢打量着南希，发现她身上似乎笼罩着某种比喜事更好的东西——她的眼里发出比宝石还亮的光芒，她的双颊染上比玫瑰还红的色晕，仿佛是电光在她的舌尖跳跃着，心急地挣扎着想要喷薄而出。

"对，我还在商店干活呢，"南希说，"但下周我就要辞职了。我钓到金龟了——还是世界上最大的那只。你现在应该不会介意的吧，卢？……我要嫁给阿丹了——对，那个阿丹！——他现在是我的阿丹啦……哎呀，卢！"

公园一角有一位年轻的新手警察在巡逻，稚气未脱的他让人感觉并没有那么趾高气扬——至少看上去是这样。忽然，他看见一位女士，穿着昂贵的皮草大衣，两只手都戴着亮瞎眼的钻戒，背靠公园的铁栏杆蹲在地上泣不成声；她旁边是个身形纤瘦、穿着朴素的打工妹，正弯下腰来安慰着她。可我们这位硬汉警察小哥，新秩序的维护者，却装作没有注意到似的从她俩身边径直走过，因为他非常聪明，知道光凭他所代表的法律力量，对于这类情况是一点忙都帮不上的。他只是用警棍在人行道上敲出了声，当当当的声音朝着天空中最远的星星飘去。

催眠大师杰夫·彼得斯

说起杰夫·彼得斯赚钱的招数，那可是跟南卡罗莱纳州查尔斯顿人做红米餐一样花样百出。

我最喜欢听他说早年的经历，讲他那些靠着在街头巷尾贩卖膏药和咳嗽药水糊口度日，那些跟哥们一起努力打拼、肝胆相照、为一点小钱奋不顾身的日子。

"有天，我来到阿肯色州的非瑟丘，"他回忆说，"身上穿着鹿皮衣，脚上蹬着鹿皮鞋，留着长发，手指上戴着从一个德克萨肯纳的演员那儿弄来的三十克拉钻戒。那是我用小折刀跟他换的，也不知道他用那把刀都干了些啥。

"我那会儿的身份是声名显赫的印第安巫医沃乎大夫，身上只有一件杀手锏，那就是'苦口回春'。那可是从一种延年益寿的草药里提炼的，乔克托族美丽的酋长夫人塔奎拉在采摘蔬菜装饰玉米舞会上的大盘狗肉时，偶然发现了它。

"我在上个镇子的生意不太顺，到非瑟丘的时候，口袋里只剩下五块钱。我找到当地的药剂师，赊账买了七十二套八盎司的瓶子和木塞，手提箱里还装着在上个镇子用剩下的标签和原料。回到旅馆房间，我看着龙头里的水哗哗地流，'苦口回春'在桌子上一打一打排得整整齐齐，感觉生活又美好起来啦。

"假药？话可不能这么说，先生。我这七十二瓶药里实打实的有价值两块钱的金鸡纳萃取液，另外还有价值一毛钱的苯胺呢！接下来的好多年里，我就是凭着这剂灵药走遍大城小镇，还有有许多人追着我要呢！

"那天晚上，我就雇了辆马车，准备到主街去卖药。非瑟丘地势低洼，还闹疟疾。我断定这里的人最需要的是一种复合型的临床肺心病抗坏血剂。我的'苦口回春'一上来就卖得跟全素宴上的甜面包吐司一样抢手。在我已经以五毛钱一瓶的价格卖了两打后，忽然有人扯了扯我的衣摆。我马上领会了意思，爬下马车，悄悄往一位翻领上绣着德国银星的男士手里塞了五块钱。

"'警察大哥好！'我说着，'今晚夜色不错啊。'

"'你在这儿推销非法制剂，还号称是药品，你有本城的许可证吗？'他严肃地说。

"'还没有，'我回答，'我不知道你们这儿算是城市。要是明天我发现它确实是城市，我可以去领一张交给您。'

"'在你领到之前，我只能勒令你停业。'警察说。

"我只好收摊回旅馆，顺便把这事儿跟旅馆老板说了。

"'你这一行在非瑟丘这是没机会的，'老板摇头说，'霍斯金斯大夫是这里唯一的医生，他是镇长的小舅子，他们可不会让任何一个江湖郎中在这城里行医的。'

"'我又不行医，'我说，'我有州政府发的行商执照，

不管在哪个城市都能拿到市级的许可。'

"第二天一早，我去了镇长办公室，可他们说镇长还没来上班，也不知道什么时候才会来。于是，我这位沃乎大夫只好回到旅馆，窝在椅子里，点上一支金普森出品的烟草，等待着。

"忘了过了多久，一个打着蓝领带的年轻人坐到我旁边，问我几点。

"'十点半，'我说，'你是安迪·塔克吧，我在你工作的时候见过你。你在南部卖过丘比特大礼包对吗？我想想啊，有智利订婚钻戒一枚、婚戒一枚、薯泥杵一支、舒缓糖浆一瓶，还有多萝西·弗农[1]照片一张——加在一起只要五毛钱。'

"见我竟然还记得他，安迪很高兴。他是个挺不错的街头推销员，而且，他尊重自己的工作，只要能赚到三倍利润就心满意足了。很多人都向他抛出橄榄枝，邀他加入非法药品和园艺种子行业，但他从来不做偏离正道的事儿。

"我需要一个搭档，安迪跟我一拍即合。我向他介绍了非瑟丘目前的状况，分析了因为当地医政勾结而造成的经济低迷。那天早晨安迪刚下火车，刚好也处在低谷，正合计着在全城挨家挨户推销，靠尤里卡斯普林斯那边的一些畅销货先挣几个钱，再图东山再起。然后我俩就出门坐在回廊里细细商谈了起来。

"第二天早上十一点，我正一个人坐着，只见一个叫'汤姆大叔'的慌里慌张冲进旅馆，张口就叫医生跟他去看班克斯法官，估计就是那位镇长，他似乎病得不轻。

---

[1] 多萝西·弗农(1875-1970)，著名德籍美国女演员。

"'我不是医生啊,'我跟他说,'你怎么不去找大夫?'

"'先生,'他焦急地说,'霍斯金斯大夫到二十英里外的乡下出诊去了。他是镇上唯一的大夫,班克斯老爷又病得很严重,他让我来请你去给他看看,请快点。'

"'本着人道主义,我会去瞧瞧。'我一边说着一边往口袋里塞了一瓶'苦口回春',跟着他走了。爬上山坡,就能看到镇长那栋全城最高档的半山豪宅,房顶是芒萨尔式的,草坪上还有两条铸铁的猛犬雕像。

"这位班克斯镇长躺在床上,全身盖得只露出胡子和脚。他的身体里发出一种吓人的怪声,能让旧金山的人都误以为是地震,统统跑出去避难。床边站着一位年轻人,手里端着一杯水。

"'大夫,'镇长开口说,'我病得太严重了,就要死了。你能不能救救我?'

"'镇长先生,我没有那个运气拜艾斯·库·拉比乌斯①为师,也没有上过医学院,'我诚恳地说,'我不过就是个来看看能不能帮上忙的同胞。'

"'非常感激,'他并不在意,'沃乎大夫,这是我外甥比德尔先生。他想尽了各种办法缓解我的痛苦,可一点儿用都没有。噢,神啊!嗷嗷嗷!'他大声呻吟起来。

"我对比德尔先生点头致意,在床边坐下,探了探镇长的脉搏。'我先看看您的肝——我是说舌头。'我赶忙改口。接下来又翻开他的眼皮,认真地察看他的瞳孔。

---

①原文写作S.Q.Lapius,希腊神话中日神之子、医药之神。

"'您病了多久了？'我问。

"'我是昨晚……哎、哎哟……昨晚发病的，'镇长回答。'给我点儿止疼的行吗，大夫？'

"'菲德尔先生，'我问，'能麻烦您把遮帘拉高一些吗？'

"'是比德尔。'年轻人纠正我，'詹姆斯舅舅，您想吃点儿火腿蛋吗？'

"我靠近镇长的右肩胛认真聆听听了一番，坐正了身体说：'镇长先生，您这是右锁骨急性发炎啊！'

"老天爷！'他呻吟着说，'有药能抹吗，要不正正骨，或者还有其他什么办法？'

"我拿起帽子，向门口走去。

"'你不是要走吧，大夫？！'镇长大叫，'你不能走，不能把我留在这儿死于……您管这叫急性锁骨炎对吧？！'

"'哇哈大夫，就算从道义上讲，'比德尔先生说，'您也不该眼看着同胞陷入绝望，却撒手不管啊。'

"'是沃乎大夫，别哇哈哇哈的，跟赶牛下地似的。'我纠正他。然后我又走回了床边，甩了甩我的长发。

"'镇长先生，您还剩下一线希望。对您来说，现在用什么药都没用了。不过药物固然是好东西，但还有一种力量在药物之上。'我这么告诉他。

"'是什么？'他急问。

"'科学论证，'我回答，'意志力更胜药物。您要坚信，痛苦和疾病并不存在，那只不过是我们身体不适时的感受罢了。所谓心诚则灵。'

"'大夫，你说什么奇怪把戏？'镇长问道，'你该不会是个社会主义者吧？'

"'我跟你说的可是精神干预疗法的伟大学说，它是针对谵妄和脑膜炎进行远距离潜意识治疗的启蒙学派，而这项奇妙的室内神技，名曰个体催眠术。'

"'那你通晓这项神技吗，大夫？'镇长问。

"'我是内殿最高长老院大祭司以及内殿法师之一，'我答道，'无论何时，只要我一施展法术，瘸子也能走路，瞎子也会复明。我是灵媒，是花腔催眠师，是灵魂的引路人。最近在安阿伯市的降神会上，就是通过我，那位已故的醋酒公司董事长才能魂归人间，与他的亲妹妹简进行交谈。'我接着说，'对穷人，我不会施展个体催眠术，只能到街上去卖药给他们。我不能自降身价，因为他们无我所求。'

"'那你施法救我吗？'镇长问。

"'听我说，'我继续说，'无论在哪里，我都遇上过不少医学界的麻烦。我本人并不行医，但为了救您一命，我愿意为您施展这一精神疗法，只要您以镇长的身份保证，今后不会向我追究执照的问题。'

"'当然可以，'他赶紧说，'马上就开始吧，大夫，我马上又要疼了。'

"'诊费一共二百五十块，两个疗程痊愈。'我向他保证。

"'没问题，'镇长说，'我付。我这一条命绝对值这二百五。'

"我在床边坐下，盯着他的双眼。

"'现在，抛开心里任何关于病痛的想法。你没有生病。你没有心脏，没有锁骨，没有神经，没有大脑，什么都没有。你没有疼痛。你要否定一切。现在你是否感觉到，那些根本不存在的痛感正在渐渐远去呢？'

"'我真觉得好些了，大夫，'市长承认，'我绝不敢撒谎。快快，再骗我几句，告诉我左胸这块儿并没有什么肿块，这样会让我觉得自己完全能坐起来吃点儿香肠和荞麦蛋糕。'

"我用手在他说的地方撩压了几下。

"'现在，炎症也消失了。'我说，'近日点的右叶已经消肿，你昏昏欲睡，你的眼睛也撑不住，马上就要闭上。现在，疾病已经清除。你睡着了。'

"镇长慢慢闭上眼睛，很快打起了呼噜。

"'迪德尔先生，'我开口道，'您刚刚目睹的就是现代科学的奇迹。'

"'是比德尔，'他回道，'下一次治疗是什么时候，噗噗大夫？'

"'是沃乎，'我纠正他，'我明早十一点再来。他起床之后，给他八滴松香油和三磅牛排。日安。'

"第二天上午我准时出现在他家。'怎么样，里德尔先生？'我问打开卧室门的人，'您舅舅今天早上感觉还好吗？'

"'他看起来好多了。'年轻人回答。

"镇长的脸色和脉搏都不错。我又对他施了一回催眠术，他说最后一丝疼痛也离他远去了。

"'好了，接下来您卧床休养一两天就能痊愈了。'我说，'多亏我正好到了非瑟丘，镇长先生，要知道，正规医师就算有如山的处方也救不了您。既然您的疾病已经消失，疼痛也无影无踪，我们不如谈个更愉快的话题——就说我那二百五十块诊疗费吧。请不要开支票，我不喜欢在支票背面签名，更不喜欢在它正面签名。'

"'现金已经准备好了。'镇长边说边从枕头下面抽出一个皮夹。

"他数出五张五十块的钞票，捏在手心里。

"'拿收据来。'他对比德尔说。

"我在收据上签了名，镇长把钱递给我。我小心地把钱装进了口袋。

"'你可以执行任务了，警官。'镇长突然说。他咧嘴一笑，一点儿都不像个病人。

"比德尔先生抓住了我的胳膊。

"'化名沃乎大夫的彼得斯，'他大声说，'你因非法行医被捕了。'

"'你到底是什么人？'我问。

"'让我来告诉你他是谁。'镇长先生在床上坐起身，'他是本州医学委员会请来的侦探，已经跟着你走过了五个城镇。昨天他来找我，我俩就设计了这出好戏请君入瓮。我想，你恐怕不能再在本地区从事任何医疗活动了，骗子先生。你说我得了什么病来着，大夫？'镇长哈哈大笑，'急性——好吧，不管什么病，反正都没烧坏我的脑子。'

"'侦探……'我嗫嚅着。

"'没错，'比德尔说，'我这就把你交给治安官。'

"'你倒试试看。'我边说边掐住比德尔的喉咙，几乎将他甩出窗外。可他掏出了一把枪抵住我的下巴，我只好住手。于是，我就被戴上了手铐，口袋里的钱也被他掏了出来。

"'我证明，'他说，'这些都是我跟您一起做过记号的钞票，班克斯法官。我把他送到警长办公室后，就立即拿去上缴，警长会把收据寄给你。请您保管好收据，它将作为本案的呈堂证供。'

"'好的，比德尔先生。'镇长回答。'那么，沃乎大夫，'他转向我说，'你怎么不施展神技了？你不会用牙齿将手铐的卡子拔出来打开脱身吗？'

"'走吧，警官，'我说，'我总是随遇而安。'然后，我转向老班克斯，对着他把手铐上的链子抖得哗啦啦响。

"'镇长先生，'我说，'有朝一日，你一定会醒悟，催眠术是成功的，而且它在这个案子里也不辱使命。

"我认为的确是这样的。

"等我俩走到大门口，我说：'这儿也许会有人路过，安迪。你还是给我解开——'什么？当然啦，他就是安迪·塔克呀！整出戏都是他的主意。就这样，我俩搞到了合伙做生意的第一桶金。"

婚姻学精算

"我跟你讲过吧，"杰夫·彼得斯说，"对于女性从事欺诈事业这行，我从来不抱信心。即便在最简单的骗局里，不论作为搭档还是同谋，女人都不可靠。"

"这话不假，"我说，"这个性别的人可以称得上是天性诚实。"

"那可不！"杰夫说，"自会有男人们替她们出头行骗或者拼死卖命。其实她们做事本来也不差，可一旦牵扯上感情，或者有虚荣心作祟，她们就不行啦。这时候，你就宁可找个平脚板、黄胡子、嘴里臭烘烘、养着五个孩子、还要还按揭贷款供养房子的汉子。比如说吧，在开罗时，曾经有一位寡妇太太，我和安迪·塔克有次找过她帮我们实施一场中介骗局。

"如果你有钱去报上登广告——差不多就是跟车辕头那般粗细的一卷钱好了——就已经有足够的资本办一家婚姻介绍所了。那时候，我俩手头上估摸着统共也就六千块，还指望着在两个月内能翻上一番。反正没有弄到新泽西州的营业执照，这生意最多也就做上两个月。

"我俩拟了一则广告，内容如下：

　　魅力寡妇，貌美如花，年方卅二，勤俭爱家。手持现金三千及乡间值钱物业，有意再嫁。愿觅性情温良郎君一名，贫富不拘，因其心知出身微贱之人多具美德。若为人忠厚可靠且擅理财慎投资，无论年龄相貌均不计较。来信详尽为佳。

伊利诺伊州开罗市

彼得斯和塔克事务所收转

寂寞人

"'忽悠得真不错，'整出出这么一篇文字之后，我感叹道，'现在的问题是，上哪儿去找这位太太？'

"安迪冲我白了一眼，那种又冷静又不耐烦的眼神只有他才做得出来。

"'杰夫，'他说，'我还以为你的从业生涯中早就把这种现实主义抛诸脑后了，我们需要找一位太太吗？华尔街抛售掺水股时，你还指望能在里头找着美人鱼啊？征婚广告跟太太有什么关系？'

"'你听我说，'我向他解释，'你知道我的规矩，安迪，在我经手的所有不法买卖中，有货出售就代表着确有其物，拿得出、看得见。正因为坚持这个原则，再加上我仔细研究市政法令和火车时刻表的好习惯，我才能一次又一次避免和警察之间的麻烦——要知道，一旦招惹上警察，可不是五块十块或者一支雪茄烟就能搞定的。我们既然要实施这个计划，就必须拿得出一位货真价实的魅力寡妇——最不济也得有个差不离的女人，至于是不是貌美如花，有没有那些个物产这些问题倒是可以糊弄过去，否则治安官肯定会揪着咱们不放。'

"'好吧，'安迪说，'万一邮局或者治安机关来调查我们的婚介所，按你说的做也许会保险一些。可你上哪儿找一位愿意浪费时间的寡妇来配合我们这个压根儿没有婚姻的婚介把戏啊？'

"我告诉安迪，我有一个绝佳的人选。我认识个叫齐克·特罗特的老友，以前在大篷车剧场卖苏打水，还兼职给人拔牙。去年，他舍弃了一直以来都能让他酩酊大醉的那种万能药，心血来潮喝了一个老医生开的消化药水，结果害得他老婆当了寡妇。我经常去他们家，也许能说动她来帮咱们的忙。

"我们离她家小镇不过六十英里路，我跳上一列火车赶到那里。她还住在原先那栋小木屋里，屋外那几棵向日葵还活着，洗衣盆里还站着公鸡。特罗特太太真是完美地符合我们广告上的条件了——尽管在相貌、年龄和资产方面有着些许出入。但她看上去还是有几分姿色的。况且，给她这份工作，也算是对得住已故的齐克了。

"'你们做的是正经生意吗，彼得斯先生？'我说完来意之后，她问我。

"'特罗特太太，'我说，'我跟安迪·塔克都算好了，在咱们这个公道不存的庞大国家里，至少会有三千名男性看过广告之后，想来博得您的青睐以及那些无中生有的财产。这其中大约又会有三百人将要与您做交易，假若他们中的一个赢得了您的芳心，您能得到的只是一副懒惰无比、游手好闲的臭皮囊、生活失败者、满口谎言的骗子或者可耻的淘金者。

　　"'我和安迪，'我接着说，'只是想给这些社会渣滓一个教训。我俩原本想直接开一间"道德福祉与千年孽缘婚介所"的。这么说您满意吗？'

　　"'满意，彼得斯先生，'她回答，'我知道您不会干那些伤天害理的事情。可我要做些什么呀？是要一一拒绝您所说的这三千流氓呢，还是可以一股脑儿把他们赶出去？'

　　"'您的任务，特罗特太太，'我说，'就在那儿摆样子。您可以在一家僻静的旅馆里住下，什么都不用干。安迪和我会负责处理一切通信和生意上的往来。'

　　"'当然，'我继续说，'会有一些格外热情冲动的应征者出得起来开罗的车票钱，想当面对您展开追求，或者还有其它图谋。在这种情况下，大概就得麻烦您亲自踢他们出去了。除了包您的住宿外，我们每周还会付给您二十五元报酬。

　　"'给我五分钟，'特罗特夫人说，'我去拿粉扑，再把大门钥匙存到邻居那儿，接着你们就可以开始给我算酬劳了。'

　　"就这样，我说服了特罗特太太跟我来到开罗，将她安置在一个家庭旅馆里，跟我和安迪的住处离得恰到好处，既不会近得引起怀疑，又不会远得沟通不畅。然后我就把新进展告诉了安迪。

　　"'好极了，'安迪说，'现在，既然你手里有了实实在在的鱼饵，就不会良心不安了，先不管别的，我觉得咱们现在

可以动手钓大鱼了。'

"于是，我们在全国上下的报纸上刊登那则征婚广告。我们就登了一回——太多了话还得雇好多办事员和女秘书来帮忙，他们嚼口香糖的声音搞不好会惊动邮政局长。

"我们以特罗特太太的名义在银行存了两千块，把存折交给她，以防万一有人来质疑婚介所的真实性。我知道特罗特太太靠得住，把钱存在她名下万无一失。

"就靠那么一则广告，安迪和我每天都要花十二个小时回信。

"一天的来信量在一百封上下。我实在没想到，咱们国家居然有这么多心无芥蒂的贫困男同胞，愿意花力气追求一个漂亮寡妇，还要肩负起帮她投资的重担。

"他们大多数都承认自己年纪大了，没有工作，默默无闻，但都确信自己一腔深情，男子汉气概十足，这个寡妇要是跟了自己，绝对是她一辈子的福气。

"每个应征者都收到了彼得斯和塔克事务所的回信，称寡妇太太被他坦率而风趣的信件深深打动，希望能继续文字交流，深入谈谈彼此的具体情况，方便的话，请尽量附上照片。彼得斯和塔克事务所还另外通知应征者，代他们美丽的客户收第二封信件的费用是两块钱，请随信附上。

"这下你能看出这个计划的便捷和美妙之处了吧。这些国内国外绅士中，有九成凑齐了费用随信寄过来。这个把戏就这么简单——只是拆信取钱这种事儿很烦人，我和安迪少不了一通牢骚。

"也有少数主顾亲自找上门来。我们都让他们去见了特罗特太太，她干净利落地打发掉了——只有三四个回来跟我们要车费的。等到信件从免费邮递的偏远地区陆续涌来的时候，安迪和我每天已经能有两百块的进账了。

"一天下午，我俩忙得不可开交，我正把一块两块的钞票往烟盒里塞，安迪则吹着电影《她才不结婚》主题曲，一个小个子男人眼神贼溜溜地进来，将四面墙都扫视了个遍，像是在检查庚斯博罗①的遗失画作一般神秘谨慎。一看到他，我心中便一阵得意，我们这生意做得可是堂堂正正，不怕你来检查。

"'二位今天的信真多。'男人开腔说。

"我伸手拿上帽子。'来吧，'我对他说，'我们不正等着您呢，我带您去看货。您离开华盛顿的时候泰迪②还好吗？'

"我带他去了河景旅店，让他跟特罗特太太握了手，又给他看了她名下那本两千美元的存折。

"'听起来很顺利。'这位私家侦探说。

"'当然，'我回道，'要是您还是单身，我保证能让您跟咱们的女士单独聊一会儿，还能给您免了那两块钱。'

"'谢谢。'他说，'要不是已婚的话，我没准儿真会去聊聊的。日安，彼得斯先生。'

"三个月很快就要过去了，我们已经赚了差不多五千块钱，觉得是时候收摊了。我们遭到了不少投诉，特罗特太太似乎也

---

①托马斯·庚斯博罗（1727-1788），英国风景画、肖像画画家。
②指时任美国总统的西奥多·罗斯福，泰迪是西奥多的昵称。

心生厌倦。很多追求者上门求见，但她并不乐意。

"我俩决定金盆洗手。我就特罗特太太住的旅店去付给她最后一周的酬劳，跟她道别，顺便拿回那本两千块钱的存折。

"到了旅店，我发现她哭得像个不想上学的孩子。

"'怎么了？'我问，'怎么回事？谁非礼你了吗？还是你想家了？'

"'不是，彼得斯先生，'她哭着说，'我跟您实说吧。您是齐克多年的老朋友，这事儿我也不瞒着您。彼得斯先生，我爱上了一个人。我真的太爱他了，要是不能跟他在一起，我简直活不下去。他就是我一心想找的那个人。'

"'那就嫁给他吧，'我说，'如果你们彼此相爱的话。您跟他表明心迹之后，他回应您的感情了吗？'

"'回应了。'她说，'可他也是看了广告才慕名而来的，我要是拿不出那两千元，他是不会跟我结婚的。他名叫威廉·威尔金森。'说到这儿，为了自己的爱情，她又开始歇斯底里地嚎啕大哭。

"'特罗特太太，'我安慰她，'在男人里头，我可以说是最能体恤女性的情感的了。更何况您还曾是我挚友的另一半。要是我能做主的话，您就拿着那两千块，去嫁给自己选择的人，幸福地生活吧。

"'我和我的搭档出得起这两千块钱，毕竟我俩已经从那些痴心妄想娶您的冤大头身上赚了五千多块了。可是，'我顿了一下，'这事儿我还得跟安迪·塔克商量一下。

"'他是个好心人，但也是个精明的生意人。在财务上，

我俩的地位是平起平坐的。我去跟安迪讲，看看能怎么办吧。'

"然后，我回到住处，把这事儿跟一五一十地跟安迪说了。

"'我一直都提防着这种事情发生，'安迪说，'任何骗局中，一旦沾上感情和个人喜好，你就绝不能相信一个女人还会为你着想。'

"'可一想到我们俩会成为让一位女士心碎的元凶，'我说，'我就觉得很难过，安迪。'

"'也是。'安迪同意道，'所以我告诉你我的打算吧，杰夫。你一直都是个内心柔软、心胸宽广的性情中人，也许是我太严苛、太世俗也太多疑。这次我决定让步。去看看特罗特太太吧，让她去银行把那两千块取出来，交给那个让她心醉神迷的男人，快乐过日子去吧。'

"我一跃而起，握着安迪的手足足摇了五分钟，接着赶到特罗特太太那儿，将这个告诉她。她又大哭了起来，喜悦的泪珠掉得一点都不比悲伤的时候少。

"两天后，我和安迪收拾好行装准备离开。

"'走之前，你不去见特罗特太太一面吗？'我问他，'她一定也非常希望认识你，向你当面表达她的赞美和感激之情。'

"'还是算了，'安迪说，'咱们还是快点儿上路赶火车吧。'

"就跟往常一样，我把我俩赚的钱捆到腰带上。这时，安迪从口袋里掏出一大卷钞票，让我一块塞进去。

"'这是哪儿来的钱？'我问。

"'就是特罗特太太那两千块。'安迪说。

"'怎么会到你手上的？'我问。

"'她给我的。'安迪说，'这一个多月以来，我每周都有三个晚上会去拜访她。'

"'所以你就是那个威廉·威尔金森？'我说。

"'就是我。'安迪回答。"

提线木偶

　　一位警察站在二十四街和一条黑黢黢的小巷交会的角落，高架铁路在旁边穿过街道上方。时钟指向了凌晨两点。直到黎明，这里都将被笼罩在冰冷、阴雨和拒人千里的黑暗中。

　　一个穿着长风衣的男人，帽檐压得很低，手里拎着东西，从黑暗的小巷里疾步走出，却悄无声息。警察走上前对他进行查问，态度虽然客气，语气和姿态中却有着不容置疑的权威。这样的时段，这种臭名昭著的小巷，行色匆匆的男子，以及看似不轻的携带物——极其符合警察手里的可疑情况要点记录，他必须问清楚。

　　"可疑人物"平静地停下来，将帽檐推上去，闪耀的电灯光线中，现出一张波澜不惊、神色自若的脸庞。他的鼻子有些长，漆黑的双眼中透着坚定。他伸出一只戴着手套的手，从风衣侧边的口袋里掏出一张卡片递给警察。警察将卡片对着忽明忽灭的灯光，看清了上头写着的名字："查尔斯·斯宾塞·詹姆斯，医学博士"。地址一栏写着的街道、门牌号属于一个相当正派的社区，别说起疑，让人连好奇都不好意思。警察低头瞥了一眼医生另一只手上的东西,那是一只黑色的皮质药箱,上面打着银质小铆钉,这处细节进一步证明了名片上的信息的真实性。

"可以了,医生。"警官说着往一边让开一步让他通过,笨拙中显出几分亲切,"上头有令,要格外谨慎。最近夜贼和抢劫风行。今晚真不适合出门,虽说不冷,但也够潮的。"

詹姆斯医生礼貌地点了点头,配合警官聊了几句天气,便继续踏上他有些急促的旅程。那天晚上,共有三个巡警分别接过他的名片,见证了他正派的身份,还有药箱证明他品性诚实,动机纯良。天亮之后,假若哪位警官再去查证一下名片上的信息,一定会发现更多实证,比如精美的门牌上刻着的医生姓名,他本人也会出现在设备齐全的办公室里,平静而体面——当然,不要去得太早,詹姆斯医生习惯晚起。另外,还有邻居们的证词可以告诉你他是个遵纪守法的好公民、爱家的好男人,以及他搬到这里行医两年来的各种丰功伟绩。

因此,假使有认真负责的和平守卫者往那个看似毫无可疑之处的药箱里头瞧上一眼,肯定会大吃一惊。打开箱子,你会看到一整套精细的最新工具,它们的主人就是那位最近闻名遐迩的"开箱人"——那位手脚麻利的保险箱大盗自封的名号。每一样工具都是经特别设计、精心打造而成。包括一根短小有力的撬棍、一堆奇形怪状的钥匙、几把法兰钻以及最犀利的钻头和冲头——它们能够像老鼠吃透奶酪一般毫不费力地钻穿强化钢材,像水蛭一样牢牢吸附在光滑的保险箱门上,像牙医拔牙一样将密码旋钮整个拉出。在"药箱"里层的口袋里,还有一小瓶四盎司装的硝化甘油，已经用去了一半。垫在工具下面的是一堆皱巴巴的钞票和几把金币，加起来总共八百三十块钱。

在这个极隐秘的圈子里，朋友们称呼詹姆斯医生为"希腊大师"。这个神秘的头衔，一来是向他的冷静和风度翩翩致敬，二来也是弟兄们之间的暗语，意为领头人、策划者、保密人，他用自己的家庭地址和社会地位完美地庇护着他们的秘密计划和铤而走险的事业。

这个特殊的小团体的其他成员是斯基提·摩根和甘姆·德克——两位专家级"开箱人"，以及利奥波德·普莱茨费得——城里的珠宝商，负责"处理"成员们收集来的各种"闪亮玩意儿"和装饰品。这几位都是忠诚的好小伙儿，跟门农神像一般多嘴，像北极星一样善变。①

今晚干的这一票，在这几位看来实在是有些不值。你想想，一个放置在一家资金雄厚的纺织品老字号公司里的一台老式的双层侧栓保险箱，在这个周六的夜晚，再怎么说也该吐出来的钱肯定不止两千五百块吧？可他们的的确确只找到了这么多，还按照惯例由三个人就地平分了。他们本来估摸着能有个一万或一万二的，没料到这公司的经理未免也太老派了一点——天一黑，他就把大部分资金用个装衬衫的盒子装着带回家了。

---

①门农像是古埃及的一座法老像，希腊人将其视作门农的雕像，传说在黎明时分会发出声音。北极星是恒星，在天空中的位置看起来是永恒不变的。作者这句话是反语。

詹姆斯医生继续往杳无人迹的二十四街走去。平日里喜欢聚集在这儿吵吵嚷嚷的戏剧爱好者们都已经陷入了梦乡。细雨打湿了街道，麻石路上一摊摊的积水反射着弧光灯的光芒碎裂成无数水光闪闪的亮点。林立的楼宇间咳出浸着寒湿之气的风，简直能把人吹成重感冒。

　　医生走到一栋高大砖房的拐角处时，这栋有些鹤立鸡群的楼房前门砰地一下弹开了。一名黑人大婶嘴里一边嚷嚷着，一边啪嗒啪嗒地下楼走到人行道上。她自言自语地说着些什么——她的族人们在陷入困境孤立无援时经常如此求助。她看着像来自南部的奴隶后代——快言快语，热情随意，忠心耿耿，不服管教；她的外貌也证实了这一点——肥胖，整洁，系着围裙，包着头巾。

　　詹姆斯医生从对面走来时，这个从寂静的房子里突然冲出来的不速之客刚好走下台阶。突然，她似乎不会说话只能看了，一下子安静下来，鼓鼓的眼睛一动不动地盯着医生手里的箱子。

　　"上帝保佑，"看清之后，她不禁高声赞颂，"你是大夫吗，先生？"

　　"是的，我是内科医生……"詹姆斯医生停了下来。

　　"看在老天爷的份上！请来看一下钱德勒先生吧，大夫！他刚刚不晓得是抽筋还是怎么了，躺在那里跟死了一样。艾米小姐叫我去找大夫。要是你没出现在这里，天晓得我老辛迪要去哪里挖出个大夫给她！要是让老主人知道，那就有得好看了，他一定会掏出枪数好步子要求决斗的！哦，我可怜的小羊羔艾米小姐……"

"赶快带路，"詹姆斯医生一只脚已经踏上了台阶，"如果是要找人听你讲故事，我就不奉陪了。"

黑人大婶将他引进楼里，爬上铺着厚地毯的楼梯。途中经过了两道灯光暗淡的门厅。到第二道门厅时，引路人已经上气不接下气，她拐了个弯停在一扇门前，伸手把门推开。

"大夫找来啦，艾米小姐。"

詹姆斯医生走进门，向站在床边的一位年轻女士微微躬身致意。他把药箱放在椅子上，脱下风衣扔在椅背上，准确无误地盖住药箱，然后镇定自若地走到床边。

床上躺着一个男人，像是摔倒在那儿，一身昂贵时髦的装束，只有鞋子被脱掉了；他全身松弛，一动不动，真跟死了一样。

詹姆斯医生浑身上下仿佛被光环笼罩，散发着静谧而安宁的力量，对于他的患者及其家属来说，无异于在沙漠中见到甘霖。女性们尤其容易为他在病房中散发的魅力倾倒。和那些喜欢讨好病人家属的医生不同，这种魅力来自他的淡定自若、踏实可靠、决定乾坤的力量，以及对病人的尊重、保护和奉献之心。从他坚定而明亮的目光中，辐射出强大的磁场；他平静的表情里，又透出些僧侣般的淡漠安详，既令人肃然起敬，又完美地契合了他作为密友兼抚慰者身份。有时候，他首次上门看诊，就会有女人在不知不觉中，把藏匿珠宝的地方向他透露得明明白白。

詹姆斯医生轻车熟路，在不动声色中，就把这屋里家具摆设的等级和质量研究透彻了，订制款式繁多，价格昂贵。同时，这短暂一瞥也把那位年轻女士的容貌看了个一清二楚。她身形纤细，二十出头，面容姣好，美貌动人，一张俏脸上却愁云密布，与其说是被突如其来的不幸击中，倒不如说是长久以来的忧愁。在她前额上的一道眉毛正上方，能看到一处明显的淤青，医生的常识告诉他，这是在过去六小时之内受到的伤害。

詹姆斯医生伸出手指，探向男人的手腕，并用眼神无声地询问着女士。

"我是钱德勒太太，"她带着哭腔回应，发音有一些含混的南方人腔调，"我丈夫是在您来到这的十分钟之前突然发作的。他以前犯过几回心脏病——有几次还特别凶险。"对于男人在深更半夜时的衣着，她觉得有必要解释一下："他很晚才回来，是去……赴晚宴了吧，我猜。"

詹姆斯医生将注意力转回到病人身上。无论行医还是行窃，他对手头的"案子"都全身心地投入，对任何一种职业都表示出最大的尊重。

这位患者看上去年近三十，面相里透露出鲁莽和纵欲过度，不过总体还算五官端正，甚至还有些许幽默，算是弥补了缺点。他的衣服上散发出阵阵酒气。

医生将他外衣的扣子解开，用一把小刀沿着衣领到腰际挑开衬衫。清除遮碍后，他将耳朵贴近病人的心脏，凝神静听。

"二尖瓣回流？"他直起身子轻声说。尾音上扬，似乎有一丝丝不确定。他再次俯下身去，听了更长时间。再次起身时，他的语气毋庸置疑："二尖瓣闭锁不全。"

"夫人，"他用曾多次安抚过焦虑的家属的语气说，"有可能……"在他慢慢回头，转向那位女士时，只见她突然身子一软，小脸煞白地晕倒在黑人大婶的怀里。

"可怜的小羊羔！我可怜的小羊羔！他们这是要害死辛迪大婶的可怜孩子！老天爷呀，你快睁眼！快些惩罚他们吧！他们在引她上歧途！他们伤了她天使一样善良的心！害得她……"

"抬起她的脚，"詹姆斯医生一边帮着支起女子那瘫软的身子，一边命令，"她的房间在哪？得把她放到床上去。"

"那边，大夫，"黑人大婶包着头巾的脑袋冲着一扇门歪了下，"那是艾米小姐的房间。"

两人齐心合力把钱德勒太太抬进房间，把她放到床上。她的脉搏很微弱，还好比较规律。此时，她没有一点要清醒的迹象，刚刚还只是昏厥，现在似乎已经完全陷入了沉睡之中。

"她是体力透支了，"医生说，"睡眠是很好的治疗。等她醒了，记得给她一杯热甜酒——如果她喜欢的话，在里头打个蛋。还有，她额头上的伤是怎么来的？"

"磕着了，先生。我可怜的小羊羔摔了……去他的，"善变的种族特性让她突然发起飙来——"我老辛迪才不帮那个魔鬼撒谎！就是他干的，先生！老天爷，快让他的手烂掉吧！——要死了！辛迪答应过她的宝贝小羊羔不讲出去的。艾米小姐是被打的，先生，被打到脑袋。"

詹姆斯医生走到精美的落地灯跟前，调暗了灯光。

"你就在这儿好好陪着你家小姐。"他嘱咐道，"安静点儿，让她好好休息。等她醒来，记得给她喝热甜酒。要是有什么不对劲，及时通知我。这里头有些古怪。"

"古怪的事情还多着呢……"黑人大婶又开始了，可医生"嘘"了一声，坚定地制止了她，就像在安抚癫症发作的病人。他回到隔壁房间，轻手轻脚地关上门。床上的人一动不动，但双眼圆睁，他的嘴唇在嗫嚅着，似乎想说什么。詹姆斯医生低下头仔细倾听，耳中传来："钱！钱！"

"你能听到我说话吗？"医生低声但清晰地问道。

男人的头轻微点了点。

"我是您夫人请来的医生。我知道您是钱德勒先生。您病得很严重，切勿过于激动或悲痛。"

病人似乎在用眼神示意医生靠近。他弯下腰，捕捉到了同样微弱的话语。

"钱……两万块钱。"

"你是想问这两万块在哪儿吗？……在银行？"

男人用眼神予以否定。"告诉她……"气息越来越微弱——"那两万块……她的钱……"他的双眼开始在屋里搜索。

"你把钱藏起来了？"詹姆斯医生用海妖塞壬①一般的声音问着神智不甚清楚的男人，套着他的秘密——"是在这屋里吗？"

---

① 塞壬来源自古老的希腊神话传说，在神话中的她被塑造成一名人面鱼身的海妖，拥有妖娆美丽的外表和天籁般的歌喉，常用歌声诱惑过路的航海者而使航船触礁沉没，船员则成为塞壬的腹中餐。

他几乎瞬间就在那双无神的眼睛中捕捉到了些微的肯定。指尖也仿佛触到蛛丝般细小而微弱的脉动。

詹姆斯医生的另一种职业本能陡然在他体内惊醒。他反应迅速，马上果断地决定要找出那笔钱的藏身之处，即便心里很清楚恐怕会出人命。

他从口袋里掏出个不大的空白处方本，根据一流诊所给病危患者开的配药单潦草地写了个处方。然后，他走到内室门口，轻声把老妇人叫出来，把方子交给她，让她去药店买药。

黑人大婶嘟嘟囔囔地出去了。医生走到钱德勒太太的床边。她仍在熟睡，脉搏比先前稍稍强健了些。除了那片发炎的淤伤之外，她的额头凉凉的，覆着一层薄汗。如果无人打扰，她会继续睡上数个小时。医生留意到房门上插着钥匙，于是回到主卧室，回身将门锁好。

他低头看了看表，他大概有半小时可支配时间，大婶去取药了，在这之前应该回不来。他环顾四周，找到一个水罐和一个大玻璃杯。他打开药箱，取出那个装着硝化甘油的小瓶子——他那几位打眼凿洞的弟兄们就管它叫"油"。

他往玻璃杯里倒了一滴淡黄黏稠的液体，又取出一支银色的皮下注射针管，拧上针头，看着针管上的刻度细心地抽了好几次，把那一小滴硝化甘油稀释成了小半杯子溶液。

同一天晚上的两小时前，詹姆斯医生就是用这支针管，将未稀释的硝化甘油注射到亲手钻出来的保险箱锁孔里，一声闷响，爆炸就将控制门闩的机关毁得粉碎。现在，他打算故技重施，只是注射目标变成了一个人体器官——心脏，而目的同样是为了钱。

同样的方法，不同的形式。前者就好像一个巨人，全凭一身粗野原始的蛮力成事；而后者更像是位佞臣，狠辣的双手遮掩在丝绒和花边之下，同样能要你的命。小心稀释后抽入针管的液体就是硝酸甘油溶液，这是医药科学中已知的最为强效的强心剂，只需两盎司就能炸开保险箱坚实的铁门，而这会儿，他要用一滴量的五十分之一，让人体内那精妙复杂的器官永远停止跳动。

当然不是马上。这不是他想要的。首先，病人体内应该迅速注入一股活力，每个器官和机能都受到强有力的冲击，心脏会勇敢回应这致命的鼓舞，静脉中的血液会迅速向发源地回流。

但詹姆斯医生清楚地知道，在这种心脏病人身上，如此高强度的刺激意味着死亡，会跟吃了来复枪子儿一样一命呜呼。当血流量在大盗"油"的刺激下骤然增大，原本就不畅通的动脉会在眨眼间堵塞，生命之泉也就从此不复奔涌。

解开昏迷中的钱德勒的前襟，医生熟练地把针管扎进心前区的肌肉里，将溶液缓缓注射进去。无论哪门手艺，他都能做得十分干净利落。注射完，他仔细擦净针头，还不忘穿进去一根细铜丝，以防针头堵塞。

三分钟后，钱德勒张开了眼睛，开合的嘴里似乎有话要说。尽管气若游丝，不过好歹词句还能听清。他在问是谁救了他。詹姆斯医生耐心地又解释了一遍自己是怎么来这儿的。

"我妻子呢？"病人问。

"正睡着呢，她体力透支，担忧过度了。"医生回答，

"我觉得还是不要叫醒她的好，除非……"

"没……没必要……"钱德勒体内的邪魔正在加速他的呼吸，让他讲话都一顿一顿，"不必为了我……吵醒她……她……不会……感谢你的……"

詹姆斯医生拉过一张椅子放到床边。宝贵的对话时机可不能浪费。

"几分钟前，"他开口，语气凝重，直白坦率，一副职业态度，"你试图告诉我有关一笔钱的下落。我并不想纠缠这件事，但我有责任提醒你，焦虑和担忧会阻碍你的康复。在这件事上，假如你有什么要说的——以减轻你的心理负担——你提到应该是两万块吧——那还是说出来的好。"

钱德勒的头不能动，但眼球转向了医生。

"我……说没说……钱在哪？"

"没有，"医生回答，"我只是从你破碎的只言片语中，猜到你对那笔钱的安全心存焦虑。如果是在这间屋子里……"

詹姆斯医生住了口。他是否在病人面前表现得太过热衷于这个问题了？是否会让人起疑？他看起来是否太心急？话说得是否太多了点？钱德勒接下来的话打消了他的顾虑。

"除了……"他深吸一口气，"除了那个……保险箱……还会……在哪儿？"

跟着他眼神看向房间的一角，医生头回注意到那里有一个小小的铸铁保险箱，隐约藏在窗帘的流苏后面。

医生站起身来，探上病人的手腕。他的脉搏在剧烈地颤动，中间夹杂着不祥的停顿。

"抬起胳膊。"詹姆斯医生说。

"您知道……我动不了……大夫……"

医生一个箭步冲到大厅门边，打开门，仔细倾听。四下还是静悄悄的。他再也不顾忌什么了，径直走向保险箱，细细察看起来。这是一个设计简单粗糙的保险箱，只能稍微防一下小贼，挡不住大盗，在他眼里简直就是个玩具，跟稻草和纸壳子糊的似的。这笔钱算是已经到手了。他可以用钳子拉住把手，使劲捶一下密码滚筒，只消两分钟就能打开箱门。嗯……用另外一种方法说不定只需要一分钟。

他跪在地板上，耳朵紧贴密码板，缓缓转动把手。跟推测的一样，只有一个组合密码。他敏锐的耳朵捕捉到了一声细微的咔哒声，机关被挑动了，正是时候——把手转开了。他一把拉开保险箱门。

箱子内部空空如也——空洞洞的柜子里连一张纸片都没有。

詹姆斯医生站起身，走回床边。

垂死的男人眉毛上凝结了厚厚一层汗水，可他还是扯着嘴角露出一个狰狞的微笑，满眼嘲讽。

"我可从没……见过……"他忍着痛说，"医生和……小偷……的结合！你这……双重身份……赚了不少钱吧……亲爱的大夫？"

作为一名杰出的双面人，詹姆斯医生从未面临过像现在这般艰险的挑战！受害者用恶魔般的幽默给他设下陷阱，把他困在一个既荒谬又危险的境地，但他必须保持尊严和头脑清醒。

他一言不发，只是掏出表来，等着眼前的男人咽气。

"你……对那笔钱的…………热心有些过头。可它绝不会……落到你手上……亲爱的大夫。它很安全。非常安全。全在……庄家……手上呢。整整……两万块……艾米的……钱。我全都……押上了……输得……一个子儿……不剩。我从来不是什么好人，小偷先生……抱歉……大夫，可我从来愿赌服输。我还从没……碰上过……你这样……货真价实的无赖呢，大夫……抱歉……小偷先生，真开眼啊。你们……圈子里，小偷先生，有没有……职业道德规范，能不能给受害人……抱歉……是病人，一杯水喝？"

詹姆斯医生给他倒了杯水。他几乎都咽不下去了。强心针的药效开始逐渐加强，一波又一波地冲击着他。不过，就算垂死挣扎，他也要最后狠踩对手一脚。

"赌棍……酒鬼……败家子……我都当过，可……医生兼小偷！"

面对这位将死之人的刺耳挖苦，医生决定只做一个回复。他弯下身，紧盯钱德勒即将凝滞的眼睛，伸手指着那位正在安睡的女士的房门，凌厉逼人的气势让床上的男人用尽最后的力气半仰起头。可他什么都没看到，却清楚地听到了医生冰冷的话语，这也将是他这辈子听见的最后的声音：

"但我从不——打女人。"

不必费神去研究了，根本不存在能解释清楚这类人的学问。人们提到某些人的时候，会说"他既能干这个，又能干那个"，他们就属于这一类。我们只要知道这种人是存在的，远远地观察他们，评论他们的行为，就跟小朋友看过提线木偶戏之后，喜欢互相比手划脚研究探讨一样。

但本着利己主义精神，这两个人还是值得分析一下的——一个是杀人犯兼强盗，面前倒着他的受害人；另一个虽然没有严重犯法，但行为下作，令人憎恶，他的妻子受他欺凌，被他拳脚相加，现在还躺在隔壁房间。他们一个是老虎，一个是狼狗，却互相憎恶对方。两人都罪行昭昭，却大言不惭地宣称自己的行为准则无可诟病——当然，他们不谈名誉。

詹姆斯医生的驳斥踩痛了对方所剩无几的羞耻心，刺伤了他的男子气概，造成了致命一击。男人脸上突起一阵潮红，那是临终的红斑。钱德勒终于停止了呼吸，没有丝毫抽搐，一命呜呼。

几乎就在他咽气的那一秒，黑人大婶拎着药回来了。詹姆斯医生轻柔地合上逝者的眼皮，告诉妇人这一结局。她并不怎么悲痛，在她的血液里，对死亡的漠视代代相传。她只是略感忧伤地抽着鼻子，开始她标志性的悲叹。

"看吧！到底还是苍天有眼，恶棍总归要受罚，困苦的人们总会得到帮助。老天爷终于愿意帮我们啦。辛迪买这瓶药水可是花掉了最后一分钱，结果白费了。"

"怎么，你是说钱德勒太太没有钱吗？"詹姆斯医生问。

"钱？先生？您知道艾米小姐为什么晕倒吗？您知道她为什么这么瘦弱吗？是饿的，先生！足足三天！三天！家里没有像样的东西可以吃，只有几块破饼干！小天使几个月前就卖掉了她的戒指和表！这大房子，先生，大红的地毯，发亮的衣柜，都是租来的！催租的人可凶了！那个魔鬼——原谅我，老天爷——他总算在您手里遭报应啦——他可是把家产全都败光了！"

医生沉默不语，黑人大婶以为受到了鼓励，继续喋喋不休。从辛迪混乱的絮叨里，他拼凑出了这个家庭的故事。这是个老套的故事，交织着幻觉、任性、灾难、暴行，以及傲慢。从她那无休止的抱怨里，可以理出几幅比较清晰的画面：一个偏远南部的模范家庭；一场很快就后悔了的婚姻；充满了恶劣行为和暴力虐待的家庭生活；终于等来了一笔遗产，指望着靠它翻身；然后，那条狼狗人间蒸发了两个月，遗产被赌光，不多的余款也被挥霍；待他回来，家中发生的只是一场又一场罪恶的寻欢作乐。这些肮脏曲折的事件串连成这个家的故事，跌宕起伏之间，贯穿着一条纯白的引线 —— 一个黑人大婶质朴、恒久而又崇高的爱心，她毫不动摇地追随着自家小姐，伴着她走过风风雨雨，直到现在。

等到大婶终于住了口，医生问她家中是否有威士忌或其他酒。她告诉他说，狼狗在餐柜里留了半瓶白兰地。

"照我刚说的，去弄杯热甜酒来。"詹姆斯医生吩咐，"把你家小姐叫醒吧。给她喝下后，告诉她发生了什么事。"

约摸十分钟过后，钱德勒太太在老辛迪搀扶下走了进来。她睡了一觉，又补充了些能量，看上去气色好了些。床上的尸体已经被詹姆斯医生用床单从头到脚罩上了。

柔弱的女士面带哀伤，惊惧地往那床上扫了一眼，就缩到了那位忠心耿耿的保护者身边。她眼中无泪却闪亮。泪泉已然干涸，悲恸对她的影响有限。

詹姆斯医生站到桌旁，穿上风衣，手上拿着帽子和药箱。他的脸上波澜不惊——久经磨练中，他对人间疾苦已经几乎免疫了，只有那柔和的褐色眼眸还隐约透露出一丝职业性的同情。

他体贴地长话短说，时间太晚了，这时候去找人帮忙有困难，所以他会亲自派人来处理后事。

"最后还有一件事，"医生边说边指向柜门大开的保险箱，"您的丈夫钱德勒先生在临终前知道自己将不久于人世，教我打开了保险箱，把密码也告诉了我。您如果需要，请务必记住密码是四十一。先向右转几次，再往左转一次，停在四十一这个数字上。钱德勒先生没让我吵醒您，虽然他知道自己大限将至。

"保险箱里有他留下的一笔钱——并不多——但足够您完成他的遗愿了。他希望您能回到老家去。当时间冲淡一切之后，希望您能原谅他对您犯下的过错。"

医生指向桌上一叠整齐的钞票和两堆金币。

"钱都在这儿了——如他所说——一共八百三十元。请收下我的名片，日后有任何需要都可以联系我。"

哈，最后的最后，他到底还是好心地为她着想了一回！可惜太迟了！不过，这善意的谎言还是在电光石火之间击中了女士的心，迸发出一点火花，让她突然反应过来，现在一切都尘归尘，土归土了。她大声喊着"罗伯！罗伯！"，转身投入忠心仆妇的怀抱中，泪水终于倾泻而出，钱德勒太太发泄着自己的哀伤。接下来的岁月里，这位杀人犯的谎言将像星星般闪耀在爱的坟墓上空，抚慰着她，让她可以渐渐原谅墓中人——不管他是否想被原谅——这么一想，不也挺好的吗？

她像个孩子般伏在黑人大婶黝黑的胸口，耳畔传来"嘘——嘘——"的连声安抚，絮絮叨叨，温柔疼惜。良久，她抬起头——可医生的身影早已消失了。

都市万象
THE BIG CITY

警察与赞美诗

麦迪逊广场的一张长椅上，苏比正不自在地辗转反侧。每当野鹅在夜里引吭高歌，每当穿不起海豹皮草的妇人们对丈夫变得殷勤，每当苏比在公园长椅上辗转反侧，你们就会知道，冬天马上要来了。

一片枯叶飘落在苏比的大腿上，那是杰克冻人①的名片。杰克对麦迪逊广场的常住民十分关照，每年他到来之前都会事先知会大家。在十字街头，他把"冻人来了"的牌子交到"露宿大厦"的信使"北风"的手里，好让这座"大厦"的居民们都能提前做准备。

苏比清楚地意识到一个事实：为了抵御即将到来的苦寒，是时候组织起自己的个人"应对委员会"了。这个想法让他在长椅上坐立不安。

在越冬这件事情上，苏比并没有特别大的抱负。他没想过

---

①杰克冻人，英国民间传说中的雪精灵，守护黑夜和美梦。冻人的出现意味着秋天即将结束，冬季就要来临。

要登上地中海的游艇，去享受维苏威海湾令人昏昏欲睡的南方日光。他只是一门心思地想去那个岛上住三个月。有吃有住有同伴的三个月，不用担心北风之神和穿制服的条子们来打扰——对苏比来说，所谓盼头也不过如此。

这些年来，好客的布莱克维尔岛监狱一直都是苏比的避寒之地。运气更好的纽约客们每年冬天都会买好票，去棕榈滩、里维埃拉这些地方过冬。苏比也向大家学习，早早就开始计划他一年一度的小岛迁徙之旅。今年的迁徙时间已经到了。昨天夜里，他在老广场喷泉池旁边的长椅上，将三份星期天的厚报纸分别垫在上衣里头、包住脚踝附近，还盖着大腿，都抵挡不了阵阵凛冽的寒风。于是小岛的样子在他的脑海里越来越清晰醒目起来。对于发放给流浪汉和困难户们的所谓慈善布施，苏比一向嗤之以鼻。在他看来，法律比慈善更加仁慈，市里有数不清的市政机构和慈善设施让他免费吃住，简单度日。可对苏比这样心性高傲的人来说，慈善的恩赐反而是一种负担。虽然一个子儿都不用花，可每从慈善家手上得到一点好处，你都必须承担精神上的屈辱。正如每个恺撒大帝身边总会有一个布鲁图①，要睡慈善的床，就得先去冲好凉；要吃恩赐的面包，就得把自己的隐私交代清楚。这么说来，还是接受法律的"招待"更痛快，虽然铁面无私，但它毕竟不会过分干涉人家私底下那点事儿。

---

① 马尔库斯·尤尼乌斯·布鲁图（拉丁语：Marcus Junius Brutus Caepio，前85年－前42年10月23日）是晚期罗马共和国的一名元老院议员。他组织并参与了对凯撒的谋杀。

苏比下定决心要到岛上去，立即开始着手落实工作。上岛的捷径千千万，其中最愉快的一种就是去高档餐厅吃一顿奢侈的霸王餐，宣布没钱付账之后被悄无声息地交到警察手里。剩下的事，自会有识大体的地方法官妥善处理。

苏比一个鲤鱼打挺从长椅上翻下来，踱着步子走出广场，穿过百老汇和第五大道交会的路口，转到百老汇大道，停在一家灯火辉煌的餐厅门前。那里每晚都美酒盈杯，觥筹交错，衣香鬓影，往来之人非富即贵。

对于自己马甲最底下一颗扣子以上的打扮，苏比还是颇为自信的。他才刮过胡子，上半身衣着还算得体。感恩节时一位教会的女士送给他一个带活扣的黑色领结也仍然干净挺括。只要他能不引人怀疑地潜入餐厅，蹭到一张桌子坐下，那么就大功告成——只露出桌子上头那部分的衣着是不会让侍者起疑的。苏比想着，一只烤野鸭就差不多了——配上一支夏布利酒，甜点就叫个卡芒贝尔奶酪好了，最后来一小杯咖啡就雪茄。雪茄要一美元一支的就好。整顿晚餐的账单不至于高得让餐厅经理做出什么太过分的报复行动，而自己不仅能美餐一顿，肚里的肉也足以让他在去往寒冬避难所的路上愉快满足了。

可是苏比刚踏进餐厅大门，领班侍者的眼光就直直落在他那磨得龇了毛的裤子和破鞋子上。一双孔武有力防患未然的大手将他转了个身，安静而迅疾地将他押回到人行道上，拯救了那只险些命丧烤炉的野鸭。

苏比放弃了百老汇。看来通往渴望之岛的道路不能是一条享乐之路啊，得另想一条入狱之计才行。

第六大道的一个街角，有一间商铺的橱窗格外醒目，里头闪烁着五颜六色的灯泡，陈列着几件精心安置的货品。苏比捡起一块鹅卵石，对准玻璃窗用力一扔。人们闻声赶来，一名警察跑在人群最前面。苏比站定，双手插袋，瞧着警察制服上的铜扣咧嘴笑了起来。

"这是谁干的？"警察激动地大吼。

"您不觉得我可能跟这事儿有关吗？"苏比不无讽刺地反问，但态度友善，就跟撞上了好运似的。

可警察根本懒得理苏比。砸烂橱窗的人肯定会溜之大吉，绝不会待在那儿等着跟执法人员攀谈。这时候，警察瞥见一个男人在半个街区外奔跑着拦车，立即掏出警棍追了上去。苏比恨得牙痒痒的，却只能继续沿街晃荡。二连败了。

街对面有一间不起眼的小餐厅，对于囊中羞涩的大胃王们可是再合意不过了。杯盘粗厚，气氛混浊，餐汤却是清汤寡水，餐巾也只有薄薄一层。苏比那双不争气的鞋子和泄露秘密的裤子倒是被他顺利穿进了餐厅里头。他坐到桌前，点了牛排、厚煎饼、甜甜圈和馅饼。吃干抹净后，他跟侍者坦然交代说自己很久没见过钱长什么样了，一个子儿都拿不出来。

"好了，赶紧去把警察喊来吧，"苏比说，"别让人等太久。"

"对付你这样的根本用不着警察。"侍者回答，声音像黄油蛋糕般稠厚，眼睛如同曼哈顿鸡尾酒里的红樱桃，"喂！阿康！"

两个侍者把苏比打得左耳着地，将他摔在坚硬的人行道上。

跟打开一把木工折尺似的，他一节一节爬起来，站直之后不忘掸去衣服上的灰尘。被逮捕好像成了一个玫瑰色的美梦，小岛似乎越来越远。一个警察站在隔了两个铺位的药店门口大笑出声，然后继续沿街巡逻去了。

又走了整整五个街区，苏比才重新鼓起勇气力争被捕。这一回，他沾沾自喜地自认十拿九稳。一位装扮得朴素却可爱的年轻女士正站在一扇橱窗前，眼神明亮，饶有兴致地注视着里头陈列的剃须罐和墨水台，就在离她两码远的地方，一个大块头警察靠在消防栓上，目光严厉地来回扫视。

苏比计划扮演一个下流无耻的浪荡子。他的受害人看上去那么娴静高雅，而那位忠于职守的警察又离得那么近，一切都在鼓励他相信，自己胳膊上立刻就能感受那令人心旷神怡的紧抓，保证他去到那座拥挤的小岛，在他的安乐窝里逍遥度过一个冬天。

苏比正了正教会女士送的领结，拽了拽皱巴巴的袖口，把帽子掀至一个风流酷炫的角度，侧身向年轻女士挨了过去。他冲她挤眉弄眼，清着嗓子，摆出一副嬉皮笑脸的色狼模样，十足一副下流恶心粗俗无礼的流氓架势，眼角还瞥着那个正紧盯着自己的警察。年轻女士先是后退了几步，但随即又沉浸到各式各样的剃须罐里去了。苏比紧跟上去，大胆地靠近她身边，抬了抬帽檐说：

"哟，美人儿！想不想跟我一块儿去散散心啊？"

警察按兵不动。这位饱受困扰的年轻女士只消动一动小指头，苏比就可以说是踏上了去往小岛避难所的康庄大道啦。他已经开始幻想，仿佛感受到了警局里的温暖舒适……女士转过脸来，伸出一只手，抓住了苏比的衣袖。

"当然，帅哥，"她雀跃地说，"只要能请我一杯啤酒就好了。要不是那警察老盯着，我老早跟你聊上了。"

女人有如藤蔓般缠绕在他这棵橡树上，苏比带着她无比郁闷地走过警察身边。他像受到了诅咒，要永远被自由纠缠，无法脱身了。

下一个街角，他终于甩掉了粘在身上的女伴，撒腿跑开了。当他停下脚步，发现自己正身处这个夜里最明亮的街道，这里充斥着最愉悦的心情、最轻浮的誓言和最轻快的歌声。

披着皮草的女人和穿着大衣的男人在寒冷的空气中兴高采烈地川流不息。一股恐惧忽然袭来，苏比心头一颤：难道有某种可怕的魔力让他永远都无法被逮捕？！想到这里，他恐慌了起来。当他再次看见一名警察昂首阔步地在一家灯火辉煌的剧院门口巡逻时，脑子里忽然闪现出一根救命稻草——扰乱治安。

苏比站在人行道上，憋足了劲儿，开始嘶声吼叫，胡言乱语。他手舞足蹈，吆喝号叫，使出浑身解数将整条街都搅得不得安生。

警察挥舞着警棍，转身背对着苏比，向着路过的市民解释道："这是一个耶鲁的学生，在庆祝他们在球赛里让哈特福德大学吃了零蛋呢。是挺闹腾的，不过没有危害。我们已经接到指示，让他们闹去，不必干涉。"

苏比郁闷坏了！他悻悻地停止了自己白费力气的吵闹。警察是不是永远都不会对他动手呢？在他的脑海中，那座小岛似乎已变成遥不可及的阿卡迪亚①了。他把薄外套的扣子全部扣好,试图抵挡凛冽的寒风。

在一家雪茄商铺外,他看到一位穿着体面的男士就着摇曳的火花点燃了一支雪茄。那人进门的时候随手将一把绸伞搁在门口。苏比跨进店门,抓起那把伞,悠然地扬长而去。点着烟的男人赶忙追了出来。

"我的伞!"他厉声指责。

"哦?是吗?"苏比一个冷笑,在小偷小摸之外,还可以加一条侮辱罪了,"那你叫警察啊?我就是拿了你的伞,怎么样吧!叫条子来啊,街角不就站着一位吗?!"

伞主人放缓了脚步。苏比也不着急走,他有预感,命运似乎又要与他作对了。拐角上的警察好奇地望向他俩。

"当然,"伞的主人开口说,"说来……呃,你也知道,这类误会时有发生……我那个……要是错拿了你的伞,那还请多包涵啦……我是今早在一家餐厅捡到这把伞的……要是你认出来是你的,那么……还希望你能……"

"当然是我的!"苏比凶巴巴地说。

伞的前主人退却了。警察快步走向了一位身着晚礼服的高个儿金发女郎,搀扶她过马路,以免她被两个街口之外的那辆车撞到。

苏比继续往东走,经过一条因为修路被翻得坑坑洼洼的街

---

①阿卡迪亚,也叫乌托邦。传说中世界的中心位置。是一个风景优美、地理位置优越、靠近莱纳堡和贝祖山的世外桃源。

道。他愤懑不平地把伞扔一个坑里，嘴里咒骂着那些个戴头盔拿警棍的制服佬。怎么回事呢？他不就是一心想落在他们手上吗？怎么在他们眼里，自己就跟国王一样永不犯错呢？

最后，苏比走到了一条通向东区的路上，这里灯光黯淡，安静了许多。他面朝麦迪逊广场，尽管所谓"家"只是那里的一条长椅，回家的念头还是在他心中生根发芽着。

不过，当苏比路过一个异常安静的街角时，他站定了脚步。这里有一座老教堂，古色古香，外形有些零乱，还有山形的外墙。一道柔和的光线从紫罗兰色的玻璃窗里透射而出，窗子另一边的，教堂里，一定是有风琴师在反复练习星期日的赞美诗伴奏曲。甜美悠扬的曲调飘入苏比耳中，将他牢牢钉在螺旋形的铁栏杆上。

月亮高高地挂在空中，皎洁，静穆，车辆稀少，行人寥寥，麻雀在屋檐下的巢中迷糊地啾啾叫——有那么一会儿，让人感觉来到了乡村墓地。风琴师奏出的圣歌让苏比仿佛被焊在了铁栏杆上，他曾经那么熟悉这个旋律——那时候，他的生活中还有母爱、玫瑰、抱负、朋友、纯洁的思想和洁白无瑕的衣领。

此时此刻，苏比敏感的心受到了老教堂的影响让他的灵魂忽然产生了奇妙的变化。他对自己陷入的泥沼陡生恐惧，开始憎恶起这可耻的生活、卑贱的欲望、破灭的希望、枯竭的才能以及自己的生存本能。

在这一刹那，他的内心对这种全新感受有了深刻的反应。一阵迅猛袭来的强烈冲动促使他向几近绝望的命运说"不"！他要将自己拉出泥潭，他要洗心革面，重新做人，他要征服那股侵占自己身心多年的恶势力。还不算迟，他还算年轻，他还能重拾昔日的雄心壮志，步履坚定地去实现目标。那些庄严肃穆却又甘美如蜜的音符在他体内掀起了一场革命。明天，他就要去人潮汹涌的市中心找一份工作。有个皮毛进口商人提过可以让他当司机，他明天就会去找他，请求上岗。他会在这世上站稳脚跟，成为大人物，他会……

苏比感觉有人抓住了他的胳膊。一回头，一张警察的大脸闯入眼帘。

"你在这儿干什么？"警察问。

"没干什么。"苏比答。

"那就跟我走一趟吧。"警察说。

第二天早上，治安法庭的法官宣判："布莱克维尔岛，监禁三个月。"

汽车等待时

又到黄昏时分，穿灰色衣裳的姑娘准时出现，来到那个安静的小公园里的无人角落。她坐在一张长椅上看书，日落之前还有半小时的余晖，正够她看清书上的字。

再说一遍：她穿着灰色连衣裙，款式简单，看不出任何剪裁和尺寸上的瑕疵。一张大大的网格面纱从她的无边帽上罩下来，隐约透出一张恬静的脸庞，散发着不经意的美。前一天，她也是这个时候来的，再前一天也是，有个人对此再清楚不过了。

这个"清楚"的年轻人，现在正蹑手蹑脚地靠近，冀望着幸运之神能听到他的祷告。他的虔诚得到了回报——姑娘翻页的时候，书从她的指缝间滑落，撞到长椅边上弹了出去，掉在一码开外的地上。

年轻人一个箭步蹿过去拾起书，把它还给了主人。他脸上复杂的神情，在公园和其他公共场合很常见——那种混合着殷勤和希望，又顾忌着不远的巡警的神情。他清了清嗓子，壮起胆子，用尽可能柔和悦耳的声音起了个话头，对天气状况稍加评价——对，就是这么个需要对这世上的诸多不幸负责的话题——然后又故作轻松地站在一旁，等待着他的命运。

姑娘从容自若地打量了他一眼，瞅了瞅他寻常、整洁的着装和没什么表情的面容。

"您愿意的话，不妨坐下来吧，"她的女低音十分悦耳沉静，"说实话，我也希望您能坐一会儿。这光线看书实在是太暗了，我宁愿聊会儿天。"

幸运的宠臣殷勤顺从地在她身旁落座。

"您知道吗？"他搬出了公园演讲家的惯常开场白，"您可算是我长久以来见过最惊为天人的姑娘了！昨天我就注意到您了。您还不知道有人为您这双漂亮的大眼睛而神魂颠倒吧，美丽的金银花儿？"

"不管你是什么人，"姑娘声调冰冷，"请你不要忘了我是一名淑女。我会原谅你刚才说的话，因为这种错误并不少见——尤其是发生在你这种阶层的人身上。没错，是我请你坐下的，但若因此，我就成了你的金银花儿，那请你还是站起来吧。"

"我恳求您切莫怪罪，"年轻人哀求。刚才的志得意满瞬间消失得无影无踪，剩下的只有后悔和羞愧，"的确是我的错，您知道……我是说，公园里经常会有些姑娘，您知道……不是，当然您也不知道，可……"

"可以的话，这个话题就此打住吧。我当然知道。好了，跟我聊聊这川流不息的人群吧，就是这些在路上来来往往的这些人。他们这都是往哪里去？为什么这么匆忙？他们幸福吗？"

年轻人慌忙抛弃了他的轻薄态度。姑娘给他的提示让他有些犹疑，猜不透她究竟想要他扮演怎样的角色。

"这么看，他们是挺有意思。"他揣测着她的情绪小心地回答，"的确是场精彩的生活戏剧。有些人正赶着去吃晚餐，有些人正在去……呃……别的地方。确实让人好奇他们各自都有着什么样的故事呢。"

　　"我不好奇，"姑娘说，"我没那么多管闲事。我到这儿来，不过是因为只有在这里，我才能接近人类那伟大的、共同的、搏动的心脏。我的身份让我无法在日常生活中感受到这样的跳动。知道我为什么愿意和你说话吗——你贵姓？"

　　"帕肯斯塔克。"年轻人迅速接上，一脸的焦急和希冀。

　　"猜不到吧，"姑娘竖起一根纤细的手指，微微一笑，"那么我这就告诉你。一个人是不可能完全隐姓埋名的，就连画像都没可能彻底不见天日。多亏这张面纱和我家女仆的这顶帽子，让我可以暂时做个无名之人。你真该看看我的司机盯着它看的样子，他还以为我没看到呢。我之所以跟你聊天，斯塔肯帕……"

　　"是帕肯斯塔克。"年轻人耐心地纠正。

　　"……帕肯斯塔克先生，是因为，我特别想跟一个不那么做作的人，一个没有被财富的光鲜外衣和想象中的阶级优越性纵容的人聊上一会儿，哪怕一回都好。唉！你无法想象我被它折磨得多么痛苦——钱，钱，钱！还有围在我身边的那些人，跳起舞来就像一个模子的小木偶。我厌倦了享乐，厌倦了珠宝，厌倦了旅行、社交，还有这世上所有的奢侈。"

　　"我倒是总以为，"年轻人试探着说，"钱肯定是个好东西啊。"

"人要有欲望才会有满足感。可当你坐拥数千万，甚至可以……"她以一个绝望的手势给这句话做了个总结，"那种单调的千篇一律的生活，"她继续道，"真的会让你了无生趣。兜风、宴会、看戏、舞会、晚餐，一切的一切都被财富镀了金。有时候，就连我香槟酒杯中冰块碰撞的声音都快要把我逼疯。"

帕肯斯塔克先生看起来相当感兴趣。

"我一直都挺喜欢去了解那些时髦的有钱人的生活是什么样子的，"他说，"或许我有些势利眼，但我还是希望自己能了解得更准确。之前，我听说香槟酒是要在酒瓶里冷却的，而不能往杯子里放冰块？"

姑娘被逗得发出了一串银铃般的笑声。

"你要知道，"她宽容地说，"我们这种阶层的人天天都无所事事，只能靠不断地推翻陈规来找乐子。往香槟放冰块是时下流行的做法，还是一位来访的鞑靼王子在华尔道夫饭店参加晚宴时起的头。但很快这种流行也要被别的东西取代啦。比如，就在这周，在麦迪逊大道的一个宴会上，每位宾客的盘子里都有一只绿色的小山羊皮手套，让大家吃橄榄的时候用。"

"我明白了。"年轻人谦虚地表示。

"这些圈内的特别娱乐，一般大众阶层的人是没机会了解的。"

"偶尔呢，"姑娘见他轻鞠一躬表示承认错误，就继续说下去，"我也不免会想象，如果我一定要爱上谁，那应该是个来自下层的人吧。他应该是一个努力工作的人，而不是好吃懒做的纨绔子弟。可毫无疑问，我的出身和财富需要门当户对，我的个人喜好在它面前微不足道。就在这两天，我还被两个追求者纠缠着呢。一位是个日耳曼封邑的大公。我猜他肯定有个妻子，或者曾经有过妻子，藏在某处，被他的酗酒无度和残酷无情弄得发狂失常。另外一位是个英格兰侯爵，冷漠高傲，唯利是图。相比之下，我还不如将就大公的恶行。哎呀，我跟你讲这些干吗，派肯斯塔克先生？"

"是帕肯斯塔克。"年轻人轻轻呼出一口气，"的确，您肯定想象不出我对您的这分信任是多么受宠若惊。"

姑娘恬静淡然地注视着他，对于彼此的身份差别来说恰如其分。

"你是做哪一行的，帕肯……斯塔克先生？"她问。

"我的职业不值一提。但我希望能在世上有自己的一席之地。您先前说可以爱上一个地位低下的男人，是认真的吗？"

"当然是真的。但我说的是'有可能'。毕竟还有大公和侯爵等着我呢，你知道。对，如果遇到我真心喜爱的男人，无论他做什么工作都我都不会嫌弃。"

"我在餐厅工作。"帕肯斯塔克坦白。

姑娘不易察觉地往回缩了一下。

"不会是当侍者吧？"她带着一丝恳切问，"劳动是高尚的，可服侍别人，你知道吧……男仆什么的……"

"我不是侍者。我是收银的，就在……"就在公园对面，他俩面朝着的那条街上，一块华丽的电光招牌上头写着大大的"餐厅"二字——"就在您能看到的那间餐厅做收银员。"

姑娘低头看了一眼她左手腕上那只设计繁复的小巧手表，

匆忙站起身来。她把书往腰上挂着的一只闪亮的手提袋里塞，可书太大了，塞起来很费劲。

"你怎么没去上班呢？"她问。

"我上晚班，"年轻人答道，"离我工作还有一小时呢。我还会再见到您吗？"

"我不知道。也许吧……但我可能不会再一时兴起跑来这里了。我得快点儿走了，一会儿还有个饭局，还要到剧院包厢看戏……而且，唉！又是那老一出。你来的时候应该也注意到公园北边角落那儿停着的车子了吧？那辆白色车身……"

"和红色轮子的？"年轻人抢先一步问，两道眉毛拧在了一块儿。

"对。我就是坐那辆车来的。皮耶尔就在那儿等着我。他还以为我是去广场那头的百货商场购物呢。你瞧我的人生多可悲，居然沦落到要对自己的司机撒谎。晚安。"

"可天色已经暗了，"帕肯斯塔克先生着急地说，"而且公园里尽是些粗人，我能不能送送您……"

"如果你对我哪怕有一丝尊重，"姑娘坚决地说，"就请你在我走后十分钟之内都不要离开这张长椅。我并不是苛责你，但你也许该知道，汽车上一般都会有主人的家族纹章。再次晚安了。"

她迅捷而端庄地走进了薄暮之中。年轻人目送着她优雅的身段，看着她走到公园旁边的人行道上，转个弯，沿着人行道走向汽车停泊的那个角落。这时，他把姑娘的嘱咐抛到一边，毫不犹豫地行动起来，他埋低身子轻巧地穿过公园的树丛和灌木林，始终跟她的路线保持平行，将她牢牢锁定在视线之内。

只见她走到那个角落，扭头看了一眼那辆车，然后径直走过它，继续冲着街对面走去。年轻人隐蔽在一辆停在路边的出租车后头，双眼紧紧追踪着她的动向。她走到公园对面那条街的人行道上，进了那间招牌炫目的餐厅。这里被漆成了全白，透过玻璃门面，店里发生的一切都一览无余，里头的人则在众目睽睽之下享用便宜餐食。姑娘穿过餐厅，走进后头的某个里间，不一会儿又出来了，只是摘掉了帽子和面纱。

收银员的柜台靠近大门。一个红发女孩从高脚凳上爬下来，边爬边意味深长地瞅着墙上的挂钟，灰裙子姑娘接替了她的位子。

年轻人双手插在口袋里，慢慢踱回人行道去。在街角，他的脚碰到了什么东西，低头一瞧，一本躺在路当中的平装书被他一脚踢中，正往草地边上滑。根据它色彩鲜艳的封面，他认出来这就是那个姑娘一直看的那一本。他漫不经心地捡起书，看清了书名——《新天方夜谭》①，作者名为史蒂文森。他把它扔回草地，漫无目的地闲逛了一分钟。之后年轻人气定神闲地坐进那辆汽车，身体往后一倒，靠在座垫上，对司机说了声：

"去俱乐部，亨利。"

---

① 《新天方夜谭》是一部带有异国情调的惊险浪漫故事集，其中刻意追求新奇和刺激，脱离了现实，寓意姑娘的言行是在上演"新天方夜谭"。

钟摆

"八十一街到啦——劳驾让他们下去啊！"穿蓝制服的牧羊人吆喝着。

一群市民小绵羊你推我挤地下去了，另一群又你推我挤地上车了。叮叮！曼哈顿悬浮电车公司的"牲口车"咔啦咔啦地开远了，约翰·珀金斯随着从车上放下来的羊群飘着下了车站的楼梯。

约翰慢吞吞地朝自己的公寓走去。你问为什么慢吞吞？因为在他的每日生活小词典里，根本不存在"也许"这类词，对于一个成家两年还住公寓的男人来说，是没有所谓惊喜会等着他的。约翰·珀金斯闷闷不乐地走着，却也好歹剩下点儿闲心，琢磨起这一天天一成不变的生活来。

凯蒂会在门口以一个香吻欢迎他回家——还是雪花膏和奶油糖味儿的。他会脱掉外套，坐在发硬的躺椅上看报，看晚报上俄罗斯人和日本人在这致命的排字机之中惨遭大屠杀。[1] 晚

---

[1] 比喻，指看用排字机印刷出来的报纸上刊登的关于日俄战争的新闻。

餐会是炖肉，还有配上了标着"不伤皮革不开裂"[①]的蘸料的蔬菜色拉，加上煮大黄菜，还少不了一瓶草莓果酱——说它是草莓果酱，它都会对着瓶身标签上标注的化学成分表脸红。晚餐后，凯蒂会指给他看她在百纳被上打的新补丁，布头还是卖冰小弟好心从他的领带尾巴上剪给她的。晚上七点半，他们会在家具上铺开报纸，好接住天花板落下的石灰屑——楼上的胖子这个点儿是要开始做运动的。八点整，住过道对面的希基和穆尼——两个没人请的杂要演员——会准时发起酒疯，开始满屋推椅子移桌子地闹腾，幻想着汉默斯坦[②] 挥舞着一张一周五百块的合同，求他俩跟他签约。接着是天井对面那位先生，会取出笛子开始窗边演奏。每晚必漏的煤气会上街溜达；食品升降机会从拉杆上滑落；看门人会再次把扎诺维茨基太太的五个孩子送过鸭绿江去；穿香槟色鞋子的女士和她的斯凯狗会下楼，把她星期四用的名字粘在她家门铃和信箱上——这么着，弗洛格莫公寓的惯常夜晚便展开了。

约翰·珀金斯知道，即将发生的就是这些事情。他也知道八点一刻的时候，他会鼓起勇气，拿上帽子，接住自己老婆发的这样一番牢骚：

"你现在这是要去哪儿啊？告诉我呗，约翰·珀金斯。"

"我寻思着去一趟迈克洛斯基家呢，"他会回答，"跟伙计们打上一两局台球玩玩。"

---

① 一般是保护皮革的油膏的广告语，这里是在暗讽蘸料的味道或口感。

② 奥斯卡·汉默斯坦一世（1846-1919），美国纽约著名歌剧赞助人、经理人及歌剧作曲家，是歌剧在美国复兴的主要推动者，也是百老汇著名音乐人。

约翰·珀金斯最近养成了打台球的习惯。他会在十点、十一点的样子回家。凯蒂有时候已经睡下了，有时候还醒着，等着把镀金的婚姻锁链在她愤怒的坩埚里再熔下一两片金箔来。将来某天，当爱神丘比特与他那位在弗洛格莫公寓的受害者站在法庭上扯皮时，约翰·珀金斯可是要对这些事儿负责的。

这天晚上，约翰·珀金斯回到家门口，遇上了一场天翻地覆的人间剧变！没有凯蒂等着给他送上爱心满满的糖果之吻，三个房间乱得给人一种不祥的感觉，她的东西散落得铺天盖地：鞋子扔在地板中央，梳妆台和椅子上四处散落着卷发钳、蝴蝶发卡、和服还有粉盒——这可不是凯蒂的风格。约翰瞥见一把梳子，凯蒂的棕色头发在梳齿间缠成一团，他的心猛地沉了下去。她一定是遇到什么不寻常的突发事件才会惊慌成这样，要知道她从来都是小心翼翼地收藏好这些散落的头发，放到壁炉架上那个蓝色小花瓶里，攒起来准备以后做那些女人们最热衷的"小老鼠"① 的。

煤气灯旁边用绳子系了一张折起来的纸，很显眼。约翰拿下来一看，是老婆留的字条：

亲爱的约翰：

　　我收到电报说妈妈病重，我赶四点半的火车回去。我弟弟山姆会在车站接我。冰箱里留了冷冻羊肉。希望她不是扁桃腺又发炎了。记得付给送奶工五毛钱。她去年春天病发得厉害。别忘了

---

①女用发垫，能制造蓬松效果的头饰。

给煤气公司写信投诉煤气表的事情。还有，你洗好的袜子都在最上层抽屉。我明天再写信给你。

匆忙的凯蒂

约翰和凯蒂结婚两年来，从来没有分开超过一晚上过。他把字条翻来覆去地看了一遍又一遍。一成不变的日子里突然杀出这么个插曲，弄得他有些晕头转向。

一张椅子的后头挂着一条黑点红围裙，这是她平常做饭戴的，现在空荡荡皱巴巴地悬在那儿，可怜兮兮的。她的家居服被她在忙乱中扔得东一件西一件。装着她最爱的奶油糖的小纸袋躺在那儿，袋口的绳子还没解开。一份当天的报纸散在地板上，中间被开了个长方形的洞，应该是凯蒂从那里剪下了火车时刻表。房间里每一样东西都诉说着家中某个最本质的元素缺失了，这个家的灵魂和生命就这样凄凉分离。约翰·珀金斯站在这铺天盖地的残骸之中，心中涌上一股怪异的孤寂。

他开始一个人尽力把房子收拾整齐。在摸到她衣服的那一刹那，有一股像恐惧一样的颤栗从脚底直冲他的头顶。他从未想象过没有凯蒂的日子会变成什么样子。她已经牢牢嵌入了他的生命，彻底融入了他的生活，都快成了他呼吸的空气——必不可少却微不可察。现在，毫无预警地，她走了，不见了，消失得如此彻底，仿佛从未存在过。当然，她也就走开那么几天，至多也就是一两个星期吧，可他却感觉到，死神已经伸出一根手指，指向了他安全的平静无波的家。

约翰从冰箱里拖出冻羊肉，煮好咖啡，坐下来孤零零地吃起他的晚餐，跟那贴着不要脸的纯度标签的草莓果酱面面相觑。现在对他来说，即便是炖肉和拌着皮革上光剂蘸料的蔬菜色拉都像是神赐恩典一般。他的家分崩离析了。一个扁桃体脓肿的丈母娘把他家的守护神扯飞到了九霄云外。寂寞晚餐完毕，约翰挪到窗前坐了下来。

他提不起劲儿来抽烟。窗外，城市向他咆哮着：来啊！来不管不顾地狂欢起舞！整个晚上都是他自己的了。他完全可以不受任何人盘问，跟任何一个快乐的单身汉一样无拘无束地去寻欢作乐。只要他愿意，完全可以到外头去畅饮、闲逛，一直放纵到黎明，也不会有暴怒的凯蒂在家等着，劈头盖脸一顿数落来扫他的兴。只要他想，他完全可以去迈克洛斯基那儿跟烂醉的吵嚷的伙计们打台球，一直打到曙光比灯光还亮。以往，弗洛格莫公寓的日子使他心生厌倦时，他总是苦于婚姻羁绊，而现在，这羁绊松了下来。凯蒂走了。

约翰·珀金斯不大习惯分析自己的情感。但当他孤独地坐在这没有凯蒂的十乘十二英尺见方的客厅里，他仍然毫不费力地一举摸到了让自己难受的症结。他现在才醒悟，凯蒂就是他幸福的关键。他对她的感情虽然一度被繁复琐碎的家务事拖进了麻木的沼泽，却在她不在身边后骤然觉醒。只有当鸟儿飞走之后，我们才能领悟它曼妙歌声的可贵——这类辞藻华丽而确凿真实的格言、训诫、寓言不是早就教导过我们了吗？

"我可算是个恶贯满盈的混蛋了吧！"约翰·珀金斯若有所思道，"我一直以来都这么亏待凯蒂。每晚每晚地出门打台球，跟兄弟们瞎胡闹，就是没在家好好陪过她。这可怜的姑娘只能孤零零地守着屋子，没有任何娱乐，我还那样对她！约翰·珀金斯，你真是最糟糕的典型啊！我必须好好补偿我家小姑娘才行。我要带她出门，带着她一块儿找乐子去。从这一刻起，我宣布完全断绝和迈克洛斯基那帮家伙的来往！"

是的，窗外的街道不停地大声召唤着约翰·珀金斯，让他搭上莫墨斯①的列车一同起舞欢笑。迈克洛斯基家的小伙子们正拿着球杆，懒散地将球一颗颗打落袋中，准备就在这个夜间游戏上消磨掉一整晚的时间。可无论是花花世界也好，清脆的击球进洞声也好，都没法让因老婆不在而懊丧不已的珀金斯提起半分兴致来。以往他不知珍惜甚至有些轻视的东西被夺走了，此时他很想要回来。从前，有个叫亚当的人被小天使们从伊甸园赶了出去，我们这位懊悔痛苦的珀金斯说不定就是他的后裔呢。

约翰·珀金斯右手边不远处有张椅子。椅背上搭着凯蒂的蓝色女衬衫，还保持着凯蒂穿它时的几分轮廓。袖子肘部有几条细纹，是凯蒂为了让他过上舒适安逸的生活而干活儿时留下的。一缕微妙而扑鼻的铃兰香气从衬衫上飘逸而出。约翰捧起它来，对着这件跟他漠然相向的纺织品认真凝视了许久。凯蒂就从来不会漠视他的存在。泪水——是的，有泪水——在珀金斯双眼中堆积。她回来之后，一切都会改变的。他以往所有对她的忽视，都会一一为她补偿。没了她，生活又有什么意义呢？

门开了。凯蒂走进来，拎着一只手提包。约翰瞪着她，一

---

① 莫墨斯，非难与嘲弄之神。

脸蠢样。

"天哪！回家真好，"凯蒂说，"妈妈的病没多严重。山姆去车站接我了，说她就是发了点儿小烧，在他们给我发电报之后很快就好了，我就坐了下一班火车回来啦。我现在只想喝杯咖啡。"

弗洛格莫公寓三楼前屋的日常机轮又嗡嗡作响地转动了起来，可没人听到齿轮摩擦的咔哒声或者咯吱声。滑掉一根履带，装上一条弹簧，调整好轮轴，生活的车轮便沿着往常的轨迹吭哧吭哧地继续前行。

约翰·珀金斯看了看钟。八点十五分。他起身拿上帽子，朝门口走去。

"你现在这是要去哪儿啊？告诉我呗，约翰·珀金斯。"凯蒂抱怨地问。

"我寻思着去一趟迈克洛斯基家呢，"约翰回答，"跟伙计们打上一两局台球玩玩。"

托宾的手相

　　一天，托宾和我结伴去了科尼岛，因为我俩全身上下就剩四美元了，而托宾此时非常需要散散心。他亲爱的甜心——斯莱戈郡的凯蒂·玛红娜三个月前出发来美国之后就没了音讯，身上带着攒下的两百美元，还有变卖托宾继承的地产所得来的一百美元——那是山纳夫沼泽地一栋很不错的小木屋，附送猪猡若干只。托宾只收到过一封信，信里说凯蒂已经出发来找他了，可这么久过去了，他却再没听着她的声儿，也没再见过她的人。托宾急得在报上登寻人启事，但这姑娘似乎人间蒸发了。

　　于是，我和托宾就来到了科尼岛，想着去玩玩激流勇进，闻闻爆米花香味什么的，指不定能让他振作一点。可托宾是个榆木脑袋，悲伤绝望的情绪已经将他浸了个透心凉。见到叫卖气球的人他恨得牙痒痒；去看个电影也咒骂个不停；就算是逢酒必喝，他还能抽出空来奚落《潘趣和朱迪》[①]一番；甚至连照相馆的人来兜售锡版摄影，他都说要揍人家一顿。

———————————

[①]《潘趣和朱迪》，英国传统的街头布袋木偶戏。

见他这个样子，我就把他带到一边，走上木板人行道，远离那些个喧闹嘈杂惹人心烦的景点。突然，托宾在一个六乘八英尺见方的小摊子前顿住了脚步，眼里终于有了一丝人气儿。

"就是这儿了，"他说，"我要踏上心灵的航程。我要让尼罗河了不起的手相大师好好给我瞧瞧，看看我前路如何。"

托宾是灵异现象和超自然能力那一套的信奉者。对于黑猫、幸运数字和报纸上的天气预报这些不靠谱的东西，他都深信不疑。

我俩钻进那间鸡笼般狭小的魔法屋，里头弥漫着神秘的气息，到处挂着红布和各种手掌的照片，照片上画满了铁路枢纽般纵横交错的线条。门上挂着的招牌写着"埃及手相大师祖祖夫人"。一个胖女人坐在里面，身披红袍，袍子上编织着各种各样的挂钩和鬼怪图样。托宾给了她十美分，伸出了一只手掌。她拎起托宾马蹄子似的大手掌，细细研究起来，看看他要问的是石头里的青蛙①还是脱落的马蹄铁②。

"小伙子，"祖祖夫人开口道，"你的命运之线显示……"

"这可不是我的脚啊，"③托宾打断她，"当然它是不大好看的，可你拿的是我的手啊。"

"这掌纹显示着，"夫人继续道，"你的命运还没有行进到霉运都走光了的时候，还会有不幸接踵而来。看这块代表爱

---

① "石头里的青蛙"是广为流传的世界级不解之谜。科学家就青蛙、蟾蜍一类动物为何能在石头、煤层等密闭空间不吃不喝地生存若干年进行过大量研究，至今仍未得出结论。
②马蹄铁脱落被认为是不祥的预兆。
③英语中"命运（fate）"和"脚（foot）"发音相近，这里应该是托宾听错或祖祖夫人发音不准。

神维纳斯的小丘——还是说被石头砸肿了？——代表着你陷入了爱情之中。你的生命里出现了麻烦，是你心爱的人带来的麻烦。"

"她说的是凯蒂·玛红娜呢。"托宾扭过脸来，冲着我声音不小地说了句自己认为的悄悄话。

"我看见，"大师继续说，"你忘不掉一个人，她给你带来了巨大的悲伤和苦难。我看见名称之线指示，她名字里有'K'和'M'这两个字母。"

"我的天！"托宾对我说，"你听到没？"

"小心了！"占卜师提高嗓门继续道，"要当心一个深色皮肤的男人和浅色皮肤的女人——他们都会给你带来麻烦。你很快将进行一次水上航行，将有破财之灾。不过我看见一条带给你好运的线，会有一个男人出现在你生命中，让你福星高照。等你见到他，看到了他弯曲的鼻子就能认出他来了。"

"他的名字有预示吗？"托宾急忙问，"他把好运扔给我的时候我好方便问候他。"

"他的名字嘛，"大师沉思着又仔细看了看，"并没有在你的掌纹中拼写出来，但这儿暗示了它是个挺长的名字，里头应该包含了字母'O'。能看出来的就是这些了。晚安吧。别挡着门了。"

"她居然能知道这么多，真是太神奇了。"托宾一边走向码头一边赞叹着。

正当我俩在汹涌的人潮中挤向游乐园大门的时候，一个黑鬼的雪茄戳中了托宾的耳朵，麻烦的火花瞬间燃起。托宾转身发狠似的捶那人的脖子，女士们纷纷尖叫起来，只有我保持一丝理智，在警察赶来之前把我那小个子兄弟拖走了。唉，托宾自顾自过瘾的时候，那副暴脾气总是一点就着。

在回城里的船上，有人吆喝着："谁要漂亮的服务生哩？"托宾试图服软认罪，急于表现一下自己并不总是那么失败的，却在伸手掏兜的时候发现自己要因为"证据不足"而被无罪释放了——刚刚有人趁乱把他的口袋掏了个空。于是，我俩只能干巴巴地坐在长凳上，竖直了耳朵听那些拉丁佬在甲板上喧哗大笑瞎胡闹。依我看，比起我俩出发那会儿，托宾现在情绪更低落，整个人跟他的倒霉经历更合不来了。

靠栏杆那头坐着一位年轻女士，一身打扮得特别适合坐红色汽车，头发是还没用过的海泡石烟斗的颜色。托宾经过她身边的时候无意间踢到了她的脚。为了不让自己的醉态失礼了女士，他一边道歉一边试图正正帽子。不曾想，他手一抬，把帽子直接打掉了，海风随即将它吹到了海里。

托宾回到座位上坐下，我开始千方百计地想办法把他看住，因为这伙计的厄运来得实在愈加频繁了。要知道，他在特别倒霉的时候，甚至会有对着视线范围内穿得最体面的男人飞起一脚的冲动，夺取整条船的操控权。

眼下，托宾正紧紧捉住我的胳膊，激动地说："乔恩！你知道咱们在干什么吗？咱们正走着水路呢！"

"好啦好啦，"我安抚道，"控制一下啊。再过十分钟就上岸了。"

"不是，你瞧，"他急道，"那边长凳上的白皮肤女士。

还有你忘了刚才烫到我耳朵的老黑了吗？还有我是不是丢钱了——一美元六十五美分对不对？"

我只觉得他就是在总结他遭的灾，好跟那些个莽夫一样找个好借口来暴力发泄。我就努力让他理解，这些小事都是很琐碎很无谓的。

"我跟你说，"托宾还挺坚持，"你那耳朵就没有能听懂神授之人的预言或奇迹的天赋。手相大师夫人看了我的掌纹，跟咱们说什么来着？她说的那些事儿不就一件件在你眼前成真了吗？'小心了，'她这么说的，'要当心一个深色皮肤的男人和浅色皮肤的女人——他们都会给你带来麻烦。'你忘了那黑哥们儿啦，虽然他也尝到了我的拳头。还有你能给我找出个比那位金发女郎皮肤颜色更浅的女士吗？就是她害得我帽子掉海里了。还有我那一美元六十五美分呢？我俩离开发射展览馆的时候还在我马甲里的！"

被托宾这么一件件事说下来，预言似乎的确得到了应验，虽然要我说吧，这些小意外是任何在科尼岛上玩的人都有可能碰到的，有没有手相大师看过都一样。

托宾站起来在甲板上踱来踱去，用他那双小小的红豆眼观察着旅客们。我问他这种举动到底意欲何为啊。除非到了事发那一刻，你永远猜不透托宾脑子里到底算计着什么的。

"你得知道，"他说，"我正努力寻找我掌纹里暗示的那个救星呢。我在看有没有一个鼻子弯曲的男人能给我带来好运，就指望他救我俩于水火之中了。乔恩，这么些年来你见过哪一伙坏蛋是直鼻子的吗？"

我俩搭的是九点半的船，到岸之后就径直往回走，穿过二十二号街，托宾还没有了帽子。

　　在一个街角，有个人站在一盏煤气灯下，抬头掠过高架路望着月亮发呆。那是个男人。是个高个儿男人。他穿着体面，叼着支雪茄，我还能看到他的鼻梁到鼻尖拐了两个弯，活像条蜿蜒的小蛇。托宾同时也注意到了，立马跟卸了鞍的马一样喘起了粗气。他快步冲着男人走去，我跟在后头。

　　"晚上好。"托宾对那男人说。男人拿出根雪茄，友善地回应了一句。

　　"请问您尊姓大名呀，"托宾直接问道，"让咱们瞧瞧您的名字有多长，行吗？也许咱们有必要认识呢。"

　　"我的名字，"男人彬彬有礼地答道，"叫富利登霍斯曼——全名是马克西姆斯·G.富利登霍斯曼。"

　　"这长度够可以的，"托宾说，"您的全名里头有个字母'O'吗？"

　　"没有。"男人答。

　　"那您可不可以拼个'O'到里头去呢？"托宾有些心焦，急切地追问道。

　　"如果您实在是反感外国语的话，"弯鼻子的男人说，"为了让您自己好过点儿，可以在倒数第二音节里混一个'O'进去。"

　　"那太好啦，"托宾如释重负，"您面前的是乔恩·马龙和丹尼尔·托宾。"

　　"幸会幸会，"男人浅浅鞠了一躬说，"不过这么看来，既然您不是来街角这儿找人参加拼字大赛的，那您二位有什么好理由在这大街上晃荡呢？"

"理由就是两个征兆，"托宾急忙解释道，"有位埃及来的手相大师从我掌纹里读出了预言，您刚好对应上了两个征兆。根据霍伊尔[1]，您就是那位命运之人，会给我带来好运，替换掉那些纹路引来的灾难，比如那个烫了我的老黑和那位在船上交叉双脚的金发女郎，还有我损失的一美元六十五美分！"

男人吸烟的动作顿住，转头看向我。

"您对于他这番话，"他冲我说，"就没有要纠正的地方？还是说您跟他是一路的？看您的样子，我还以为您是出来监护他这个病人的呢。"

"没有，"我答道，"我还得补充，您的幸运星形象跟我朋友掌纹预言中的画面描述真是重叠得严丝合缝的，就好比一只马掌和另一只马掌那样相像。不然的话，丹尼尔的掌纹很有可能是被划乱了，这个我不确定。"

"好吧，看来你俩都病得不轻。"弯鼻子的男人边说边抬起眼来四下找警察，"跟两位聊得很开心。晚安了。"

说罢，他将雪茄塞回嘴里，转身向对街走去，步履匆匆。可托宾和我一人一边紧紧跟上了他。

"干吗？"他在对面人行道停下脚步，把帽子往后推了推，"你们要跟着我？我说，"他大声道，"认识你们很荣幸，但

---

①指埃德蒙·霍伊尔（1671/1672-1769），英国纸牌戏作家，1760年制订出惠斯特牌戏规则，在1864年以前一直通用。"根据霍伊尔"是纪念他的句子，在各种游戏规则书的书名上都有他的名字以表示权威。

我不想再奉陪二位了。我要回家了。"

"您请啊，"托宾倚着人家的胳膊，"您尽管回家。我就在您家门口坐着，等您明天一早出来。因为只有您才能打破那个老黑和金发女还有我损失一美元六十五美分的诅咒啊！"

"这臆想也太奇怪了吧，"男人转向我，显然认为我是个相较之下还算理智的疯子，"你该送他回去了吧？"

"我说兄弟，"我严肃道，"丹尼尔·托宾没有疯，他清醒得很。也许他的确有些失常，因为之前喝得有点儿多，神志有些错乱还没完全恢复，但他只不过是想把这些发生在自己身上的迷信和灾祸彻底查清楚而已。我这就解释给你听。"说罢，我把手相大师夫人的事情跟他一五一十地讲了，告诉他为什么他会被认定为带来好运的人。"那么，至于我在这场混乱中扮演的角色呢，"我总结道，"如果我没理解错的话，我就是我朋友托宾唯一的真心朋友。跟风光的富豪做朋友是很容易的，因为会得到好处；跟穷人做朋友也不难，因为人家一个劲儿地感恩会让你无限满足，还会有人印出你的大幅照片放在出租屋门口，照片上你左手一桶煤右手牵着个孤儿。可要跟一个天生的蠢蛋做朋友，对于友谊这门艺术那可是极大的考验。眼下的我就是这么个处境了，"我歇口气继续，"因为在我看来，从手掌是看不出什么命运的，除了能从锄头把儿上的印子看出是属于个庄稼汉。而您呢，即便您有着整个纽约城里最弯的鼻子，我还是怀疑每一个预言师都能从您身上榨出点好货。可丹尼尔的掌纹确确实实是指向了您，那么我就一定要帮他证明您的身份，直到他相信您这儿的确什么都榨不出来为止。"

听完我的话，男人转过身来，突然爆发出一阵哈哈大笑。他靠着墙角笑得低头弯腰无法自已。好一会儿，他才边笑边拍着我和托宾的背，一人一边抓住我俩的胳膊。

"是我的错，"他说，"我原来是马上要时来运转啦！居然有这么奇妙这么神奇的事情！我差点儿都沦落到一文不值的境地了呢。走，"他指着前面，"那边有间小餐馆，温暖又舒适，在那儿聊些稀奇古怪的事情是最合适不过的了。咱们去喝一杯，讨论讨论'世上无绝对'这个永恒的话题。"

说着，他领着我和托宾进到一家酒吧的里间，叫了喝的，把钱扔在台子上。他跟看亲兄弟一样瞧着我和托宾，给我俩都点上一支雪茄。

"你们知道吧，"命运之人开口道，"我所从事的是被称为文学的那种行业。我每晚外出游荡，在芸芸众生里寻找着光怪陆离，于头顶天空寻求着真实。你俩刚刚碰见我那会儿，我正陷入高架路与夜空中那盏明灯的遐想里。飞速的交通如诗如画；月亮不过是个乏味、干枯的天体，每天机械地运行。可这只是我私人的看法罢了，因为在文学的世界里，情况往往恰好相反。我的希望是写一本书，阐述这些我在生活中发现的千奇百怪。"

"您会把我写进书里吧，"托宾一脸厌恶地说，"您会把我写进书里吗？"

"不会，"男人回答，"那书已经很厚了，塞不进你了。不会的。我至多是就着你的故事自己乐呵乐呵，因为要打破印刷限制，目前的时机尚未成熟。要是把你写成文字啊，那得多有趣儿，这么欢乐的故事我必须独自品尝才够本。不过，我谢谢你俩，小伙子们，真心的。"

"你在这儿叨叨的这些话，"托宾吹胡子瞪眼地接道，拳头把桌子捶得砰砰响，"我真是听得不耐烦了。你的弯鼻子是命中注定会为我带来好运的，可你却只顾自己开花结果好享受。你那些个文绉绉的唧唧歪歪听着就跟缝里吹出来的风一样！我实话说了，现在要不是那个老黑和金发女都应验了，我也要怀疑我的掌纹撒了谎，而且……"

"行啦！"大高个儿打断他，"你愿意就这么让相术引你走上歧途啊？我的鼻子肯定会尽其所能的。来来，把杯子都满上，奇闻轶事之花是需要多多浇灌的，在干涸的道德氛围里它们可容易凋零了。"

就这样，在我看来这位文学之人可以说是补偿了我和托宾，因为是他付的酒钱，他也快活，反正我俩是被预言那档子事儿搞得筋疲力尽了。不过托宾还是一脸不爽，喝着闷酒，双眼通红。

不久，眼看已经十一点了，我们走出酒吧，在街边人行道上站一会儿吹吹风。男人说他得回家了，还邀我和托宾一块儿走。过了两个街区，我们走到一条小街上，两旁延伸着一排排砖房，家家门口都有长长的入户楼梯和铁栅栏。男人在其中一户门口站定，抬头看向最上头的一扇窗，发现屋里没亮光。

"这就是寒舍，"他说，"看样子我的妻子已经先睡下了。这样一来我就大胆做一次主来招待二位。二位看看能不能到我家地下室坐会儿，我们还可以吃一顿，来些不错的点心。我记得有冻鸡和奶酪，还有一两瓶啤酒。你们要是能进来吃点儿我会十分欢迎的，毕竟二位陪着我消遣了一整晚呢。"

我和托宾无论是胃口还是内心都特别赞同这个提议，而且丹尼尔的第六感强烈地告诉他，一两杯酒和一顿冷餐说不定就代表了他掌纹中预示的好运。

"从那边楼梯走吧，"弯鼻子男人说，"我从一楼下去给你们开门。一会儿让家里厨房新来的姑娘煮上一壶咖啡，你们走之前可以喝上一杯。话说，对于一个刚到这里三个月的新手来讲，凯蒂·玛红娜这姑娘可真是煮得一手好咖啡啊。请进吧，"男人做出邀请的手势，"我这就让她到地下室去招待你俩。"

第三样配料

　　瓦蓝布洛沙公寓楼虽然名为公寓楼，实则不然，只不过是两栋老式褐石墙面的房子拼在了一起。一楼的一侧是一家女装店，围巾啊，披肩啊，帽子啊，琳琅满目地陈列着，让人眼花缭乱；另一侧是间阴森森的牙科诊所，张贴着各种医治牙病的宣传，还打包票说全部无痛处理。在这里，你能以每周两块到二十块的价格租到一间房。这里的房客包罗万象，有速记员、音乐家、证券经纪人、女店员、写字赚钱的作家、美术生、电话接线员，还有其他听到门铃响就会从栏杆探出头来张望的各色人等。

　　今天这个故事主要讲述的是瓦蓝布洛沙公寓的两位房客——不要误会，并没有不尊重其他房客的意思啦。

　　这天下午六点，海蒂·佩珀回到了她在瓦蓝布洛沙那间三块五一周的后间房，尖挺的鼻子和瘦削的下巴比平时更显冰冷。想象一下，要是你在一家百货公司勤勤恳恳干了四年，突然遭到解雇，钱包里只剩下一毛五，那脸上一定是怎么都挤不出花儿来的。

趁现在海蒂还有两层楼要爬，我们先来了解一下她的身世。

四年前的一个上午，她跟其他七十五个女孩子一块儿走进"最大"百货店，应征内衣部售货员的职位。几十个想挣工资的姑娘往那儿一站，简直就是一个让人晕头转向的美人阵，她们的金发加起来足够让一百个戈黛娃夫人①在街上策马奔腾了。

负责挑人的是个一脸精明、目光冷淡、拒人千里的秃顶年轻人，他负责从众多应聘者里挑出六人。这会儿他快窒息了，感觉自己周遭被白云轻纱萦绕，就要沉入鸡蛋花香的深深海底。这时，一张白帆闯入视野——海蒂·佩珀，平凡无奇的面孔，不大的绿眼睛透出一丝轻蔑，一头巧克力色的棕发，粗麻布的套裙加一顶普通得不能再普通的女帽，往他跟前一站，她人生的二十九年一览无余。

"就你了！"秃顶年轻人振臂一呼，得救了。海蒂就这么被招进了"最大"百货店。接下来，她的薪水渐渐涨到每周八块钱，这个过程哪怕说成是融合了大力神、圣女贞德、尤娜、约伯和小红帽这些故事的史诗都不为过。我是不会告诉你她一开始拿多少薪水的。社会上正蔓延着一股反对类似现象的民情，我可不想让百万富翁们爬上我住的廉价公寓防火梯，往我的小阁楼里扔炸弹。

而海蒂被"最大"百货店辞退的经历，跟她受雇的经过几

---

①戈黛娃夫人，11世纪英国考文垂勋爵利奥弗里克之妻，依据传说，她为了争取减免丈夫强加于市民们的重税，裸体骑马绕行考文垂的大街，仅以一头长发蔽体。

乎如出一辙，也是够没意思的。

话说百货店的每个部门里，都会有那么一位无所不知、无处不在、无所不吃的角色，他总会拿着个小本本，系着红领带，人称"买主"。他所在的部门里那些个靠一点工资（请参考口粮统计局①数据）糊口的姑娘们，等于被他牢牢捏住了命脉。

我们要说的这位买主是个一脸精明、目光冷淡、拒人千里的秃顶年轻人。当他走在自己部门的过道里，感觉仿佛航行在鸡蛋花香的大海上，周遭白云轻纱萦绕缥缈。可甜食吃太多也会腻。于是，海蒂·佩珀那平凡无奇的面孔、绿色的小眼睛和巧克力色的棕发，在他看来无疑是腻人的美色荒漠之中一块喜人的绿洲。在柜台一个僻静的角落，他亲热地在她胳膊上掐了一把，就在胳膊肘往上三英寸那个地方。下一秒，她就抡起了肌肉结实且并不白皙的右胳膊，将他一巴掌扇到了三英尺开外去。嗯，现在你知道为什么海蒂·佩珀被下令半小时内离开"最大"百货店了吧——钱包里还只剩下一毛五。

今天晨报的物价列表上说，牛肋排的价格是每磅六分钱（肉店称出来的）。而海蒂被"最大"百货店"解放"的那天，价格却是七分五。也正因如此，我们的故事才有可能存在，不然那多出来的四分钱本来可以……

咳，要知道，这世上所有好故事的情节都有避免不了的短板；所以，对于我们现在讲着的这个故事，就请不要过于苛求了，好吧。

---

① 没有这个局，系作者按照人口统计局的名称杜撰出来的。

言归正传。海蒂拎着肋排肉，回到了她三块五一周的三楼后间。晚饭弄上一锅热乎乎香喷喷的炖牛肉，之后睡一个好觉，明天一早她就能重新振作，活力全满地再去找一份融合了大力神、圣女贞德、尤娜、约伯和小红帽故事的工作。

她在房间里那个二乘四英尺见方的瓷器……呃……我是说陶器柜里找到搪瓷炖锅，接着在堆得乱七八糟的纸袋里翻找土豆和洋葱。半晌过去，她的鼻子和下巴似乎比刚刚更尖了。

土豆没找着，洋葱也没影儿。哎呀呀，炖牛肉里光有牛肉没东西炖可怎么行？没有牡蛎可以做成牡蛎汤，没有水鱼也可以做出水鱼汤，没有咖啡也是能做出咖啡蛋糕的，可没有土豆和洋葱你就是做不出炖牛肉来。

不过呢，就算只有牛肋排，在紧急情况下也是可以让一扇普通的松木门变成赌场的熟铁大门一般，抵挡饥饿的野狼入侵。加些盐和胡椒还有一勺面粉（要先在少许冷水中搅拌充分）就能对付——当然没有纽堡的奶油龙虾那么香，也没有教会的节日甜甜圈那么丰富；但是用来对付对付是可以了。

海蒂拿着炖锅往三楼走廊的后头走去，瓦蓝布洛沙公寓的广告上说那里供应自来水。你、我和水表其实都心照不宣，水龙头里的水不是流出来而是滴出来的；可这属于技术问题了，我们暂且不提。那里还有个水槽，操持家务的房客们经常会碰到彼此在那儿倒咖啡渣，顺便互瞅一眼对方还没换下来的睡袍。

海蒂到了水槽边，看到那儿站着个姑娘，一头浓密的金棕色头发，造型很有艺术感，正眼含悲伤地洗着两个硕大的爱尔兰土豆。海蒂对瓦蓝布洛沙的租客们了如指掌，不需要任何洞察力超强的慧眼也能看穿他们的秘密。他们身上的睡袍对她来说就是百科全书，是她的《人物轶事录》，是来来去去的房客们给她提供的情报交换所。从洗土豆姑娘身上这件湖绿色镶边的玫瑰粉睡袍来看，她就是住在顶层阁楼——或者人们偏好称为"画室"——的那位袖珍画画家。海蒂其实并不确定何为"袖珍画"，但画的肯定不是房子；因为漆画房子的人，尽管浑身溅满了油漆点，还在大街上当着你的面爬梯子，可家里绝对是各种珍馐佳肴无所不有的。

洗土豆的姑娘十分瘦小，捧着两个土豆的样子活像老光棍大叔捧着长牙的小婴儿一样。她右手拿一把用钝了的鞋匠刀，笨拙地开始刨土豆皮。

海蒂一本正经地上前搭话，一丝不苟的腔调跟那些想要和你下次见面的时候就能来个熊抱的人一模一样。

"不好意思，"她开口道，"我不该多管闲事的，但你要是这么削皮，土豆就都浪费啦。这些是百慕大的新土豆，你得用刮的才行。来，我刮给你看。"

她拿过土豆和刀开始示范。

"噢，谢谢您，"画家低声叹道，"我还真不知道呢。看着这些厚厚的皮，我也确实挺闹心；瞧瞧这多浪费啊。可我一直以为就该这么刨呢。唉，在只能用土豆充饥的时候，皮也很重要，您懂的。"

"我说，妹子，"海蒂停下了手里的动作，"你怕是也遇到困难了？"

袖珍画画家虚弱地笑了笑。

"恐怕是的。艺术——或者至少在我看来的艺术——似乎没有多少市场。我晚餐就只剩这俩土豆。不过煮熟了来吃应该不会太糟糕吧，加点儿黄油和盐的话。"

"妹子啊，"海蒂扯出一个微笑，僵硬的表情有所软化，"是命运让我俩今天相遇。我现在也被困境扼住了喉咙；不过呢，我哈巴狗大小的房里有块肉。我一直在找土豆，就差没祈祷老天爷能赐给我一颗了。不如我俩互补，用你的土豆我的牛肉来做炖肉吧。咱们到我房间做饭去。要是再有个洋葱就完美啦！我说妹子，你该不会刚好在去年冬天的海豹皮大衣内袋里落下了几个子儿吧？我可以到楼下转角老朱塞佩的摊子上买一个回来。要知道，没有洋葱的炖肉可比没有糖果的下午茶还糟糕十倍。"

"叫我塞西莉亚吧，"画家说，"我真没钱了，最后一分钱三天前就已经花掉了。"

"那咱们就只好不放洋葱了，"海蒂叹道，"我倒是可以跟看门大妈讨一个来，但又不想让他们知道我又开始一间间铺子地找工作了。可我真希望咱们能有个洋葱啊。"

于是两人就到售货员的房间去准备晚餐了。塞西莉亚坐在沙发上空等着插不上手，不住地用斑鸠咕咕叫一样的低柔嗓音央求着能让她干点活儿。海蒂麻利地处理着肋排肉，把肉浸入炖锅的冷盐水里，再将锅坐到燃气灶的唯一一个炉头上。

"咱们要是能有个洋葱就好了。"海蒂一边刮着两颗土豆一边嘟囔。

沙发对面的墙上挂着一幅色彩激烈的华丽广告画，画上的主角是一艘铁路新渡轮，是专为把洛杉矶和纽约市之间的行程缩短八分之一分钟而建造的。

海蒂不停地絮絮叨叨，偶尔回过头，却瞥见她的小客人呆望着描绘渡轮在浪花翻滚中完美疾驰的那幅画，眼里流下了两行泪水。

"哎呀，这是怎么了，塞西莉亚，好妹子，"海蒂停下忙碌的小刀，"这广告画得这么糟吗？我也不是什么画评家，可我还觉得它给这房间增色不少呢。当然了，你是修指甲画家①，肯定不消一分钟就能看出这画儿不耐看。你要看得不顺眼，我可以给它取下来。我真想求求灶神爷赐给咱们一个洋葱啊。"

就在这个当儿，身形袖珍的袖珍画画家已经颤抖着倒在了沙发上，鼻子整个埋进又厚又硬的沙发罩里，不住地抽泣。比起被粗俗的印刷画伤害的艺术心灵来，这其中必有什么更深层次的东西。

海蒂懂了。她很早就接受了自己的角色。当我们需要描述某个人的一项特质时，会发现语言词汇是多么匮乏！尤其是要进行抽象描述的时候，更是找不到语言，万分迷惘。只能说，我们讲出来的离大自然的概念越近，人们才能理解得越准确。打个比方（就当是比喻吧），有些人充当着胸膛的角色，有些人是手，有些人是头，有些人是肌肉，有些人是脚，而有些人是背负重量的脊背。

---

①海蒂并不知道"袖珍画画家"是什么，英文中"袖珍画（miniature）"这个词跟"修指甲（manicure）"很接近，便以为是给人做修指甲的画家。

海蒂就是一副肩膀。她的肩膀硌人得很，坚实有力；在她这三十多年的生命里，多少人都曾把头靠在她肩上——比喻的也有实际的也有——把他们的烦恼或一半一半或一股脑儿地留在了上面。从解剖学的角度看生活——这个角度可不比其他角度差——她是天生注定要成为肩膀的。她的锁骨应该是世界上最为真诚的锁骨了。

海蒂今年三十三岁，其实每当有年轻漂亮的少女将她们的小脑袋靠上来寻求安慰时，她的心中仍不免感到一阵闷痛。尽管如此，只消往镜子里看上一眼，便能够化解掉这点小小的心痛。所以她抬起头来，无奈地望了望燃气炉后头墙上挂着的不甚平整的穿衣镜，把咕嘟咕嘟冒着热气的牛肉和土豆炖锅下的火苗关小一点，走到沙发旁，把塞西莉亚的头托起来，放到自己充当告解室的肩上。

"都说出来吧，亲爱的，"她说，"我现在知道了，让你这么难过的并不是那幅画吧。你是不是在渡轮上遇见他？来吧塞西莉亚，好孩子，把事情都跟你海蒂……海蒂姨妈讲讲。"

可是青春和忧郁一定要先把无尽的叹息和不止的泪水抒发完毕，才能让浪漫之船驶向那欢愉小岛间的港湾。此时此刻，忏悔者——或者该说是荣耀的圣火传播人？——倚着筋腱构成的微微汗湿的"告解室"栅栏，开始坦白她的故事，不带修饰和幻想。

"也就是三天前的事情。我坐船从泽西城回来。那儿的一个画商，叫老施鲁姆先生的，告诉我说有个纽瓦克的有钱人，想要找人给他女儿画一幅袖珍画像。我去见了他，给他看了一些自己的作品。我告诉他润笔费是五十块，他一听就跟鬣狗似的阴笑起来。他说比我的画大二十倍的巨幅蜡笔画像也只用八块。

"我身上的钱只够买张船票回纽约。那时候我真的觉得多一天都活不下去了。我猜我的表情肯定说明了一切，因为我看见他坐在对面那排椅子上，看我的眼神似乎在告诉我，他懂。他长得很帅，但是，天啊，最重要的是，他的神情是那么善意。在你疲劳难过又无助的时候，善意比任何其他东西都来得重要。

"然后我渐渐撑不住了，觉得自己实在太悲惨，真的坚持不下去了，就起身慢慢往船舱后门走。那儿一个人都没有，我就一下子翻过栏杆，跳进了水里。噢，海蒂好姐姐，河水真凉，真凉啊！

"有那么一瞬间，我还希望能回到老瓦蓝布洛沙公寓，继续挨饿，继续希望。可很快我就什么都感觉不到，也不想去感觉了。接着我感觉到还有一个人在水里，离我很近，把我托着向上去。是他，他跟在我身后，跳进河里救了我。

"有人向我们扔来一个大大的白色甜甜圈一样的东西，他抬着我的胳膊穿过中间的洞。接着渡轮开回来了，有人把我俩拉上了船。噢，海蒂，我竟然软弱到想淹死自己，实在是太可耻了；而且更丢人的是，我的头发全部结成一团，滴滴答答地淌着水，真是出尽了洋相。

"然后就有几个穿蓝色制服的人过来了；他拿出了名片，我听见他跟那些人说，他看见我的钱包掉在栏杆外头的船边边上，我是因为探身去拿，脚下一滑就掉了下去。

"这时候，我记起来在报纸上看到过，企图自杀的人是要跟企图谋杀别人的人关在一起的，我害怕极了。

"后来船上的几位好心女士带我到底层的锅炉房，帮着我把身上弄干，还给我梳好了头发。到岸之后，他带我下船，还给我招来了出租车。他自己还浑身滴着水呢，可他笑得仿佛这一切只是个玩笑罢了。他一直问我叫什么，住在哪儿，可我就是不肯告诉他，因为实在太丢人了。"

"你个傻孩子，"海蒂和蔼地说，"等我去把灯点亮些。我真得求求老天赏给咱们一个洋葱才行。"

"最后，他举了举帽子，"塞西莉亚继续诉说，"他说：'那好吧，不过我无论如何都会找到你的，到时候就会索要我救难的权利。'然后他付钱给出租车司机，告诉他带我到我要去的任何地方，就走了。'救难'是什么意思呢，海蒂？"

"就是衣服裤子上头不是缝出来的边，"①海蒂道，"你在那个小英雄眼里肯定都不成样子了吧。"

"整整三天了，"袖珍画画家悲叹道，"可他还没有找到我。"

"再等等呀，"海蒂劝道，"这城市大着呢。你想想，他要认出你之前，得去找多少个在水里泡得湿透了的披头散发的姑娘来看哪？这肉炖得不错——哎哟，就缺个洋葱了！要是有蒜头我都愿意试试扔进去一瓣儿。"

---

①英文中"救难（salvage）"与"镶边（selvage）"谐音。

牛肉和土豆在炖锅里欢乐地冒着泡，散发着让人口水直流的香气，可还是能感觉到缺了什么，弄得人饥饿难耐，只想让某种求之不得的配料赶紧到嘴里来。

"我差点儿淹死在那可怕的河水里。"塞西莉亚哆嗦着说。

"水再多点儿就好了，"海蒂接道，"我是说炖肉。我去水槽那边再装点儿回来。"

"真香啊。"画家说。

"那条脏兮兮的老北河吗？"海蒂表示反对，"我闻着怎么一股肥皂工厂和浑身臭汗的猎狗味儿——哦，你说的是炖肉啊。唉，要是咱们有个洋葱就好了。他看上去像是个有钱人吗？"

"首先，他很亲切，"塞西莉亚答道，"我敢说他是个富家子；可这根本不要紧。他拿出钱夹付钱给出租车司机的时候，就算不刻意都能看到里头露出来的尽是百元千元的大钞。后来我目送着他坐上汽车离开了渡口；那个司机还帮他披上他的熊皮大衣，因为他浑身上下都湿透了。这一切都才过了三天而已。"

"真傻！"海蒂简短评价道。

"噢，司机没湿，"塞西莉亚深呼一口气说，"然后他就平稳地开着车走了。"

"我说你真傻，"海蒂说，"怎么就不告诉他你住哪儿呢。"

"我才不会把地址告诉当司机的人。"塞西莉亚高傲地说。

"要是咱们有一个就好了。"海蒂又郁闷起来。

"要来干吗？"

"当然是炖肉……哦，我说的是洋葱。"

海蒂拿上水罐，往走廊尽头的水槽去了。

正当她走到楼梯跟前，从楼上迎面下来一个年轻人。他穿着相当体面，脸色却苍白憔悴。他双眼黯淡无神，似乎正遭受着体力上或精神上的折磨。他手上拿着一个洋葱——一个粉红的、光滑的、结实的、闪亮的洋葱，个头赶得上九毛八的闹钟那么大。

海蒂顿住了脚步。年轻人也停了下来。女店员的表情和姿态中隐隐透出圣女贞德、大力神和尤娜的混合架势——是的，约伯和小红帽被她剔出此列了。年轻人停在楼梯跟前心烦意乱地咳嗽起来。他感到自己似乎正遭到愚弄、怠慢、攻击、纠缠、扣押、陷害、估价、讨债和恫吓，却不知道究竟为了什么。正是海蒂的眼神让他有这些奇怪的情绪。从她的双眼中，他仿佛看到一面海盗旗升到桅杆顶端，一个老练的水手牙齿咬着一柄匕首，利索地拉起绳梯钉在了桅杆上。可他不知道的是，正是他手握的货物让他完全没有谈判的机会就几乎被掀翻到水里去了。

"请原谅啊，"海蒂尽最大努力克制住妒忌的醋意，尽可能亲切地开口道，"你是不是在楼梯上捡到那个洋葱的？我的纸袋上破了个洞，我这不正出来找它呢。"

年轻人咳了快半分钟才止住。可能趁着这个空当儿，他拾起了保卫自己所有物的勇气，并且吝啬地捏紧了掌心里散发着辛辣香味的配料，以振作的姿态正面对抗埋伏在此的不速之客。

"不是，"他沙哑地答道，"不是在楼梯上捡到的。是顶楼的杰克·贝文思给我的。不信的话你可以去问他。我就在这儿等着你问了回来。"

"我知道贝文思，"海蒂酸溜溜地说，"他给那些个小杂志小报纸写书什么的。咱们楼里的人每次都能听见邮差满屋子喊他，退回他寄出去的那些厚信封。那什么……你也住瓦蓝布洛沙公寓吗？"

"并不，"年轻人答道，"我只是有时候来探望贝文思。他是我朋友。我家在西边两个街区外。"

"你拿这个洋葱要干吗呢？不好意思问一下啊。"海蒂说。

"吃。"

"生吃？"

"对。一回家就吃。"

"没有别的东西配着吃吗？"

年轻人思考片刻。

"没有，"他承认，"我住处没有其他什么能吃的。我想老杰克自己手头也拮据得很。他也不情愿把这个洋葱给出去，但因为太担心，还是让给我了。"

"哎呀，"海蒂双眼放出洞察一切的精光盯牢了他，一根瘦骨嶙峋到让人一眼难忘的手指挨上他的袖子，"你也遇到一些个困难了，是不是？"

"是不少，"洋葱主人迅速接上，"可这洋葱是我的东西，是我光明正大得到的。如果你没别的事，我该走了。"

"我说，"海蒂有些急白了脸，"生洋葱实在不是什么可口的菜肴，就跟没放洋葱的炖牛肉一样。我觉着，你要是杰克·贝文思的朋友，人肯定也错不到哪儿去。就在走廊那头我的房间里有个年轻姑娘，是我一个朋友。我俩都不太走运，而且锅里除了土豆和牛肉就啥都没有了。这会儿正在火上炖着呢，可就是没有灵魂啊——这里头还欠了样食材。生活里有些东西吧，天生就合适，应该搭配在一块儿。比如粉纱布和绿玫瑰，又比如火腿和鸡蛋，再比如爱尔兰人和麻烦事儿。还有的，就是这土豆牛肉和洋葱啦。哦，差点儿漏了一个，就是经济困难的人和同病相怜的同胞啊。"

年轻人咳嗽又发作了，咳得几乎停不下来。他一手把洋葱抱在了胸口。

"当然，当然，"他终于喘过气来说，"可我刚刚也说了，我必须走了，因为……"

海蒂一把揪牢了他的袖子。

"别不领情啊，小兄弟。不要回去切生洋葱了，把它削了皮加进咱们的晚餐，到屋里来尝尝你这辈子都再也吃不到的极品炖肉吧。难道要我们两个淑女敲晕你这位年轻绅士，把你拖进屋里，才能有这份荣幸与你共进晚餐吗？这对你没有任何坏处呀。大方点儿，你就答应了吧。"

年轻人苍白的脸放松下来，咧嘴一笑。

"请相信我会跟你去的，"他明朗地说，"如果我的洋葱能做我人品的担保，那么我十分乐意接受你的邀请。"

"那必须的，但是拿它做配料更是再好不过了，"海蒂说，"你来，在门外站一会儿，我进去问问我的小女朋友有没有反对意见。我出来之前你可别拿着那个'推荐信'跑了啊。"

海蒂进了房间，关上了门。年轻人依言在门外等着。

"塞西莉亚，孩子，"女店员努力润了润她毛糙的嗓子说，"外头有个洋葱，还跟着个年轻的先生。我请他一块儿来吃晚餐了。你不会反对的吧？"

"噢，老天呀！"塞西莉亚一骨碌坐直了身子，双手按着她那头艺术家的乱发。她哀怨地瞥了一眼墙上的渡轮海报。

"不啦，"海蒂说，"不是他。现在摆在你面前的是真实的生活。我记得你说那位小英雄很有钱，还有车。这位就是个穷小子，除了洋葱什么吃的都没有。可他很随和，好说话，也不是个愣头青。我猜他以前也是位绅士，只是眼下遇到了低谷。而且咱们真需要那个洋葱。能让他进来吗？我跟你保证他会规规矩矩的。"

"海蒂，亲爱的，"塞西莉亚叹了口气，"我真的好饿。他是王子还是毛贼又有什么区别呢？我不在乎。他要是有吃的能分享，那就让他进来吧。"

海蒂开门走出到走廊上。洋葱男不见了。她的心跳漏了一拍，脸色发灰，唯有鼻头和颧骨泛红。紧接着，生命的潮水再一次涌动，因为她看见他正冲着走廊那头的前窗探出身去。她快步赶上前，听见他正跟楼下某个人喊着什么。外头街上的嘈杂盖过了她的脚步声。她越过他肩膀看下去，看到了那个人，也听到了他的话。他从窗沿收回上半身，一回头发现她就站在身后。

海蒂的双眼像两根钢锥直直钉在他脸上。

"你老实说，"她平静得可怕，"要用洋葱做什么？"

年轻人压下一阵咳嗽的冲动，坚定地迎上了她质问的眼神。他看上去有些被惹毛了。

"用来吃，"他一字一句地强调，"刚才也这么告诉过你了。"

"你家没别的能吃了？"

"什么都没有。"

"你是干什么工作的？"

"目前没有工作。"

"那么为什么，"海蒂忽然拔尖了声音，"你会探出窗户去对楼下街上那辆绿色汽车的司机下命令呢？"

年轻人忽地脸红了，原本黯淡的双眼开始有光闪烁。

"因为，女士，"他明显加快了语速，"司机的工资是我开的，车子也是我的——还有洋葱也是——就这个洋葱，女士。"

他一把将洋葱往前一送，直到离海蒂鼻尖前一寸，女店员分毫不退。

"那么你为什么只吃洋葱，"她一副要吃人的表情，"其他什么都不吃？"

"我没说过什么都不吃，"年轻人心急火燎地辩解，"我是说我住的地方没别的吃的了。我本来就不是个喜欢囤货的人。"

"那么为什么，"海蒂固执地追问，"你要生吃这个洋葱？"

"是我妈，"年轻人答道，"她总说感冒的时候生吃洋葱就好了。很抱歉在你面前提起我生病的事儿；但你也应该注意到我正感冒呢，而且十分十分严重。我是准备吃了洋葱就睡觉的。真奇怪，我为什么会站在这里为了这个跟你道歉呢？"

"你是怎么染上感冒的？"海蒂怀疑的眼神没有移开半分。

年轻人的情绪已经积攒到了一个顶点。摆在他面前的有两条路——要么爆发，要么妥协。他进行了明智的选择。空荡荡的走廊里瞬间填满了他沙哑的大笑。

"你真绝了，"他说，"不过你只是很警惕，这我不怪你。不妨告诉你吧，我浸水了。几天前我在北河坐轮渡，有个姑娘跳船了。我看见了，当然就……"

海蒂伸出一只手来打断了他的讲述。

"洋葱拿来。"她说。

年轻人下巴都差点掉了，呆愣在那里。

"洋葱，拿来。"她又说一遍。

他咧了咧嘴，递上洋葱。

海蒂脸上显出一个不常见的微笑，有些冷酷，还带着点儿苦楚。她抓住年轻人的胳膊，另一手指着自己房间的大门。

"小兄弟，"她说，"进去吧。你从河里钓上来的小傻瓜正在里头等你呢。我给你们三分钟独处。土豆还在里头等着呢。进去吧，小洋葱。"

看着他敲敲门，走了进去，海蒂转身到水槽边将洋葱洗净削皮。她灰黯的眼神落在了外头灰色的屋顶，脸上的微笑在面部抽搐了几下之后消失不见了。

"可那牛肉汤明明是我们三个人的，"她阴郁地自言自语着，"明明是我们一起做出来的。"

绿色之门

假设某一天，你晚餐后沿着百老汇大街散步，可以用十分钟时间来慢慢享用你的雪茄，一边考虑着是去看一出逗乐的悲剧好呢，还是一场严肃的杂耍表演好。冷不丁地有只手放在你胳膊上。你一转身，直直望进一双惊悚大眼里，这双大眼的主人美貌非常，身穿俄罗斯貂皮大衣，珠光宝气。她动作迅猛地往你手里塞了张奶油卷饼，手中忽地多出一把小巧精致的剪刀，咔咔两下把你大衣第二颗扣子剪下来，颇有深意地冲你喊："平行四边形！"转眼飞奔到了十字路口，还惊恐地回头张望。

这可真算得上是纯粹的历险记了！怎么样，你接不接受这个冒险挑战？呵呵，还是算了吧。你只会尴尬地红了脸；你会害臊地低下头，悄无声息地扔掉卷饼，继续沿着百老汇街边上走，手忙脚乱却又无济于事地翻找着消失了的第二颗纽扣。你也就这点儿出息啦，除非你心中纯粹的冒险精神还没有泯灭，那可是极少数老天保佑的人才会有的福气呀。

真正的冒险家从来不多。在书籍和报纸上扬名立万的那些所谓的冒险家，其实大部分都只是掌握了新技能的生意人罢了。你看他们都是为了自己想要的东西而奔走四方——金羊毛啊，圣杯啊，心爱的女人啊，宝藏啊，皇冠啊，名气啊，等等。正宗的冒险家在迎接自己未知的命运时，是不会带有任何目的和算计的。圣经中的回头浪子就是一个很好的例子——当然要从他启程返家开始才算。

而半吊子冒险家呢——那些果敢勇猛的高大上人物，就数都数不过来了。从十字军东征到帕利塞德地带，他们丰富了历史和小说的艺术内容——并且推动了历史小说的销量。可他们每一个都有要赢的奖，要进的球，要磨的斧头，要跑的比赛，要使出来的击剑新招，要刻上的名字，要捡的撬棍——也就是说，他们都不是纯粹冒险的追随者。

大城市里，浪漫和冒险这对双生子总是在大街上寻找着值得追求的人物。我们挤在熙熙攘攘的人流里，它俩就在一旁狡猾地偷窥，用各种各样不同的伪装来挑战我们的冒险精神。不知为什么，我们不经意地一抬头，总能看见某扇窗户里露出一张似乎在我们心灵画廊里存放已久的熟悉的脸；走在夜里酣睡的寂静大道上，忽然，身旁一座关紧了百叶窗的空屋子里，响起一阵哀伤惊悚的幽幽哭泣声；出租车司机把车停在目的地，我们下来后发现这并不是自己家门口，而是身处一扇陌生的大门前，有个人微笑着为我们开门，请我们进去；一张写了字的纸片从圣坛高高的格子窗上飘然而至，落在脚底；在喧哗的人群中，我们跟擦肩而过的陌生人偶然交换眼神匆匆一瞥，却发现对方眼里交织着爱恨情仇；一场突如其来的大雨——发现在自己伞下避雨的居然是月神的女儿和恒星系的大表妹；在每一个转角处，每一条掉落的手绢，每一根示意的手指，每一个烦恼的眼神，还有那些茫然迷路的人，形单影只的人，兴高采烈的人，神秘兮兮的人，都是危机四伏、变幻莫测的冒险暗号，就在我们的指缝间游走。可是，几乎没多少人愿意抓住机会，随之而去。我们的心都已然呆板，仿佛背上插了一根安分守己的指挥棒活到今天。我们就这样错过；当某天我们冗长无趣的生命走到尽头，也许才会回忆起自己的浪漫史无非就是一两次婚姻的苍白画面，是藏在保险抽屉里的缎面玫瑰胸章，是和一台蒸汽散热器之间的争执，一吵就是一辈子。

鲁道夫·斯坦纳是个真正的冒险家。他几乎每晚都会离开他那走廊边的小蜗居，到外头去寻找意外和刺激。在他看来，自己生命中最有趣的事情很可能就在下个转角等着呢。有时候因为他过于愿意接受命运的试验，而不止一次将自己引上过奇怪的道路。有两回，他是在警察局过的夜；他被好几个招摇撞骗唯利是图的所谓魔术师涮了一次又一次；还有一回，他被某个诌媚的诱惑勾去了手表和钞票。可即便如此，他仍然热情不灭，捡起每一只命运扔来的手套加进自己的冒险名单。

有天傍晚，鲁道夫正沿着老中心城的一条穿城大道闲逛。人行道上穿梭着两条人流——恋家一族赶在匆匆归家的路上；心怀躁动的人们不打算回家，一心奔向那蜡烛大放光明的浮华餐厅的怀抱。

年轻的冒险家步伐轻盈，一脸愉快，安静而警惕地走着。白天他是钢琴行的导购员。他与众不同地用一只黄玉指环套住领带充当别针；还曾经写信给一位杂志编辑说，利比小姐①的《朱妮的爱情测试》是对他人生影响最大的一本书。

走着走着，他突然瞥见路边有一副牙齿在一个玻璃箱子里猛烈地咔咔开合着，让他注意到它后头那间小饭馆（内心极其忐忑）；不过再看一眼，原来隔壁门上高高挂着个牙医诊所的电光招牌。一个虎背熊腰的黑人，穿了一身滑稽的大红绣花外套，明黄色长裤，头戴一顶军帽，正向过往的行人点头哈腰地派发卡片。

牙医诊所这样招徕顾客对于鲁道夫来说也不是什么新鲜事。他通常都是目不斜视地径直走过推销员身边；可今晚，那非洲人不知怎么敏捷地塞了一张卡到他手里，动作之灵巧让他都禁不住拿着卡片，对着成功的推销员露齿一笑。

走出去了几码后，他漫不经心地瞥了一眼卡片。这一看不要紧，他吃了一惊，翻过来饶有兴致地又看一回。卡片的一面是空白的；另一面上用墨水写着两个大字："绿门"。鲁道夫一抬头，瞧见就在前面三步之遥处，一个男人正扔掉刚刚经过黑人旁边时被派发的卡片。鲁道夫上前两步捡了起来，上头印着牙医的姓名和地址，还有牙床处理、镶牙服务的日常时间安排，还特别注明承诺无痛手术。

极富冒险精神的钢琴导购员在街角停下脚步，沉思了起来。片刻之后，他穿过街道，走过一个街区，再过街，重新加

①利比小姐，全名劳拉·简·利比（1862-1924），美国小说家，其作品十分流行，但被文学评论家称为故事动人但毫无文学价值的"廉价小说"。

入了反向的人流。他状似不经意地第二次走过黑人身边，随手接过递过来的卡片。等到走出十步之外，他才停下来细看：跟第一张卡上一样的手写字迹显出"绿门"二字。人行道上，前后的行人扔下了三四张这样的卡片，都是空白面向上。鲁道夫将它们一一翻了过来——每一张上头都印着牙医诊所的传奇。

冒险这位淘气的小精灵是很少需要对鲁道夫·斯坦纳——它真正的追随者——召唤两次的。可今天，它实实在在地召唤了两回，不断提醒着探索之旅在等待。

鲁道夫拖着步子走回黑巨人和装有打颤牙齿的玻璃箱的地方，这回他没收到卡片。那个埃塞俄比亚人虽然打扮艳俗滑稽，却不知怎么地散发出一股原始的尊严感，动作文雅地给一些人发着卡片，让另一些人不受干扰地经过身边。每隔半分钟，他嘴里会叽叽咕咕地低声念叨一些粗哑难辨的片段，有点类似从交通指挥员嘴里和大歌剧里头能听到的声音。这回，他不仅没给卡片，在鲁道夫看来，这黑哥们儿发亮的大黑脸上甚至露出了一个冷冷的蔑视的表情。

冒险家被这个表情惊呆了。他从这表情里读到了一种无声的指责，指责他作为冒险家的失格。无论卡片上那些神秘的手写字意味着什么，黑人已经从茫茫人海中两次选中了他；而现在，他似乎在谴责他的迟钝，不满他欠缺解谜的精神。

年轻的冒险家站在人群大流一旁，快速打量着身边的一座大厦，他的第六感告诉他，这次的冒险一定就在这大厦里。这是一座五层高的大楼，还在地下有一层被一间小餐厅占据。

一楼关着门，看上去像是卖毛皮女帽的商店。二楼门上闪着电光字，就是那间牙医诊所了。再上去是一大堆招牌挤在一起，跟巴别塔似的各种语言都有，可以分辨出上头写着手相大师、裁缝、音乐家以及医生的字样。再往高处的窗户里看，可以看到垂下的窗帘褶和窗台上的牛奶瓶，显示出楼上是寻常人家的住处。

初步调查完毕，鲁道夫不再犹豫，两步并作一步跳上石阶进了楼。他登上了两段铺着地毯的楼梯，接着继续；楼梯走完，他停住了。面前的走廊笼罩在昏暗的灯光中，总共点着两盏苍白的汽灯——一盏在右手边远处那头，另一盏就在左手边上。他望向离他近的左边这盏，在它惨白的光晕后，透出一扇绿色的门。他迟疑了那么一会儿，眼前仿佛又浮现出非洲卡片杂耍人那略带侮辱的嗤笑；接着他便径直上前，敲响了这扇绿门。

在等待有人应门的这段时间，每一秒钟都随着正牌冒险家急促的呼吸而起伏。这绿门背后等着他的将会是什么？一屋子赌徒正在聚众豪赌；狡猾的大盗技巧精妙地设计着陷阱；坠入爱河的勇敢美人等待着英勇之人来寻找；危险，死亡，爱情，失望，愚弄——这些之中的任何一个都有可能是刚才那鲁莽的敲门招来的后果。

屋里传出一阵微弱的摩挲声，门慢慢地打开了。一个不到二十岁的姑娘站在门口，脸色惨白，摇摇欲坠。她松开门把，虚弱地晃倒下去，一只手求救似的在空气中摸索。鲁道夫一把扶住她，将她挽到屋里褪了色的沙发上，自己靠墙站着。他回过神来，走过去关好门，在摇曳的汽灯光中快速环顾了整间屋子。只消这一眼，他便从中读到了故事的关键词：整洁，但极度贫穷。

姑娘躺在那儿一动不动，似乎是昏了过去。鲁道夫激动地在屋里四下寻找着木桶。应该让人在木桶上滚——不不，搞错了，对溺水的人才这样处理。他摘下帽子来对着她扇风。这招还挺管用，因为他的帽檐撞到了她的鼻子，让她好歹睁开了眼睛。接下来，年轻人看清她的五官，不由得心神一震——这不正是在他心灵画廊里存放已久的一张熟悉的脸吗？！瞧那双率真的灰色大眼睛，小巧挺翘的鼻子；那头栗色长发，跟豌豆藤蔓一样卷曲着，似乎标志着他所有的奇妙冒险都会在这儿得到善终和奖赏。可这张小脸儿瘦小苍白到令人心疼。

姑娘镇定地望着他好一会儿，绽开一个笑容。

"我晕过去了，是吧？"她虚弱地开口问，"唉，换谁不会晕呢？你试试饿上三天粒米不进看看！"

"老天！"鲁道夫大惊，一跃而起，"等着我回来。"

他奔出绿门外，直奔下楼。二十分钟后他回来了，用脚踢门让她给开门。只见他双手环抱着一座小山那么高的食物，都是从商店和餐厅扫荡来的。他进了门，将东西一股脑儿地摊在桌上——面包和黄油，冷冻肉，蛋糕，派，酱菜，牡蛎，一整只烤鸡，一瓶牛奶还有一杯热红茶。

"简直太荒谬了，"鲁道夫气急败坏地训斥道，"怎么能不吃东西呢！以后可再也不能赌气干这种事儿。吃晚餐吧。"他帮她坐到餐桌旁的椅子上，问道："有喝茶的杯子吗？""窗户边那个架子上。"她回答。待他拿了杯子转身，发现她已经靠着女性百发百中的直觉，从一堆纸袋里翻出了一根巨大的莳萝酱菜，双眼放着狂喜的光芒狼吞虎咽起来。他不禁大笑三声，一把抢下莳萝，给她倒上满满一杯牛奶。"先把这喝了，"他命令道，"然后喝两口茶，再吃个鸡翅膀。要是恢复得好，明天才能吃酱菜。现在呢，如果不嫌弃我不请自来，咱们就一块儿用晚餐吧。"

他拉过来另一把椅子。热茶让姑娘的双眼亮了起来，也给她的脸庞带回了些许红润。她像一头饿极了的小兽一样，带着一种挑剔的凶猛开始吃喝。她似乎觉得年轻人的出现和伸出援手是一件再正常不过的事情——并不是因为她不重视礼仪；而是因为她遭受的巨大压力给了她特权，可以暂时把人与人之间那种虚伪的客气抛到一边去。不过随着她的力气逐渐恢复，也慢慢地没那么难受了，该有的小小礼节还是回到了她的意识里；她开始给他讲起自己的小故事。其实在这座城市里，每天都有上千个同样的故事上演，毫无新意——当售货员的姑娘薪水本就低廉，店主为了增加利润还要对她"罚款"，导致收入进一步锐减；接着因为生病而减少了工作时间；接下来就是失去了工作，没有了希望，然后——绿门那边响起了冒险家的敲门声。

可在鲁道夫听来，这个故事之宏大赶得上《伊利亚特》，情节之起伏堪比《朱妮的爱情测试》中描写的重重危机。

"无法想象你竟然遭受过这些境遇！"他惊叹。

"的确挺难熬的。"姑娘心情也很沉重。

"那你在城里就没有个亲戚朋友什么的？"

"什么都没有。"

"……我在这世上也是孤身一人呢。"鲁道夫沉默了片刻说。

"那我就欣慰啦。"姑娘立马接上;不知怎的,年轻人听到姑娘对他孑然一人这种状况的肯定,心里还有些高兴。

可下一秒,她突然耷拉下眼皮,深深叹了口气。

"我怎么这么困,"她说,"可感觉真舒服啊。"

鲁道夫闻言起身拿上帽子。"那么我就向你道晚安了。好好睡上一晚对你有好处。"

他伸出手去,她握住,说了句"晚安"。可她的眼睛里分明闪着个问题,是那么意味深长,那么坦率纯真而又可怜兮兮,弄得他脱口而出道:"哦,我明天再过来看看你怎么样了。要摆脱我可没那么容易呢。"

当他走到门口,她才想起问上一句:"你怎么会来敲我的门啊?"——似乎"他怎么来的"这个问题比起"他来了"这个事实显得那么无关紧要。

他瞧着她片刻,记起了那些卡片,心脏突然被一阵嫉妒刺痛。假如卡片落入了其他跟他一样有冒险精神的人手里呢?几乎是立即地,他决定永远隐瞒事实真相。他绝不会让她知道,他其实已经洞悉了她因为受巨大的生活压力所迫而出此下策向人求助的小伎俩。

"我们有个钢琴调音师也住在这栋楼里,"他说,"我是不小心敲错了你的门。"

绿门关上之前,最后消失在他视线中的是她的笑脸。

走到楼梯口,他停下脚步,带着好奇心四下里张望了片刻。接着他穿过走廊到另一头；然后再折返，上了一层楼，继续他的谜之探索。他发现这栋楼里的每扇门都是漆成绿色的。

带着满腹狐疑，他下了楼走回人行道上。那位奇妙的非洲人还在原地。鲁道夫手里捏着两张卡片，走上前去跟他对质。

"你能不能告诉我为什么给我这两张卡，还有它们是什么意思？"他问。

黑人咧开大嘴绽开一个善意的笑，给他雇主的专业技术做了一回绝赞的广告。"在那儿呢，老板，"他往街尾一指，"可我估摸着您是赶不上第一幕啦。"

顺着他指着的方向，鲁道夫看到一间剧院，入口顶上的电光招牌闪烁着新剧的名字："绿门"。

"我听说这出戏那是一流啊，老爷，"黑人说着，"票务代理给我一块钱，让我发医生卡片的时候给掺着发几张他的。给您张医生的卡吧，老爷？"

在鲁道夫住的那个街区转角，他停下来给自己买了杯啤酒，要了支雪茄。叼着点燃的烟走出小酒馆，他系上外套扣子，把帽檐往上一顶，对着街角的灯柱坚决地说：

"无论如何，我都相信是命运之手推着我找到了她。"

如此结论一出，鲁道夫·斯坦纳为自己正了名——他不失为一位浪漫和冒险的真正追随者。

小城轶事
TOWN STORIES

女巫的面包

　　玛莎·米查姆小姐在街角开了家小小的烘焙屋（就是那家要先上三个台阶，推开门的时候会有个铃铛叮叮作响的小店）。

　　玛莎小姐如今四十岁，存折里有两千块，还有两颗假牙再加上一颗多情的心。论起条件，许多已经嫁出去的女人跟玛莎小姐比起来那也都差远了。

　　有这么一位顾客，每周都来两三回，玛莎小姐逐渐对他生出些好感。他是位中年男子，戴副眼镜，棕色的胡子修剪得一丝不苟。

　　他说的英语带有浓重的德国口音。他的衣服都穿旧了，一些地方有缝补过的痕迹，另一些地方则皱皱巴巴、松松垮垮。但他整个人看上去很整洁，也非常有礼貌。

　　他总是来买两条隔夜面包就走。新鲜出炉的面包一条要五分钱，隔夜的五分钱能买两条。他从来没要过除了隔夜面包之外的任何东西。

　　有一回，玛莎小姐看见他手指上沾了点红褐色的污渍。她几乎一下子就肯定他是个潦倒的艺术家。毫无疑问，他一定是住在阁楼里，一边吃着隔夜面包画着画儿，一边想着玛莎小姐烘焙屋里的各种美味点心。

玛莎小姐坐在桌旁享用肉排和面包卷、蘸果酱喝红茶的时候，常常好端端地就叹一口气，希望那位文质彬彬的艺术家能与她分享这些美味，而不是在他那个凉风飕飕的阁楼里默默啃着干面包。我们刚说过，玛莎小姐有着一颗多情的心。

为了证实自己是否猜中了他的职业，她从闺房拿出一幅打折季买的画，摆在了糕点柜后的架子上。

这是一幅威尼斯风景画。一座雄伟的大理石宫殿（画上是这么标注的）伫立在前景中——或者说前面的水景里。画上还有几条贡多拉（船上有位女士用手在水面划出了波痕），有云朵，有天空，还有不少用明暗对照法绘制的地方。只要是艺术家就不可能忽视这幅画。

两天后，那位客人走进了小店。

"麻烦给我两条隔夜面包，谢谢。"

他在她打包时又说了一句："你这幅画不戳（错）呀，夫人。"

"哦，是吗？"玛莎小姐挺高兴，她的小计谋奏效了，"我的确特别崇拜艺术和……（不不，'艺术家'三个字太快说出来是不妥的）……和绘画呢。"她改口道，"你看这画还不错吧？"

"宫癫（殿）没画好，"顾客答道，"透诗（视）不真实。日安了，夫人。"

他拿起面包，欠了欠身，便匆匆走了出去。

没错，他肯定是个艺术家。玛莎小姐把画放回房里去了。

他是那么风度翩翩！他的双眼在镜片后头闪耀着那么亲切的光芒！他的前额那么宽阔！只消一眼就能判断透视的好坏——还只靠隔夜面包果腹度日！但一个人在才华被认可之前，都要苦熬一段时间的不是吗？

试想一下，要是这位才子能在银行里有两千块和一个烘焙屋做后盾，还有一颗多情的心去爱——醒醒，玛莎小姐，这是你的白日梦吧。

之后他每每来到，都会隔着糕点柜跟玛莎小姐聊上那么一会儿。他似乎挺热衷于逗她笑的。

可他还是只买隔夜面包，从来不看蛋糕、馅饼，从来不会关注她最拿手最美味的萨利伦。

玛莎小姐觉得他似乎日渐消瘦，人也憔悴了许多。真让人心疼啊，她特别想在他买的便宜吃食里加上一些好东西，可每次都是手伸到一半就又缩了回去。她不愿冒犯他，因为她知道艺术家都有着高傲的自尊。

玛莎小姐转到柜台后面，换上了自己那件蓝色小点点的丝绸背心。她在里屋熬着一锅神秘的药，里头放了木瓜籽和硼砂。很多人都用这个配方来改善肤色呢。

这天，客人像往常一样过来了，把硬币放在柜台上，要了两条隔夜面包。就在玛莎小姐拿面包的当儿，门外突然响起了震耳欲聋的喇叭声和叮叮当当的巨响，一辆救火车呼啸而过。

客人难以免俗地奔向门口去看热闹，这时候玛莎小姐突然灵光一闪，抓住了一个机会。

柜台后面架子的最后一层，放着乳品师傅十分钟前剩下的一磅鲜黄油。玛莎小姐抓起面包刀，在两条隔夜面包上割出深深的大口子，塞进分量十足的黄油，再把面包按紧。

客人转回身子的时候，她已经在给包装纸系绳子了。

他俩又格外愉快地聊了一会儿，客人就离开了。玛莎小姐情不自禁地乐起来，可还是紧张得心肝儿颤抖。

她会不会太过大胆了些啊？会不会冒犯到他？不过肯定不会的，食物又不是语言，给点儿黄油难道就不矜持了吗？

这一天接下来的时间她的心思被这件事填得满满的。她在脑海中幻想着种种他发现那小骗局的情形。

他放下画笔和调色盘。画架上支着他的作品，画上运用的透视绝对是无可挑剔的。

他起身端来午餐，又是干面包和白开水。他切开一块面包——啊！

玛莎小姐脸红了。他吃的时候会不会想到往里抹黄油的她的小手呢？他会不会……

门口的铃铛传来一阵猛烈的丁零零零，有什么人吵吵嚷嚷地走进来。

玛莎小姐赶到前台，那儿站着两位男士。年轻的那位嘴里叼着烟斗——她从来没有见过这位先生。另一位则是她的艺术家。

他整个脸红得跟充血一样，帽子耷拉在脑后，头发乱得像鸡窝。他攥紧了拳头朝玛莎小姐激愤地挥舞。是的，拳头朝着玛莎小姐挥舞。

"Dummkopf^①！"他声嘶力竭地大吼，然后又喊了一声像"Tausendonfer^②！"之类的德国话。

　　年轻人努力把他扯开。

　　"我不走！他气愤地喊道，"我非要跟她将（讲）个明白！"他重重捶着玛莎小姐的柜台，跟擂鼓似的。

　　"你把我灰（毁）了啊！"他吼着，镜片后头的蓝眼睛里要喷出火来，"我告诉你！你这个自以为是讨人嫌的老女人！"

　　玛莎小姐虚弱地靠着面包架，一只手按在蓝色小点点的丝绸背心上面。年轻人一把揪住了另一位的衣领。

　　"走吧，"他劝道，"你也说够了。"他拽着气疯了的那位出门到了人行道上，又转身回到店里。

　　"还是跟您说清楚他为什么气成这样吧，夫人，"他解释道，"他名叫布伦伯格，是个建筑制图员，我跟他是同事。

　　"他为了给新市政厅画平面图，已经忙活了三个月。这还是一项有奖竞赛呢。他是昨天才完成给线条上墨的。您知道吧，制图员都是先用铅笔打稿的，画好之后他就会用隔夜面包屑擦掉铅笔痕，那效果比橡皮都好呢。

　　"布伦伯格一直都在您这儿买面包吧。嗯，那个，今天……您知道的，夫人，那个黄油嘛，实在是不太……哎，反正布伦伯格的平面图，除了能裁开来做铁路三明治之外，是彻底没用了。"

---

①德语，意为"蠢货"。
②德语，意为"天打五雷轰"。

玛莎小姐回到里屋，脱下蓝色点点的丝绸背心，换回以前一直穿的棕色哔叽旧背心。然后，她把木瓜籽硼砂汤全倒在了窗外的垃圾桶里。

红酋长的赎金

这事儿乍一看是稳赚不赔的——但且听我慢慢道来。我们——我和比尔·德里斯科尔——那会儿正在南边阿拉巴马州，突然想到这个绑架的点子。根据比尔事后的说法，那就是"一瞬间脑抽下的决定"。可我们直到整个事情结束了才意识到这点。

有这么个小镇，平得跟松软烤饼似的，当然名字必须叫做"顶峰"才好。小镇居民个个都人畜无害、怡然自得，这些农人们快乐得似乎天天都围着五月柱①欢庆。

比尔和我拥有大概六百美金的共同资产，只要再多筹两千块就能在伊利诺伊州西部搞一笔骗人的地产生意。我俩在旅店门口的台阶上详细讨论出了一套方案。我们觉得，对子女的溺爱珍惜，在这种城乡结合部的地方是尤其明显的，再加上其他种种原因，在这里搞个绑架事件，应该会比那些报纸发行范围内的地方更有效，要知道有报纸的地方就会有便衣记者，他

---

①五月柱，也叫五朔节花柱。五朔节是欧洲传统民间节日，用以祭祀树神、谷物神，庆祝农业收获及春天的来临。每年5月1日举行，青年们围着高高竖立的柱子唱歌跳舞，将彩带围绕其上。

们会串街走巷把这类事情宣扬得尽人皆知。我们知道这个顶峰小镇没啥好办法对付我俩，顶多派俩警察，最多加上几条呆瓜猎犬，再在《农民预算周报》上登个豆腐块儿将我俩笔伐一番。嗯，这么一看，计划不错啊。

我们看中了一个小孩儿下手，他爸叫埃比尼泽·多赛特，他家在这镇上算是名门了。这位父亲地位不低，出手也相当不大方，爱给人放贷，遇到募捐这类事情向来是一毛不拔，名副其实的铁公鸡。他家小子约莫十岁，一脸浅浮雕似的小雀斑，头发颜色跟等火车时在报摊上顺手买的杂志封面的油墨色一样。比尔和我估摸着，埃比尼泽会乖乖拿出两千赎金，一个子儿都不会少。不过嘛，还是接着听我跟你说。

在离顶峰小镇大概两英里远的地方有座小山包，整个山头覆盖着茂密的雪松丛。小山背面有一个洞穴，我们在那儿备好了食品和日用品。

一天傍晚，太阳刚下山，我俩弄了驾马车经过多赛特家门口。那小子正在街上瞎玩，冲对面篱笆上的猫仔扔石子儿。

"嘿，小孩儿，"比尔叫了声，"你要不要吃糖，想不想兜风啊？"

小男孩一个石子儿飞过来，正中比尔眼睛。

"好嘛，这可得跟他爹多要五百块医药费。"比尔一边爬下车轮一边嘟囔。

那小子像一头次中量级小灰熊似的和我俩干了起来，不过最后还是被我俩制伏，塞到车厢底下"兜风"去了。我们把他带到山洞里，把马拴在一棵雪松树干上。天黑以后，我把车子赶回三英里之外租车的那个小村子，然后走着回到山里。

比尔不只眼睛被砸了，脸上还被抓得一道子，正往上头贴膏药呢。山洞入口有块大岩石，后头生着火，那熊孩子正看着火上煮的咖啡，红头发上插了两支秃鹰尾羽。他看到我上来，拿根小木棍指着我说：

"哈！该死的白脸！你怎么胆敢闯进我平原魔王红酋长的营地？"

"他现在没事了，"比尔一边卷起裤管查看小腿上的伤一边告诉我，"我们刚刚扮印第安人玩儿来着。野牛比尔的节目和我们的比起来，就跟市政厅里播的巴勒斯坦风光幻灯片一样没意思。我是猎人老汉克，红酋长的俘虏，明儿天一亮就得被剥掉头皮。我的天啊！这小子踹得真够狠的！"

您没听错，这会儿怕是这小子生平最快活的时候了。露营山洞的乐趣让他忘了自己就是个肉票。他一秒都不浪费地给我起了个绰号——奸细蛇眼——宣布说等他的勇士们出征归来，就要在日出时分把我绑在柱子上烧了。

然后我们开始吃晚饭。他嘴里塞满培根、面包和肉汁，还不忘开口说话。大致回忆起来，他的即席演说应该包括以下内容：

"我可喜欢这样了。以前我从来没露营过；不过我有过一只小袋鼠做宠物的，上个生日的时候我九岁。我讨厌上学。吉米·塔尔伯特婶婶的芦花鸡下了蛋，被耗子吃了十六个。森林里真有印第安人吗？我还要肉汁。是树动了才有风的吗？我家以前养了五条狗崽儿呢。你鼻子怎么这么红啊，汉克？我爸可有钱了。星星是烫的吗？我星期六抽了艾德·沃尔克两鞭子。

我就不喜欢小姑娘。你不用绳子肯定抓不着蛤蟆。牛会不会叫啊？橘子为什么是圆的？你们这洞里有床睡吗？阿莫斯·莫里有六个脚趾呢。鹦鹉会讲话，猴子跟鱼就不会。几加几等于十二？"

每隔几分钟他就会想起自己是个心狠手辣的红皮肤印第安人，捡起小棍当来复枪，踮着脚尖摸到洞口去看有没有可恶的白人探子来捣乱。时不时地，他还会发出呐喊声作势要进攻，吓得猎人老汉克直哆嗦。这孩子打从一开始就把比尔吓坏了。

"红酋长，"我对他说，"你想不想回家？"

"嗷，回家干嘛啊？"他大叫，"家里太没劲啦！我讨厌上学，我喜欢露营。你不会把我送回家的吧，啊？蛇眼？"

"不是马上就回，"我说，"咱们要在山洞再待一会儿。"

"好吧！"他答道，"那还差不多。我从来没觉得这么好玩过。"

我们十一点准备睡觉，摊开几条宽宽的毯子和大被子，把红酋长夹在我俩中间。我们不怕他逃跑。他呢，反倒害得我俩三小时都睡不着，隔一会儿就抓起他的来复枪在我俩耳边叫："嘘！别出声。"这孩子幻想着，外头树枝断了或树叶沙沙作响，都是因为那帮亡命之徒偷偷摸着上来了。终于，我在辗转反侧中还是睡着了，梦到自己被一个满头红发的凶恶海盗抓了起来，绑到了一棵树上。

天刚蒙蒙亮，我被比尔发出的一阵阵惊声尖叫吵醒了。那不是大吼，不是嚎叫，不是吵嚷，不是呐喊，也不是任何你能从男性发音器官听见的噪音——就是那种失礼的、惊恐的、丢人的尖叫，跟女人见到了鬼或毛毛虫时会迸发的声音一样。黎明时分的山洞里，一个强健、绝望的壮汉发出失禁一般的尖叫，绝对是一件令人毛骨悚然的事情。

我一跃而起侦察情况。红酋长正坐在比尔胸口上，一手扭着比尔的头发，另一手抓着我们用来切肉的锋利小刀，正卖力而真诚地想要剥下比尔的头皮——正如昨天傍晚他宣判的那样。

我一把夺下了那小子手上的刀，哄着他重新躺下了。可从这一刻起，比尔的精神已经完全崩溃了。他在自己那头躺下，可只要孩子还在身边，他就再也闭不上眼睛睡觉了。我打了个盹，可随着天越来越亮，我突然记起红酋长说过日出就要把我烧死在柱子上。我并不紧张，也不害怕，但还是坐了起来，靠着一块大石头点起烟斗。

"你干吗这么早起来，山姆？"比尔问。

"我吗？"我答，"就是肩膀有点儿疼，想着坐起来能好点儿。"

"你个骗子！"比尔指责道，"你就是害怕。他说日出就要烧死你，你怕他来真的。他要是能找到火柴就真干得出来！这太可怕了，山姆，你觉得有谁会付钱把这样一个小魔鬼弄回家？"

"当然有啦，"我保证道，"像他这样粗暴的小孩偏偏就是最受家长宠溺的那种类型。好啦，现在你和酋长起床做早餐吧，我去山顶侦察一下。"

我爬上小山顶，放眼四周。我希望能在顶峰镇那边看到镇上强健的庄稼汉拿着长镰刀和干草叉四处搜寻卑鄙的绑架者。

可目光所及之处，尽是一片平静祥和的土地，偶尔冒出一个赶着骡子耕地的人影。没人在小河里打捞，也没人东奔西跑向悲痛的父母报告着找不到小孩的消息。我能看到的阿拉巴马这一带，外表上看去就是一片让人昏昏欲睡的大田园。"说不定啊，"我暗自揣度，"他们还没发现围栏里的羔羊被恶狼叼走了。老天保佑咱们这两匹狼！"说完，我就下山吃早饭去了。

回到山洞，我发现比尔背靠着洞壁喘着粗气，小孩正手抓一块半个椰子大的石头，威胁着要把他砸开花。

"他把个滚烫的土豆塞进我后脖颈里了，"比尔哀叫着解释，"还用脚踩烂，我就给了两个他耳刮子。你带枪了没有，山姆？"

我把男孩手里的石头抠走，好歹劝住了这场争执。"我就来收拾你！"小孩不放过比尔，说道，"没人能打了红酋长还逃过他的报复！你给我小心点！"

早餐过后，那小子从口袋里掏出一张缠着绳子的皮革，到山洞外头解绳子去了。

"他这回又要干吗？"比尔焦急得要命，"你想他该不会要逃吧，山姆？"

"这个不用担心，"我安抚他说，"他不像是恋家的小孩。不过倒是我们，最好定一下勒索方案了。他失踪这事儿似乎在顶峰镇上也没掀起什么风浪，不过也可能是他们还没发现。人们可能以为他去什么简姑妈或者附近邻居家过夜了吧。无论如何，今天肯定有人要找他了。我俩今晚必须给他爸捎到信儿，说好两千美金才放人。"

话音刚落，我们听到一阵唿哨，像是大卫打倒巨人歌利亚的时候他的机弦发出的声音。①回头一看，是红酋长先前从口袋里拿出的那副弹弓，这会儿正被他举在头顶抡着圈呢。

我一矮身，只听得砰的一声，伴随着比尔的哀叹，就好比一匹马在鞍子被取下来的时候会发出的那种嘶鸣。一块鸡蛋大小的黑胶砾岩石击中了比尔的左耳后头。他浑身一软，倒进了火堆里，火上还架着盛满了洗碗热水的平底锅。我一把把他拽了出来，往他脑袋上猛泼冷水，足足忙活了半小时。

过了好一会儿，比尔慢慢醒了，坐起身来摸了摸耳朵说："山姆，你知道我最喜欢的圣经故事主人翁是谁吗？"

"放松点儿，"我说，"你一会儿就能恢复神志了。"

"是希律王②！"他说，"你不会把我一个人丢这儿自己走掉吧，山姆？"

我走出山洞，拎起那小子抓着他肩膀一顿猛摇，晃得他满脸雀斑都要掉了。

"你再不给我老实点儿，"我说，"我就立马把你送回家去。你要不要从现在开始乖乖听话？啊？"

"我不就找点乐子嘛，"他嘟囔着，"我又没想伤着老汉克来着。可他干吗扇我耳光啊？蛇眼，只要你别送我回家，还有今天能让我玩黑侦探的游戏，我保证会听话的。"

---

① 圣经故事中，犹太人的王——大卫，仅靠一个甩石机弦和几粒石子就战胜了凶恶可怕的巨人歌利亚。

② 希律王，耶稣童年时代整个犹太人地区的统治者，以残暴杀婴闻名。在《新约圣经》中，他知道伯利恒有个君王（即耶稣）诞生了，就下令将伯利恒及其周围境内两岁以下的所有婴儿杀死，包括他自己的三个儿子。

"我不知道什么黑侦探游戏，"我说，"你跟比尔先生商量去吧，他今天就陪你玩了。我得离开一会儿，有生意要处理。好了，你给我进来，跟比尔先生重新做朋友，跟人家说你伤了他，对不起；要么你就立马给我回家去。"

我让他跟比尔握手言和，接着把比尔叫到一边，告诉他我要去波普拉湾，离山洞三英里的那个小村庄，去打听一下顶峰镇对绑架案的反应。并且我觉得今天之内还是要给老伙计多赛特送去一封言辞狠厉的勒索信，告诉他赎金数目和支付方式。

"你知道吗，山姆，"比尔说，"我跟你一块儿风里来雨里去，在地震、大火和流血面前——包括在赌局里，面对炸药爆炸、警察追捕、火车抢劫还有龙卷风的时候——我连眼睛都没眨过一下。我从来没有畏缩不前过，直到咱俩绑架了这个两条腿的小火箭炮。他真有本事让我惊慌失措，所以你不会让我跟他独处很久吧，山姆？"

"我今天下午就回来了，"我安抚他，"在我回来之前，你都得让他满意，让他别闹腾。行了，咱们来写信给老多赛特吧。"

比尔和我找来纸笔开始写信，红酋长弄了块毯子披着，在洞口趾高气扬地踱来踱去，美其名曰守卫安全。比尔泪流满面地求我把赎金从两千降到一千五。"我没有诽谤父母之爱的意思啊，"他说，"可我们还是在跟人打交道，你让任何人拿出两千美金换回那个四十磅重的雀斑肥野猫，那都是极其不人道的！我宁愿试试要一千五就好了，少了的部分你可以算我头上。"

既然这样，我就遂了比尔的愿，跟他一块儿起草了如下内容：

埃比尼泽·多赛特先生：

　　您的儿子在我们手上，一个离顶峰镇很远的地方。不管是您还是顶尖的侦探都别想找到他。当然，只要做到以下要求，他就能完好回到您身边：请准备总值一千五百美元的大钞，在今晚午夜之时，将钱跟您的回信放进同一个地点的同一个盒子——具体地址见下文说明。若您同意以上条件，请手写您的答复，让一位信使今晚八点半独自送来。跨越猫头鹰溪往波普拉湾去的路上，靠右离麦田围栏不远处，有三棵间距约一百码的大树。在正对第三棵树的栏杆底下有一个小纸盒。

　　让信使把回信放进盒子里，立即返回顶峰镇。

　　倘若您要诈或满足不了我们的如上要求，您就永远别想见到儿子了。

　　若您按照要求付足赎金，他将在三小时内平安无事回到您身边。以上是我们的底线，您若不愿，恕我们拒不进行任何进一步的沟通。

两个不要命的绑匪上

　　我在收信人一栏写了"多赛特"，把信放进口袋。正当我准备出发，那小子迎面走过来说：

　　"嗷，蛇眼，你说过你不在的时候我可以玩黑侦探游戏吧！"

　　"当然，玩吧，"我说，"比尔先生会跟你玩的。话说这游戏是怎么玩的？"

　　"我是黑侦探，"红酋长解释说，"我必须骑马去栅栏那边，警告居民们印第安人攻过来了。我自己演印第安人都演累了，就想当黑侦探。"

"好吧，"我说，"听着没什么不妥的。我猜比尔先生会帮你抵抗那些讨厌的野蛮人。"

"那我要干吗？"比尔极其警惕地盯着小孩问道。

"你就是我的马呗，"红酋长，不对，是黑侦探说道，"快给我四肢着地趴下，我没有马怎么骑到栅栏那边去啊？"

"你最好能吊住他的兴趣，"我劝道，"至少坚持到我们的计划开始奏效。别担心，放轻松。"

比尔四肢着地趴了下去，你能在他眼中看到兔子陷入圈套时的那种眼神。

"小子，这儿离栅栏多远？"他声音沙哑，艰难地问道。

"九十英里，"黑侦探答，"你可得跑快点才能赶得上趟儿。走起！驾！"

黑侦探一下子跳到比尔背上，用鞋跟猛击他的身侧。

"我的老天爷啊！"比尔哀嚎，"山姆你赶紧回来，能多快就多快。我真是后悔赎金要了一千多。我说，你再踢我就起来给你点儿颜色看看！"

我往波普拉湾走去，中途在邮局和杂货铺附近坐了坐，跟前来买东西的土包子们东拉西扯。有个胡须佬说，他听说整个顶峰镇都陷入了悲伤，因为埃尔德·埃比尼泽·多赛特的儿子不知道是走丢了还是被人偷走了。这可不正中我下怀吗？！我买了点烟叶，随意聊了聊豇豆价格，趁人不注意把信扔进邮筒便离开了。邮政所长说邮递马车一小时后就来收信送去顶峰镇。

回到山洞，我没见到比尔和孩子的身影。我在附近找了一圈，还冒险喊了一两声，但没有回应。于是我点起烟斗，在苔藓覆盖的岸边坐下，静观其变。

大约半小时过去，我听到树丛沙沙作响，比尔东倒西歪地钻出来，走到山洞前一处小空地上。他身后跟着那小子，蹑手蹑脚还真像个侦探的样儿，脸上咧开着一抹坏笑。比尔停下来，摘下帽子，用一条红手绢抹着脸。小男孩也跟着在他身后八英尺左右站定了。

"山姆，"比尔开口道，"你可能会觉得我背叛了你，可我实在受不了了。我是个成年人，货真价实的真汉子，习惯自卫，可就在那一瞬间，我的全部自我和优越感都不管用了。那孩子走了。我让他回家去了。都结束了。古时候有殉道者，"比尔接着说，"他们宁死都不愿放弃自己所坚持的道义主张。可我敢说，他们之中任何一个都没碰上过我所承受的那种非人的折磨。我已经尽力忠于我俩的绑架计划了，可我真的已经到了极限。"

"到底出什么事啦，比尔？"我问。

"我被骑着，"比尔回答，"一寸不少地被骑了九十英里，到了栅栏那边。接下来，这小子解救了居民们，就给我吃燕麦。我想说沙子真的不是什么可口的燕麦替代品。然后我花了一小时给他解释为什么洞里啥都没有，为什么一条路可以走双向，为什么草是绿的。我跟你说，山姆，人类的承受力就到这儿了。我揪着他的领子把他拽下了山。他是一路下山一路踢，踢得我膝盖以下青一块紫一块；大拇指还被咬了好几口，手也被烧伤了。"

"但他到底还是回去了，"比尔继续道，"回家去了。我给他指了去顶峰镇的路，一脚把他踢出八英尺开外送他一程。我很抱歉，赎金是打水漂了；但不这样的话比尔·德里斯科尔就得进疯人院了。"

比尔好不容易说完，呼哧呼哧地喘着粗气，脸上却出现了一种不可言状的平和表情，血色慢慢回到了他的双颊，泛着玫瑰般的粉红色。

"比尔，"我开口道，"你们家没有心脏方面的遗传病吧？"

"没有，"比尔回答，"没有慢性病遗传的，只有人得过疟疾意外死亡。咋啦？"

"那你要不就转身看一眼吧。"我说。

比尔转过身，看见那小子，脸上血色尽失，一下子跌坐在地，心如死灰地扯着地上的草和小树枝。我有整整一小时都在为他的神志担心。然后我告诉他，我的计划是立即了结这事儿，只要老多赛特中了我们的计，今天半夜我们就能拿着赎金永远离开了。在我的安抚下，比尔好歹振作起来，给了那孩子一个虚弱勉强的笑脸，承诺说等他感觉好一点儿就帮他扮演日本战争里的俄罗斯人。

对于收取赎金，我自有妙计，不怕会被敌人施以反计抓到，这是职业绑架者必备的素质。我选中的放回信——包括之后的赎金——的那棵树，离公路护栏很近，而且四面都是旷野。如果有一队警察躲在附近监视来取信的人，在他从麦田那头大老远往这边赶来时，或者是走到了大路上的时候就会被看个清清楚楚。可这是绝对不可能的哦，先生！我早在八点半的时候就已经爬上树，跟树蛙一样完美隐蔽起来，就等信使到来了。

约定时间一到，一个骑着自行车的半大小子掐着点儿出现在公路上，在栏杆底下找到了那个纸盒，往里塞了一张折起来的字条，骑上车往顶峰镇回去了。

我等够了一小时，觉得其中没诈，就滑下树，取到字条，顺着围栏一溜烟跑到树林，半小时后回到了山洞。我展开字条，凑近了油灯，念给比尔听。这上头的字是钢笔写的，笔迹龙飞凤舞，大意内容如下：

致两个不要命的绑匪

先生们：我今天收到了二位的来信，要求我支付赎金换回儿子。我觉得二位要求略高，故在此作出以下提议，相信二位没有理由不接受。你们带强尼回家，并支付我二百五十美金，我便承诺把孩子从你们手里接回来。请最好在夜里前来，因为邻居们都相信孩子已经失踪，我无法保证如果他们看到了送他回来的人会做出怎样的举动。

致敬

埃比尼泽·多赛特

"彭赞斯的大海盗啊，"我惊呼，"竟有如此厚颜无耻的……"

正说着，我眼睛的余光瞥见比尔，硬生生把话噎了回去。他眼神哀切，熠熠发光，里头乞求的意味比我见过的任何一个哑巴或会讲话的畜牲都还要恳切。

"山姆，"他说，"区区二百五又算得了什么？这点钱咱们还是有的。再跟这孩子多待一晚上我就得进疯人院了。再说，我觉得多赛特先生特别有风度，他给我们提的建议多么宽宏大量，真的非常大方。你不会放过这个机会吧，啊？"

"我实话跟你说吧，比尔，"我答道，"这位小宝贝疙瘩还真是把我也弄得浑身发毛。我们就送他回家，付了赎金赶紧跑吧。"

当晚，我俩就把小孩送回了家。我们哄他说，他爸爸给他买了一把镀银的来复枪和一双鹿皮鞋，拿到之后明天就能一起去猎狗熊了。

时针指向十二点时，我们敲响了埃比尼泽家的前门。若是按照原计划，我这时候应该正从树下盒子里取出一千五百块；而此时，比尔却数着二百五十块交到多赛特手上。

当孩子终于发现我们要把他留在家里，他开始发出像汽笛风琴一般的嚎叫，并且像水蛭一样死死地扒在比尔腿上不放手。他爸跟揭膏药似的，把他一点一点撕了下来。

"你能抓住他多久？"比尔问。

"我力气不如以前啦，"老多赛特说，"不过十分钟应该没问题。"

"够了，"比尔说，"十分钟之后我们已经穿过了中部、南部和中西部，奔向广阔的加拿大边境了。"

纵使天是那么黑，比尔是那么胖，而我是如此一个跑步好手，等我追上他的时候，他已经飙出顶峰镇一英里半开外去了。

黑杰克山的交易者

杨西·戈里律师事务所里，最不堪入目的就是戈里本人了，就那么毫无形象地摊在那张咯吱作响的老扶手椅上。这间摇摇欲坠的小红砖办公室就在贝瑟尔小镇的主干道边上。

贝瑟尔镇坐落在蓝岭余脉上。几座山峰在小镇背后高耸入云，脚下远远可见混浊的卡托巴河，在忧伤的山谷中泛着黄色的波光蜿蜒南下。

这是六月天里最闷热的时辰。整个贝瑟尔镇在依然热烘烘的山峰荫蔽下打着盹。店家也都歇息去了。周遭是如此静谧，戈里躺在椅子里，都能听到大陪审团房间传来的筹码碰撞声，那是"法院帮"的几个人在里头玩牌。办公室敞开的后门外，是一条踩得稀烂的草地小路，直通到法院。就是在路的尽头戈里输掉了全部身家——首先是继承来的几千块钱，接着是那栋老屋子，最终连他仅存的一点自尊和男子气概也都打了水漂。"法院帮"让他输得一干二净。一无所有的赌徒从此变成酒鬼和寄生虫；令他倾家荡产的那几个人不准他再坐上牌桌的那一刻，他竟然等到了这一刻。没人再把他说的话当一回事。日常牌局已有了新的搭子，他的新角色只是个不光彩的旁观者。警长、书记员、肌肉发达的副警长、笑面虎律师还有一个"山谷里来的"白脸男占据了牌桌，被拔光了毛的戈里哑巴吃黄连，只能滚一边儿去等毛长回来。

眼见自己已经出局，戈里只好转身回办公室去，一路咒骂着跟跟跄跄地走上那条不幸的烂泥路。回去原处，他从桌底的坛子里舀了一大杯玉米威士忌一饮而尽，重重地跌进椅子里，呆望着在夏日雾霭中的山峦，眼中有一种伤感的漠然。远处的黑杰克山侧，有个白色方块像补丁一样依山延展开来，那是劳雷尔镇，边上就是他出生长大的小村。那里也正是戈里家族和科尔特兰家族的恩怨发源地。两家祖辈世代争斗直到今天，戈里家的嫡系子孙只剩下他这位被人拔干净毛的倒霉蛋。科尔特兰家也香火不兴，仅存的硕果——艾伯纳·科尔特兰上校，有钱有地位，他是州议员，和戈里父亲是同一辈。这两个家族的世仇在当地算是相当典型，历史上充斥着仇恨、加害和屠杀，血迹斑斑。

可杨西·戈里没空去想什么仇恨。他那烂醉成糨糊的脑袋里正在挣扎着考虑自己的生存之道，以及他最最爱的老营生。这段时间，他靠着家里的老朋友接济才能勉强解决食宿问题——但他们不会给他买威士忌，而他没了威士忌不能活。他的法律生意也没有做了，已经两年没案子上门了。他现在就是个欠债鬼以及吸水海绵，而且似乎也没有机会再堕落了。再给他一次机会——他这么跟自己说——只要再玩一局，他就有信心赢回来；可能卖的都卖光了，他的信誉也早已挥霍殆尽了。

尽管处境凄惨，但他想起半年前买了戈里家族老宅子的那个男人，还是抑制不住想笑。从大山深处的"背阳面"那儿来了两个十分古怪的人，派克·加维和他妻子。说起"背阳面"这地方，只需手往山里一指，当地人就都心领神会了，说的就是深山中最偏僻的所在，杳无人迹的峡谷，罪犯们的栖息之地，狼窝熊穴遍布。这片区域最荒凉之处，黑杰克高耸的山脊上有座小木屋，里面住着这对古怪的夫妻。他们一住就是二十年，他们既没有养狗也没有生孩子，没有任何能够让这山间热闹一点的东西。派克·加维在这一带名声并不响亮，可所有跟他打过交道的人都说他是个"蠢疯子"。除了打松鼠，他不承认自己有其他职业，但偶尔也会帮人转运非法私酿的威士忌。有一回，收税的人把他从屋里拖出来，他只是跟猎狗一样闷不吭声地拼死挣扎了一番，然后被关进牢房蹲了两年。出来之后，他像一只愤怒的黄鼠狼似地蹿回了自己的老巢。

　　幸运之神了掠过众多心焦的追求者，诡异地飞进了黑杰克山的树丛中，冲着派克和他的忠诚伴侣咧嘴一笑。

　　一天，一群戴着眼镜、穿着灯笼裤，打扮古怪的勘探者们闯入加维的小木屋附近。派克以为他们又是来收税的，从钩子上拎下他那把打松鼠的来复枪，远远地冲着那群人开了一枪。好在那一枪放空了，幸运儿们毫不知情地继续走近，到了跟前才知道，这家人跟法律啊公正毫不沾边。晚些时候，他们在加维夫妇面前摊开大叠大叠的钞票，张张簇新挺括，说要买下他俩名下三十亩的空地。至于为何有此疯狂的举动，来人只是语焉不详，只说那块地下面有什么云母层一类的矿。

突然坐拥如此巨额的财富，加维夫妇开始对黑杰克山里的生活心生不满了。派克开始盘算买新鞋，要在角落摆上一大桶烟草，还要给来复枪换新撞针。于是，他领着玛泰拉来到山腰某处，指给她看说只消在那个位置安装一门小加农炮——他们当然买得起——就能牢牢守住通往小木屋的唯一通道，把那些收税人和游荡者永远隔绝在外。

可惜，亚当跟夏娃未能心有灵犀。在他看来，那些就是财富，可他不知道，在他昏暗的小木屋里，欲望正在蒸腾，直冲云霄，远远超过了他的预期。加维太太的心中某个角落里还残存着一点点女性的遐想，即便是在黑杰克山中的二十年都未能将之消耗殆尽。这么多年来，她耳边听到的是正午时树皮脱落的噼啪声，是午夜时野狼在山石间的嚎叫，这些本应足够将她心里的虚荣消磨干净。她的体态日渐丰腴，心情日益低落，脸色也一天天地枯黄阴郁下去。可财富到来之后，她心中重燃起一股欲望，想要重新拥有女性的特权——比如坐在茶桌旁喝茶，比如在各种琐碎的物件上花钱，比如用新鲜的形式和仪式点缀一成不变的生活。于是，她冷冷地驳回了派克加固防御的提议，宣布他俩要重归凡间，要在社交场中周旋闪耀。

最终，她的愿望被实现了。加维太太和派克在对峡谷里大城镇的偏爱对原始孤独的向往这两者之间，各退了一步，选中了劳雷尔镇。劳雷尔镇差强人意的社交圈能勉强满足玛泰拉，对于派克来说也并非一无是处，因为它离山最近，万一适应不了这个时髦的社会，他还可以立刻打道回府。

这对夫妻大驾光临劳雷尔镇的时间，恰好碰上了杨西·戈里头脑发热想要用房产换现金。于是，他们买下了戈里家的老宅，往败家子颤抖的手里递上了整整四千块现金。

就这样，在戈里家声名狼藉的最后一个继承人惨遭昔日"密友"们抛弃，毫无形象地摊在自己办公室之时，他父亲的大宅里住进了两个陌生人。

一团裹卷着灰砂的云沿着滚烫的街道缓缓向这边涌来，似乎有什么东西在里面移动。一阵小风把灰云吹散了一些，露出了一辆漆得闪亮的马车，拉车的是一匹懒洋洋的灰马。车子离开路中央径自往戈里的办公室而来，停在了门前的排水沟旁边。

马车前座坐着一位瘦削的高大男性，一身黑色绒面呢子料的劲装，僵硬的双手戴着黄色的羊羔皮手套。后座上是一位不把六月热浪放在眼里的女士。她壮实的身躯被包裹在一袭紧身丝绸长裙中，还是那种被形容为"弹力塑身"的料子，亮光闪闪。她腰杆挺直，手里摇着一把花样繁复的扇子，目不斜视地直望向道路的尽头。尽管玛泰拉·加维心中为浮华享乐的新生活欢呼雀跃，黑杰克山却已经给她的外貌打下了不可磨灭的印记。它将她的面容凿出空虚浅薄的表情；往她心里渗入了石块般的迟钝和空山般的死寂。无论身在何处，她似乎总能听到树皮剥落后沿着山坡簌簌滑下的声音。在每一个寂静的午夜，她仿佛还能听见黑杰克山那可怕的寂静之声。

戈里无聊地看着这辆肃穆的马车来到门前。可当瘦高的车夫卷好马鞭，艰难地下马，走进办公室，他立刻跟跄着起身，向派克·加维这位刚刚脱胎换骨，重返文明的新朋友迎了上去。

山里人在戈里让出的椅子上坐下。那些怀疑过加维脑子是否正常的人，其实都只根据他的面容做出判断而已。他有一张异于常人的长脸，脸色暗红，表情跟雕像一般僵硬，淡蓝色的双眼几乎一眨不眨，单调得有些吓人的脸上连根眼睫毛都找不到。面对这位访客，戈里一时猜不透他的来意。

"劳雷尔镇的生活还不错吧，加维先生？"他问。

"好着哪，先生，我那口子和我自己都很满意你的宅子。我那口子稀罕那老宅子，也稀罕那地方和邻居们。她早就想回到社交圈，这也实现了。它认识了罗杰斯、哈普古德、普拉特和特洛伊几家，还请过饭了。好邻居们还带她去见识了各种活动。不过戈里先生，这些个事儿我可不感冒——我觉着那儿才是好地方。"加维戴着黄手套的硕大手掌往大山的方向一挥。"我是那儿的人，野蜂和狗熊才是我的朋友。不过我也不是来找你说这个的，戈里先生。你这儿有我和我老婆想买的物件儿。"

"买？"戈里重复道，"跟我买？"他糙声大笑起来，"我想您弄错了，您肯定是弄错了。我全都卖给您啦，您自己还说呢，'房子、牲口和家伙式儿'，全卖干净啦。我连根棍子都没的卖了。"

"你有的，我们就想要那个。'拿上钱，'我老婆这么说，'出个公道价儿就给买了。'"

戈里摇摇头，"我酒柜都空了。"他说。

"我俩有钱，"山里人仿佛没听到他的拒绝，继续说，"以前穷得叮当响，可现在我们每天请客都不心疼。我老婆说了，那些个上流人物都认得我们了。可我们还缺点儿东西。她说这个必须得有的，得摆出来给人看，可眼下就是拿不出来。'你就拿上钱，'她说，'出个公道价儿就给买了。'"

"到底要什么，说吧。"戈里愈加不耐烦了。

加维扯下他的软帽往桌上一扔，冲戈里探过身来，两眼一眨不眨地盯住戈里。

"你家跟那个科尔特兰家，"他一字一顿地说，"有旧仇吧？"

戈里心中升起一股不祥之兆，挑了挑眉毛。对一个非亲非故的人讲自家的世仇，这种行为可以说突破了山地人礼节的底线。跟自己这个当律师的一样，"背阳面"的人对此再清楚不过。

"别误会，"他接着说，"就是说个交易。我老婆专门研究过世仇这东西，说咱山里最有地位的家族都是跟人结过怨的。比如赛特尔家和格弗斯家、兰金家和博伊德家、塞勒家和盖洛韦家啊、他们的仇都结了二十多年甚至上百年了。你家最后一代结仇的是你大伯佩斯里·戈里法官和伦恩·科尔特兰吧？你大伯坐在长凳上一枪结果了人家的性命。我老婆跟我都是一穷二白出来的，没机会跟人结仇。我老婆说了，上等人家那可是到处都有仇人呐。我俩虽然算不上等人，可也得尽量往这圈子靠拢不是。'你就拿上钱，'我老婆说了，'出个公道价儿，把戈里先生那仇家给买了。'"

松鼠猎人伸直一条腿，跨出去占了差不多半个客厅，从裤袋里掏出一卷钞票扔到桌上。

"两百块，戈里先生；买你一个世仇还算公道吧。你家这边儿就剩了你一个，每杀一个你都算狠赚一笔啊。动手的事儿交给我，这样一来，我和我老婆就能往上等人圈子靠了。钱我就放这儿了。"

桌上的卷成一团的纸钞慢慢伸展开来，褶皱铺平时小小地扭动着。加维的话音落下，陪审团房间里的扑克筹码正噼啪作响，清晰可辨。戈里知道是警长赢了这局，因为他赢牌时的习惯性的低声欢呼在热浪的空隙中飘散开来。戈里的眉间渗出些许汗。他弯下腰，从桌下扯出一个装在柳条编织筐里的酒坛，倒出满满的一杯酒。

"要来点儿玉米酒吗，加维先生？您刚刚一定是开玩笑的吧？真可谓开创了新市场，不是吗？什么世仇啊、尊严啊，二百五到三百啊。还有宿敌啊，给点儿教训啊什么的……您是说两百块吗，加维先生？"

戈里不自然地笑了笑。

山里人接过戈里递来的杯子，眼皮都没掀一下就一饮而尽。律师向他投去敬佩的眼光，随即给自己也满斟上一杯，像个老酒鬼似地咕咚一口吞下，却被那酒气和味道呛得直抖。

"两百，"加维又重复了一遍，"钱我就放这儿了。"

戈里心中突地燃起一股冲动。他出拳重重地捶在桌子上，一张钞票掀起来碰到他的手。让他又像被虫子蛰了似的迅速把手缩了回去。

"你到我这儿来，"他大吼出声，"真的就是为了跟我做这么个荒谬的侮辱人的愚蠢透顶的所谓交易吗？！"

"这很公道。"松鼠猎人边说边伸出手，似乎要把钱拿回去。戈里此刻明白了，他的怒火并非出于自尊或憎恨，而是来自对自己的愤恨，因为他意识到，一个万劫不复的深渊正向他敞开，而他即将一脚踏减去。下一秒，他又从一个怒火中烧的绅士摇身一变，成为了一个心急的推销员。

"别着急，加维。"他的脸涨成猪肝色，瓮声瓮气地说，"我接受你的提……提议，即使只有区区两百块。只要买……买卖双……双方都满……满意，那就是好……好买卖。我们就……就这么定了吧，加维先生？"

加维站起身抖了抖大衣。"这下我老婆开心了。你把话儿传开去，这就成了科尔特兰家跟加维家的事儿了。你给写个条儿吧，戈里先生，你是律师，写个交易凭证吧。"

戈里找来纸笔。钱已经被他紧紧攥在汗湿的手心里。与它相比，其他事情都微不足道。

"销售凭证，当然可以。'权利，权利人，收益和利息……永久证明并且……'不，加维，这条'防范风险'我们还是去掉的好，"戈里高声笑道，"你得保卫好自己作为权利人的权利啊。"

山里人接过律师递来的神奇文章，郑重其事地仔细叠好，小心翼翼地放进口袋去。

戈里站在窗边，"过来，"他竖起手指说，"我给你介绍你刚买到的敌人。喏，看街那边过来的那个人，就是他。"

山里人蜷起瘦长的身子，透过窗户向对方手指的方向看去。艾伯纳·科尔特兰上校，一位身材挺拔魁梧的五旬绅士，穿着代表议员身份的经典双排扣长礼服，头戴老式丝绸高帽，正走在对面的人行道上。加维观察着他，戈里的眼光在加维脸上扫过。假若世上有黄狼这种生物，那么这位无疑就是与之最为相似的人了。加维龇牙低吼，兽性的眼神盯紧了那个移动的身影，露出长长的琥珀色尖牙。

"是他？他就是把我关进号子里那家伙！"

"他以前是地方检察官，"戈里漫不经心答道，"哦，对了，他的枪法可是一流。"

"我还能在百码开外打中松鼠眼睛呢，"加维骄傲地说，"原来他就是科尔特兰！那这笔交易比我预想的划算得多。这个仇敌就交给我吧，戈里先生，保管比你对付得好！"

他走到门口，却没有立即出去，而是顿了顿，有些困惑。

"还有事吗？"戈里略带嘲讽地问，"还需要买家族传统、祖先鬼魂或者是见不得人的家丑吗？价格优惠。"

"的确还有个事儿，"松鼠猎人没有挪动脚步，"我老婆也念叨过。对我来说无所谓，可她非让我问问不可，说要是你愿意，'咱给钱，'她说，'给他个公道价。'戈里先生，你那老宅子院子里有块墓地对吧，就是雪松底下那块儿。那儿埋着的都是你家里头被科尔特兰家杀害的亲人们，墓碑上都写着名字呢。我老婆说，这家族墓地可是上等人的象征。要是咱有了宿敌，也得有与之相衬的墓地。只是那墓碑上刻的姓都是'戈里'，那要是给改成我们家的姓……"

"滚！滚蛋！"戈里怒吼起来，脸涨成紫色。他对山里人伸着手，手指难以控制地弯曲颤抖着，"滚！你这盗墓贼！就连中……中国人都知道要保护他们祖先的坟……坟墓——滚！"

松鼠猎人佝着腰出门上了马车。门外，他吭哧吭哧地爬上车架，门外，戈里则迅猛无比地捡起刚才从手心散落到地上的钱。马车缓缓掉了头，房里的羔羊披着一身新长好的厚羊毛，一头冲上了通向陪审团房间的小径，心急火燎得丢脸。

凌晨三点，他又被剃光了毛后送回了办公室，神志不清。警长、肌肉发达的副警长、书记员和笑面虎律师搀着他，"山谷里来的"白脸男一路护送。

"放在桌上。"其中一个说，大家把他抬上桌，让他躺在那堆不值钱的文书里。

"杨西一喝高了就老想着抓一对二。"警长沉思着叹了一口气。

"他想太多了，"笑面虎律师接口说，"像他喝得那么大，就不该来玩什么牌。我都算不过来他今晚输了多少。"

"差不多两百吧。我想不通的是这钱打哪儿来的。据我所知，杨西已经一个多月没有进账了。"

"可能捡着了个客户。天快亮了，咱们回去吧。他醒来就会好的，不过到时候脑子里会像藏了个蜂巢。"

一帮人轻手轻脚地离去，消失在晨曦中。下一道投射在戈里身上的目光便是太阳照耀。阳光透过没有窗帘的窗户，熟睡的人先是被包裹在层浅金色的洪流中，很快他发红的皮肤又被夏日的白热冲刷。戈里抽动了几下，半梦半醒，从桌上的一片狼藉中转过脸，避开窗户。他睁开眼，一个身穿黑色双排扣长礼服的男人正弯身看着他。目光往上，映入眼帘的是一项旧绸帽，帽子底下则是艾伯纳·科尔特兰上校那张亲切而平静的脸。

上校并不确定对方是否已经认出自己，只是在一旁静静等待。二十年来，这两个家族的男人们只要碰面就没有和平的时候。戈里使劲撑开眼皮，努力将目光聚焦到来人身上，随后露出了一个由衷的笑容。

"您把斯黛拉和露西也带来玩儿了吗？"他平静地问。

"你认出我来了，杨西？"科尔特兰问。

"当然。您还送给我过一根尾巴上带哨子的长鞭呢。"

是的没错——那是二十四年前了；那时杨西的父亲还是他的挚友。

戈里双眼在屋里游移。上校马上明白了。"躺着别动，我去给你拿。"他说。院子后头有个水泵，戈里闭上眼，静静听着水泵把手嘎吱作响，紧接着是咕嘟咕嘟的水流声。科尔特兰给他装来一壶凉水，送到他嘴边。戈里撑起身子——看自己那个落魄样儿，亚麻布的夏装脏兮兮、皱巴巴，没脸见人的脑袋上头发蓬乱还在颤抖。他试着向上校挥了挥手。

"这……这个样子，让您见……见笑了。"他说，"我昨晚肯定喝了太多威士忌，就这么在桌上睡过去了。"他的眉毛打了个困惑的结。

"跟弟兄们出去玩儿了？"科尔特兰温和地问。

"没，我哪儿都没去。我已经两个月没收入了。怕是太贪杯了吧，我改不了，我承认。"

科尔特兰上校拍了拍他的肩。

"杨西，刚才，"他说，"你问我有没有带斯黛拉和露西过来玩儿。那会儿你还没醒过来呢，一定是梦到小时候了吧。既然现在清醒了，希望你能听我继续说。我就是来给斯黛拉和露西找回她们的旧日小伙伴，来找我老朋友的儿子的。她们都相信我会把你带回家，你也会感受到她们和往日一样深厚的热情和友爱。希望你能住到我家来，直到振作起来，如果你愿意，住更久也可以。我们听说你最近日子很不好过，一直受到一些不好的诱惑无法自拔，大家都觉得你应该到家里来和老朋友待在一起。你怎么看，孩子？愿不愿意放下咱们两家过往的那些仇怨，跟我走呢？"

"仇怨！"戈里瞪大了眼睛，"在我印象里，我们之间从来就没什么仇怨啊。我以为我们两家一直都是最好的朋友。可是，亲爱的上校，我怎么能以这个样子去您家呢——一个酒鬼窝囊废，一个堕落的败家子和赌棍……"

他从桌上跌跌撞撞地翻下来，一屁股坐进扶手椅中，伤感的泪水抑制不住地流淌，满是懊悔和愧疚。科尔特兰不停地劝说着，给他讲道理，提醒他别忘了从前最爱的那些在山里简单快乐的日子，再三坚持他的邀请。

终于，上校把戈里说动了，理由是他需要把大量木材从地势很高的山腰运到水路上去，想请戈里帮忙设计工程和运输装置。他知道，戈里曾经发明过一系列滑道和斜槽，专门针对此种用途，那也是戈里自己引以为傲的一项成就。一席话，让这个可怜的家伙的心情因为还能对别人有点用处而明亮起来。他在桌上铺开纸，快速地画着线条——虽然有些歪歪扭扭——向对方展示他能做什么，会怎么做。

这个男人对山外的世界起了厌恶之心。他那一颗浪子心重新向往起山里的美好。可他的脑子还是有些转不过来，旧日种种和思考的能力开始一点一滴回到脑海之中，犹如海鸥在暴风雨肆虐的海面上穿行。但科尔特兰对这样的进展甚感满意。

那天下午，贝瑟尔小镇发生了有史以来最令人瞠目结舌的事：一个姓科尔特兰的男人和一个姓戈里的男人，和和睦睦地一同骑马走过大街。他俩并驾齐驱，把灰尘滚滚的街道和惊呼的小镇居民抛在身后，一直跨过溪谷小桥，向山里而去。浪荡子洗漱整理了一番，形象焕然一新，但坐在马鞍上仍然有些摇晃，而且看上去心中还有困扰。科尔特兰任由自己沉浸在思绪万千中，希望环境的改变能让他重归平静。

突然，戈里一阵抽搐，差点瘫倒在马背上。他不得不下马坐到路边歇息一阵。上校似乎对这种情况早有准备，特意带了一壶威士忌上路，但当他把酒壶递给戈里时，却遭到了近乎暴力的抗拒，并伴随着永不沾酒的宣言。时间慢慢过去，戈里的状态越来越好来，又平静安稳地骑行了一两英里。忽然，他猛地勒住马缰，开口道：

"我昨晚输了两百块，是打牌输的。奇怪，我哪儿来的钱啊？"

"放松，杨西。山间的清风很快就会让你想起来的。等回到家，我们要做的第一件事就是去钓鱼，去顶峰瀑布那里钓。那儿的鳟鱼都跳得像牛蛙一样。再带上斯黛拉和露西去老鹰岩野餐。杨西啊，你还记得对于一个饥肠辘辘的渔夫来说，核桃腌火腿三明治的滋味是怎样的吗？"

显然，上校并没有把他输钱的说法当真，戈里默然陷入了思索。

傍晚时分，贝瑟尔镇和劳雷尔镇之间十二英里的距离，他们已经走完了十英里。戈里家的老宅离劳雷尔镇这头也就半英里，走过镇子一两英里就是科尔特兰家的地盘。道路变得陡峭难行，好在景色怡人弥补了路途艰辛。走在上升的林间小道上，四周都是树叶、小鸟和鲜花。清新的空气令人精神振奋，任何提神剂都无法与之相比。沼泽上覆盖着厚厚的苔藓，光影幢幢，不时可见害羞的溪水透过蕨类和桂树悄悄泛着波光。举目远眺，地势较低的那头被层层林叶框在中间的，是一幅精美的大峡谷画卷，乳白色的薄雾在其中缭绕不散。

科尔特兰很欣慰，他的同伴已经被山川树林的魔力所征服。接下来，绕过画家崖的底部，穿过大岔口，翻过前面的小山丘，戈里就必须面对那座被他生生挥霍掉的祖屋了。经过的每一块岩石，每一棵树，每一寸石子路，对于他来说都再熟悉不过。虽然他并不记得这片树林，林间树叶的沙沙响声却如同《可爱的家》那首歌一般让他浑身都起了鸡皮疙瘩。

他俩绕过了悬崖，下到大岔口，稍作停歇，让马儿喝口水，便在急流中踏浪而行。右手围了一溜栅栏，顺着溪流延伸。栅栏那头是戈里家宅的老苹果园，那栋老房子还藏在陡峭的山崖后。围栏边上种着冬青果、接骨木、黄樟和漆树，都生长得高大而茂盛。枝叶间冷不丁地一阵簌簌作响，戈里和科尔特兰都下意识地抬眼张望，两人看见一张瘦长蜡黄的、野狼般的脸出现在栏杆后头，那对浅色的眼睛一眨不眨地盯着他们看。不过那颗头瞬间缩了回去，消失不见。紧接着，一阵激烈的树丛摩擦声传来，有个笨拙的身影穿过苹果园，往老房子的方向跑去，在树丛间迂回穿梭。

"那是加维，"科尔特兰说，"你把所有物产都卖给他了吧。毫无疑问，他的精神相当不正常。好几年前，他因为贩卖私酿威士忌被我抓到过，虽然我也知道那不是他自己酿的。你怎么了，杨西？"

戈里抹着额头上的汗，脸上血色尽失。"我看起来是不是也不正常？"他试图挤出一个笑脸来，"我刚刚又想起了一些事儿。"显然，有一部分酒精已经从他大脑中蒸发出去了。"我想起来那两百块是哪儿来的了。"

"别想了，"科尔特兰笑着说，"等迟些我们一块儿弄清楚。"

他们骑出岔口，来到山脚下，戈里又停了下来。

"上校，您有没有发现，我其实是个挺自负的人，"他问，"对于自己的外表有点儿愚蠢的骄傲？"

上校的双眼拒绝看向他那脏兮兮、皱巴巴的麻布衫和褪色了的软帽。

"我依稀记得，"他有些困惑却不失风趣地回答，"有个二十来岁的年轻小伙儿，是蓝岭服装最合身、发型最时髦、胯下的马儿最神气的人。"

"您记得没错，"戈里急切说，"我仍然保持着这种追求，虽然现在可能不太明显。我其实还是跟公鸡一样自负，跟魔王路西法一般骄傲的。我想请求您纵容一回我这个弱点。"

"说吧，杨西。你是想打扮成劳雷尔公爵还是蓝岭男爵？咱们都做得到。你还可以拔一根斯黛拉的孔雀尾羽插在帽子上。"

"那我就真的开口了。几分钟后我们就要经过我出生的那座小山，那里也是我的族人住了快一个世纪的地方。现在住在那里的是两个陌生人——可您瞧瞧我！我就这么一身破烂，穷困潦倒地出现在他们跟前，十足一个窝囊废、乞丐。科尔特兰上校，要我以这个样子走过去真的太丢人了。希望您能让我穿着您的外套，戴着您的帽子，直到他们看不见为止。我知道，您肯定觉得这种自尊无谓又愚蠢，可我真心想要以尽量不失礼的形象骑着马过老家。"

"这是什么情况？"科尔特兰一边自言自语，一边暗暗打量着同伴清醒的目光、平静的举止和他提出的怪异要求。不过他手上已经动作起来，解开了上衣扣子，爽快地表示同意，仿佛对方的奇思异想一点儿都不奇怪。

科尔特兰的上衣和帽子非常适合戈里。把前襟仔细扣好，戈里一脸满足和高贵。他的身材和科尔特兰相仿——高个儿，魁梧，挺拔。两人之间虽然差着二十五岁，可从外表上看来，说不定会被有人误会成兄弟。戈里比实际年龄沧桑，脸带浮肿，皱纹较多；上校则有着因节制生活而养成的平滑清新的面色。他从容地穿上了戈里那身丢脸的旧麻布衫，戴上他那顶褪色的软帽。

"现在，"戈里拿起缰绳，"我准备好了。您最好跟在我后头十英尺左右，上校，这样就能让他们好好看清我了。他们会知道我离穷途末路还差得远呢。我觉得，无论如何必须要在他们面前再威风这么一回。咱们继续走吧。"

他催动缰绳，马儿轻快地往山上跑去，上校则如他所愿跟在他身后。

戈里挺直了背坐在马鞍上，高昂着头，眼睛却一直瞟着右边，敏锐地扫视每丛灌木、每段栅栏和每一处老宅院里能藏身的地方。他自己嘀咕了一句："那个蠢疯子真的要动手吗，还是我只梦到了一半？"

　　骑到那块家族小墓地的正对面时，他发现了一直在搜寻的东西——一缕白烟，从角落里的一片茂密的雪松丛中袅袅升起。他缓缓倒向左侧，科尔特兰恰好催马赶到，伸出胳膊接住了他。

　　猎鼠人对他的枪法并没有夸口。他将子弹送到了预定位置，那也是戈里料想的位置——它穿过了艾伯纳·科尔特兰那件黑色双排扣长礼服的胸口。

　　戈里全身的重量都靠在科尔特兰身上，却没有倒下。两匹马在继续奔跑，肩并着肩，上校的胳膊保持着他的平衡。树干间闪烁着半英里之外劳雷尔镇上的一间间小白房。戈里伸出一只手摸索着，直到抓住科尔特兰的手指，科尔特兰紧紧地拉着他的缰绳。

　　"好朋友。"他说。这就是他的最后一句话。

　　当杨西·戈里在骑马经过老家时，用尽了自己全部的力量，做出了一切可能里最好的那个选择。

重新做人

看守来到监狱鞋厂，吉米·瓦伦丁正在那认真勤勉地缝着鞋面。他把吉米押送到了前台办公室。典狱长把赦免令递给吉米，是这天上午州长签发的。吉米有些疲惫地接了过去。他已经服完四年刑期里的将近十个月了，本来估摸着最多不过三个月就能出去。像他这样在外头有这么多朋友的人，一般住进号子里是连头发都懒得剃的。

"好了，瓦伦丁，"典狱长说，"明早你就能出狱了。振作点，当个真汉子。你本质也不坏，别再撬保险柜了，堂堂正正过日子吧。"

"我吗？"吉米一脸惊讶，"啊，我这一辈子都没撬过保险柜呀。"

"哦，是吗？"典狱长大笑，"当然没有。那咱们回想一下，你是怎么因为春田市的那个案子被逮进来的？是因为害怕连累最上流社会圈子里的某个人而拒绝作证，还是仅仅因为恶毒的老陪审团故意整治你呀？你们这些自诩无辜的受害者总有这样那样的理由。"

"我吗？"吉米仍然傻乎乎地正色道，"咳，典狱长大哥，我一辈子都没到过春田市呢！"

"带他回去吧，克罗宁！"典狱长无奈，"给他换上出狱的衣服。早晨七点给他解铐，让他去临时拘留所。瓦伦丁，你最好考虑一下我的建议。"

第二天一早七点一刻，吉米站在了典狱长的外间办公室里。他身上套着没有一个地方合身的衣裤，脚上是一双尺码随便，又硬又叽叽作响的鞋，是州里提供的临别赠礼，给那些被释放的强制型"宾客"的。

监狱文员给了他一张火车票和五块钱钞票，法律希望他能靠着这两样东西重新做人，成为良好市民并事业有成。典狱长给他点上一支雪茄，还握了握手。瓦伦丁，编号9762，在记录本上标注了"州长特赦"，这位大名詹姆士·瓦伦丁的先生遂走出高墙，走向阳光。

鸟儿欢快地唱歌，绿树热情地招手，鲜花吐露着芬芳——然而这些被吉米统统无视了，他径直走进了一家餐厅。在那儿他品尝了自由的第一口甜美，以烤鸡和一杯白酒做代表，再用比典狱长给的更高一级的雪茄完美结束。吃饱喝足，他这才悠然自得地往火车站走去。他往门口坐着的瞎子帽子里扔了一毛五，便上了他的那趟车。列车晃荡三个小时，他来到了州境边上的一个小镇。他走进一个叫迈克·道蓝的人开的小旅馆，跟吧台后头独自等着的迈克握了握手。

"真抱歉咱们没能早点儿打通关节，吉米好小子，"迈克说，"春田市那边儿发生了抗议集会，哥儿几个忙活了好长一段日子才消停，州长差点儿就不给签字了。你感觉咋样？"

"还行，"吉米答道，"我的钥匙呢？"

他拿着钥匙上了楼，打开后头一个房间的门。一切都还保持着他离开那会儿的原样。地板上还掉着本·普莱斯的领扣，是他们制服逮捕吉米的时候，他从这位赫赫有名的大侦探衣襟上揪下来的。

吉米从墙里拉出折叠床，往墙上推进一片面板，拖出一口布满灰尘的手提箱。打开箱子，他欢喜地瞧着整个东部最顶级的盗贼工具套装。这套家伙非常齐全，由特强钢材打造，钻头、冲压机、手摇曲柄钻、撬棍、夹钳和钻孔器均为最前沿设计，还有吉米自己的两三处创新，他可引以为傲了。整套工具花了他九百多块，还是在……在某个专为这类行家制作这类东西的地方专门定制的。

半小时后，吉米下楼来到厅里。现在他一身品味十足的合身衣裳，拎着刚刚盖满了灰现在干净如新的手提箱。

"有啥打算？"迈克·道蓝亲切地问。

"我吗？"吉米带着些许困惑地说，"我不懂您问什么。我是纽约小点心饼干和小麦食品联合公司的销售员。"

这番话逗得迈克笑得上气不接下气，他非逼着吉米喝下一杯苏打牛奶不可。吉米可从来不碰"硬"饮料的呢。

就在编号9762的瓦伦丁出狱后一周，印第安纳州的里士满发生了一起保险柜盗窃案，案子干得很漂亮，完全没有留下作案人的任何线索。只有不到八百元的辅币逃过一劫。在那之后两周，洛根斯波特市一个专利设计的高级防盗保险箱被切奶酪一样打开，一千五百元现钞不翼而飞，剩下有价证券和银币未动分毫。这两桩案子引起了大盗捕手们的兴趣。接下来不久，杰弗逊市的一个老式银行保险库被人打开，多达五千美元从大门溜走。到目前为止，各处遭到的损失已经够得上让本·普莱斯这个等级的侦探出动了。对比之下，几起盗窃案的作案手法中似乎有着惊人的相似之处。本·普莱斯亲临各个现场勘查，据围观群众说，他讲了以下这番话：

"这是吉姆·瓦伦丁的经典手法，他又干回老行当了。看这个密码旋钮——跟潮湿天里拔小萝卜般轻易地被掏出来了，只有他的夹钳有这个本事；再看这滚筒，干净利落的被冲压出来！吉米从来一个孔都不多钻。没错，我想我要抓的就是瓦伦丁先生了。他下回一定得把牢底坐穿，再也不会得到减刑，也不会有人大发慈悲特赦他了。"

本·普莱斯清楚吉米的习惯。在当初春田案的时候就已经研究过他的套路。长间隔作案，迅速脱身，不找同伙，还有那么点人品不刻意扰乱社会——这些都帮助瓦伦丁先生以逃避惩罚的幸运儿出了名。本·普莱斯已经动身追捕开箱大盗的消息传开了，担心家里的防盗保险箱遭劫的人可以稍微安心一点了。

一天下午，吉米·瓦伦丁带着手提箱爬下邮车，来到一个叫埃尔默的小镇，这里距离锌矿大州阿肯色腹地的铁路有五英里左右。吉米，看上去活脱脱一个刚从大学返家的高年级学生，健壮年轻，沿着木板人行道向酒店走去。

一位年轻的姑娘从街对面走过来，在转角处与他擦肩而过，进了一扇大门，门上挂着招牌"埃尔默银行"。吉米·瓦伦丁望着她的眼睛，瞬间忘记了自己是谁，变成了另一个人。姑娘略微垂下眼帘，悄悄红了双颊。在埃尔默，很少有像吉米这样的年轻人会这么看她。

吉米假装是某个银行股东，拎起一个在银行门口阶梯上游手好闲的男孩，跟他打听起这个小镇的情况，间或赏给他几个角子。不一会儿，那位姑娘出来了，矜持地没有去注意拿着手提箱的先生，目不斜视地走远了。

"那不是波莉·辛普森小姐吗？"吉米狡猾地问。

"不是啦，"男孩说，"是安娜贝尔·亚当斯啦，她爸是银行老板。你来埃尔默干啥的？那表链是金的不？我要买斗牛犬去，再给几个角子呗？"

吉米走进普兰特斯大酒店，用拉尔夫·D.斯潘塞的名字登记，租下了一个房间。他靠在前台对文员表明了身份，说自己到埃尔默是来看看有没有做生意的机会。这镇上的鞋子生意是个什么情况呢？他考虑过从这方面入手。不知道市场有没有饱和？

文员被吉米的穿着打扮和谈吐深深折服，他本人也算是埃尔默小镇上一小撮富二代之中的时髦分子了，可面对这个人，他还是感到了自己的不足。他一边试图弄明白吉米领带的四手结是怎么个打法，一边知无不言地提供自己所知道的信息。

是的，鞋子生意应该还是可以做。镇上还没有一家鞋类专卖店，大家买鞋都去干货店和杂货铺。其实各种生意都挺好做的。希望斯潘塞先生能决定在埃尔默定居，他一定会觉得这是个宜居小镇，一定能跟当地人友好相处。

斯潘塞先生决定在镇上待些日子，观察一下情况。不，文员不用帮他叫小弟。他自己把手提箱拎上去就行，还挺沉的。

一股突如其来的爱情突袭烈焰，使得拉尔夫·斯潘塞先生从吉米·瓦伦丁的灰烬中凤凰涅槃，就这样留在了埃尔默，繁荣了自己的事业。他开了一家鞋店，生意蒸蒸日上。

在社交方面他也是一把好手，还结交了许多朋友。他也完成了心底最深的愿望，结识了安娜贝尔·亚当斯小姐，并越发被她的魅力征服，拜倒在她的石榴裙下。

到了年底，拉尔夫·斯潘塞先生的情况是这样的：他赢得了镇上居民的尊敬，鞋店生意兴旺昌盛，也和安娜贝尔订了婚，两周后即将喜结连理。亚当斯先生，一位典型的不苟言笑的乡镇银行家，接受了斯潘塞这个女婿。安娜贝尔也非常为他骄傲，几乎跟她对他的喜爱不相上下。他无论是在亚当斯先生家还是安娜贝尔出嫁了的姐姐家能与所有人都相处得如鱼得水，仿佛他们早就是一家人。

这天，吉米坐在自己屋里写下这封信，寄去了圣路易斯那儿一位老朋友的安全地址：

亲爱的老伙计：

请你下周三晚上九点到小石城的沙利文家见我。我想让你帮我了结一些小事。同时，我还想把我那一箱子工具送给你做礼物。我知道你拿到它们一定会很高兴——那可是花一千块都复制不出来的好东西。实话说吧，比利，我已经不干老行当了——一年前就没干了。我开了间不错的店，现在堂堂正正地挣钱过日子，半个月之后就要娶世界上最美好的姑娘做妻子了。这才是我的人生，比利——走上正道的人生。今天就算给我一百万，我也不会再去动别人的一分钱了。等我结婚后，我就要卖掉全副身家到西部去，那里比较不会受到我那些陈年旧案的威胁。我要跟你说，比利，她是个天使，她信任我，就算能得到全世界的所有财富，我也绝不会再走那些歪门邪道了。一定要到沙利文家去，我一定要跟你见面。我会带上工具一块去的。

你的老朋友吉米

吉米写完这封信的那个周一晚上，本·普莱斯乘着一辆出租马车，静悄悄地来到了埃尔默，没有惊动任何人。他以自己特有的行动方式低调的在镇上转了一圈，查到了想知道的事情。从斯潘塞鞋店对街的药店里，他把拉尔夫·D.斯潘塞看了个清清楚楚。

"就要娶银行家的女儿了，是不是啊，吉米？"本轻声自语道，"呵呵，难说啊！"

第二天一早，吉米在亚当斯家用早餐。他即将启程去小石城订做他的结婚礼服，还要给安娜贝尔买些好东西，这将是他到埃尔默以来头一次离开小镇。距离他干那些个老行当已经一年多了，他觉得现在应该可以安全地金盆洗手了。

早餐后，一大家子人浩浩荡荡地到市区逛街——亚当斯先生，安娜贝尔，吉米，还有安娜贝尔出阁的姐姐带着她两个小女儿，一个五岁，一个九岁。大家经过吉米还住着的酒店，一起等他跑上楼到房间拿了手提箱再下来，又呼啦啦地朝银行去了。吉米的马和马车还有道尔夫·吉布森在那儿等着呢，一会儿就要坐吉布森的车去火车站了。

这一大家子走进高高的橡木雕花围栏，拥进银行营业厅——吉米也在此列，因为亚当斯的未来女婿到哪儿都很受欢迎。职员们见到这位即将迎娶安娜贝尔小姐的帅气又和蔼的年轻人跟自己打招呼，都感到十分开心。吉米把手提箱放了下来。安娜贝尔满心泛着幸福的泡泡，青春洋溢地戴上吉米的帽子，拎起手提箱。"我像不像个一流的旅行推销员呀？"她说，"哎呀！拉尔夫，这也太重了吧？怎么跟装了一箱子金砖似的！"

"这里头都是镀镍的鞋拔子呢，"吉米平静地答道，"我要退给厂家的。我想着随身带上就省了快递费了。我真是越来越会省钱了。"

埃尔默银行刚装上崭新的保险柜和金库。亚当斯先生为此感到相当自豪，坚持要让大伙儿都开开眼。金库不大，但安上了全新的专利设计库门，三根坚固的钢条由一柄把手同步控制把大门关牢，还配备了时钟锁。亚当斯先生满面红光地给斯潘塞先生说明着这个东西的工作原理，后者一副洗耳恭听的样子，但却不怎么真心感兴趣。两个孩子，梅和阿加莎，看到闪亮的金属和怪模怪样的时钟还有把手，都兴奋得不行。

正当大家都忙着看热闹时，本·普莱斯闲逛而至，靠在自己的手肘上，漫不经心地从栏杆之间瞧着这一家。他跟出纳员说并不需要服务，他只不过在等一个认识的人。

突然，几声女人的尖叫炸响，紧接着是一阵骚动。趁着大人们一个不注意，梅，那个九岁的小姑娘，突发奇想把阿加莎关进了金库里。她还学亚当斯先生刚才演示的那样，把钢条推了进去，还转动了密码盘上的把手。

老银行家冲到把手前用力拉扯了几下。"这门打不开了，"他咆哮道，"时钟没上发条，密码也还没设定啊。"

阿加莎的妈妈再次发出了惊恐无比的尖叫。

"嘘！"亚当斯先生举起颤抖的手喝道，"大家都给我安静，阿加莎！"他使出全身力气大喊，"你听我说！"接下来的一片寂静中，只听见小女孩微弱的声音传来，她在黑暗的金库里显然因为恐惧而惊慌失措，正不断地惊声尖叫。

"我的心肝小宝贝啊！"孩子母亲哭喊着，"她会被吓死的！开开门啊！砸开它！你们这些男的就不能做些什么吗！？"

"能开这扇门的人最近都得去小石城才能找到，"亚当斯先生颤声说，"我的老天！斯潘塞，我们该怎么办？那孩子……她在里头坚持不了多久。里面空气不够，而且她这样害怕下去，迟早都会惊厥的。"

阿加莎的妈妈越发狂躁，她冲上去用双手狠狠地砸着金库大门。有人情急之下还提议用炸药。安娜贝尔转身望着吉米，一双大眼盈满了痛苦，但还没有完全绝望。对一个女人来说，在她敬仰的男人面前，没有什么事会连他的力量都做不到。

"你就不能做些什么吗，拉尔夫……至少试一试，行吗？"

他望着她，嘴角牵出一个不自然的温柔微笑，眼中溢满柔情。

"安娜贝尔，"他说，"把你戴着的那朵玫瑰给我好吗？"

虽然对自己听到的话有些难以置信，她还是摘下了裙子前襟的花骨朵儿，递到他手中。吉米将花塞进背心口袋，一把脱掉外套，挽起了衬衫袖子。电光石火之间，拉尔夫·D. 斯潘塞不见了，取而代之的是吉米·瓦伦丁。

"你们大家，全部离开金库门。"他下了一个简洁的命令。

他把手提箱放到桌上，打开摊平。从那一刻起，他似乎再也察觉不到任何人的存在。他把那些闪亮的奇怪器具一一摆放出来，动作敏捷，秩序井然，一边轻轻吹着口哨，仿佛回到了往日"工作"的时候。周遭一片寂静，所有的人都一动不动地看着他，似乎被咒语定住了一般。

眨眼间，吉米最爱的钻头小宠物已经在钢门上顺利地咬着洞。十分钟后——这个速度打破了他自己的盗窃纪录——他拉开了钢条，打开了库门。

阿加莎几乎已经瘫成软泥，但好在毫发无损，被妈妈一把拥进了怀里。

吉米·瓦伦丁穿上外套，走出了围栏，朝着银行前门走去。半路上他似乎听到一个曾经熟悉的声音远远地叫了声"拉尔夫"，但他没有半秒的犹豫。

走到了门口，一个大块头稍微挡住了点他的去路。

"你好啊，本！"吉米打着招呼，脸上那抹怪异的笑容仍未散去，"最后还是被你逮到啦，是吧？好吧，咱们上路。我现在跟你走也是一样嘛。"

可是本·普莱斯的回应很奇怪。

"你搞错了吧，斯潘塞先生，"他说，"我应该不认识你。外头那辆马车在等着你，没错吧？"

接着本·普莱斯转过身，沿着大街悠闲的漫步而去。

命运之路

我踏上许多条道路
追寻命运的奥义。
我以真心，用意志，让爱情指路——
难道它们在人生之战中不愿庇佑我
让我主宰、选择、左右或铸造，
我的命运？

—— 《大卫·米格诺未发表之诗集》

　　一曲终了。歌词是大卫写的，氛围则是乡村特色浓厚的小曲儿。小旅馆里的客人们致以了衷心的掌声，毕竟面前的酒都是年轻诗人请的。唯有公证人帕皮诺微微摇了摇头，对歌词不置可否，因为他是个读书人，并且没有与其他客人同饮。

　　大卫走出旅馆，上了乡村小道，让夜风帮他散散一头的酒气。这时候他记起来，自己白天跟伊凡娜吵了架，已经下决心要在当晚出走，去外头的大千世界追寻功成名就。

"等到每个人嘴边都挂着我的诗句的那天，"他得意地自言自语，"她说不定就会记起今天跟我说的那些狠话了。"

除了小酒馆里的酒鬼在吵闹，整个村庄的乡民们都已经入睡。大卫蹑手蹑脚地回到父亲的小木屋，走进自己的房间，把仅有的几件衣服卷成一卷，找了根棍子挑着。然后他便转身上路，头也不回地跑出了弗尔努瓦村。

他跑过父亲的羊群旁边，羊儿们在黑夜里蜷缩在圈中——白天他放羊时，总是任它们四处吃草，自己则在小纸头上作词赋诗。他看见伊凡娜的窗户里还透着亮光，心里有了瞬间的动摇。也许那道光意味着她后悔了、失眠了，懊恼自己不该发火，到了早晨说不定就会……可是不行！他决心已定。弗尔努瓦村已经不是他该待的地方了。这里没有一个人能理解他。长路那一头才是他的命运，他的未来。

道路延伸了三里格①，穿过朦胧月光下昏暗的广阔平原，笔直得有如庄稼人犁出的犁沟。乡亲们都坚信，这条路一直通向巴黎——反正总能到巴黎。这个地名被诗人挂在嘴边，边走边念。大卫从来没有离家这么远过。

左岔道

道路整整延伸了三里格，忽然变成了一个谜。眼前多出一条更宽的路，跟脚下这条相交成直角。大卫站定在岔路口，不

_____

①一种长度单位，一里格约合5500米。

确定往哪边走。犹豫了一会儿，他踏上了左边那条路。

这条更宽的公路上满是尘土，清晰地印出刚刚经过的车辙。大约半小时之后，这些车辙被一辆笨重的马车覆盖了。马车陷入陡峭山峰下的溪水里，无法自拔。路边站着一位身形硕大的黑衣男人，还有一位包裹在一件轻薄的长斗篷里的苗条女士。

大卫看那几个仆人毫无应对经验，只会笨拙地白费劲儿。他一言不发，径自上前去指挥起救援来。在他的指导下，骑马的侍从终于停止了对马儿的呵斥，把力气用到车轮上，只让车夫一个人用马儿熟悉的声音驱使着它们，大卫则走到马车后头助上一臂之力。齐心协力下，沉重的车子终于滚动起来，轮子重新站在了坚实的地面上。侍从们纷纷上马就位。

大卫斜着身子站在一边。那位壮硕的先生对他挥了挥手："上车。"他的声音亮如洪钟，很衬他的身材，但还有着一股子用技巧和习惯打磨出来的圆润悦耳。这样的嗓音很容易让人臣服。年轻的诗人犹豫了那么一会儿，再一次的邀请让他停止了犹豫，一脚踏上车厢台阶。黑暗中，隐约可见后座上那位女士的身形。他正准备在对面坐下，那个强势的声音又一次改变了他的意愿："你坐到那位女士旁边去。"

黑衣先生摇晃着硕大的身躯坐到了前座上。马车继续往山上前进。那位女士缩成一团，一语不发，蜷在自己的角落里。大卫分辨不出她的年纪，只闻到她衣服上飘过来一丝雅致的淡香，搅动了他诗人的幻想，那神秘的长袍下定然有一副美好的躯体。这不就是他时常想象的奇遇吗？可他到现在仍然摸不着头脑，因为身边两位神秘的同路人一路上都没说一个字。

又一小时过去了，透过车窗，大卫看到车子正穿城而过，接着停在一栋房门紧闭、黑黢黢的小楼跟前，一个车夫从马上下来，不耐烦地猛捶大门。小楼上头有扇格子窗砰地敞开，一颗戴着睡帽的头伸了出来。

"大半夜的谁在吵啊？我这儿打烊啦！有钱住店的旅人才不会这么晚到呢！别敲门了，走开！"

"开门！"车夫大声嚷着，"快给波佩尔第侯爵大人开门！"

"啊！"上头传来一声惊叫，"大人，真是一万个对不住！我没想到——都这么晚了——小的这就来开门，房间请大人您随意使用。"

屋里传来一阵链条和门闩碰撞的声音，大门猛地敞开了。"银酒壶"旅馆的房东站在门槛后头，半披着大衣，举着蜡烛，寒冷和恐惧让他哆嗦个不停。

大卫跟着侯爵下了车。"扶一把女士。"他收到这个命令，照做了。引她下车的时候，他感觉到她的小手微颤。"进来。"命令继续传来。

进屋便是旅馆里长长的餐厅，一张巨大的橡木餐桌横在整个房间中央。壮硕的先生在就近的一张扶手椅上坐下，那位女士则陷进了靠墙的另一张椅子里，昏昏欲睡。大卫站在一边，琢磨着着现在怎样离开，继续上路。

"大人，"房东的腰快哈到地上去了，"若……若是早……早知道有这份荣幸，小的必将早早备好酒水款待。眼……眼下就……就只有葡萄酒和冻鸡肉，是不是……是不是……"

"蜡烛。"侯爵说，他肥大白皙的手掌上伸展开五个手指，挥出一个奇特的角度。

"是……是！大人！"房东跑去找来半打蜡烛，点燃之后排列在桌子上。

"阁下若是不嫌弃，或许，愿意屈尊尝尝小人家的勃艮第葡萄酒……还有一桶……"

"蜡烛。"侯爵大手又是一挥。

"当然……马上……我这就飞过去拿，大人。"

又一打蜡烛照亮了整个大厅。侯爵硕大的身躯挤满了整张椅子。他从头到脚被做工精良的黑衣包裹，只在手腕和衣领处点缀有雪白的褶皱。就连他的剑柄和剑鞘都是纯黑的。他表情嘲讽而高傲，嘴唇上两撇翘起的胡子都快戳到那双满含讥讽的眼睛里去了。

那位女士一动不动地坐在那里，大卫现在才发现她很年轻，有着柔弱但惊人的美貌。正当他沉浸在她孤寂的美丽中时，耳边突然响起侯爵雷鸣般的声音，把他吓了一大跳。

"你叫什么名字，干什么的？"

"大卫·米格诺。我是个诗人。"

侯爵的胡子翘得更接近眼睛了。

"靠什么谋生？"

"我也是个牧羊人，帮我父亲放羊。"大卫答道，抬高了头，却不自觉地红了脸。

"那就听好了，牧羊人兼诗人先生，听好你今晚撞上的大运。这位女士是我侄女，露西·德·瓦雷纳小姐。她是贵族血脉，独自享有每年一万法郎的收入。至于她的魅力，那就要靠你自己去观察了。如果你这牧羊人对她的财产表示满意，只消一句话，她就会成为你的妻子。不要打断我。今晚我带她去了维莱莫伯爵的城堡，她本与伯爵有着婚约。宾客云集，神父就位，她即将和一位身份与财富均相称的绅士结为伉俪。可在圣坛前，这位小姐，这位向来温柔恭顺的小姐，却跟一匹母豹似的转向我，残暴地向我冲过来，当着目瞪口呆的神父打破了我为她订下的婚约。我以万魔之名当场发誓，她会嫁给我们离开城堡之后遇见的第一个男人，无论他是王子、煤矿工或小偷。你，放羊的，就是这第一个男人。小姐今晚必须嫁人。不是你就是下一个。给你十分钟做决定。别多嘴，别多问，别烦我。十分钟，放羊的，时间走得飞快。"

侯爵白胖的手指敲着桌子，跟擂鼓似的咚咚响。他微微放松了身子，矜持地等待着回应，仿佛一栋门窗紧闭的宏伟大厦，让人无法接近。大卫想要开口，可壮硕男人的神态逼得他把到了嘴边的话又咽了回去。既然如此，他便转身向着那位女士鞠了一躬。

"小姐，"他说道，惊讶自己在如此高雅美丽之人面前居然还能话语流利，"您已经听见我说过自己是牧羊人了。但偶尔，我也幻想自己是一位诗人。倘若说最好的诗人要懂得崇敬和珍惜美好的事物，那么我这个幻想现在更加强烈了。我能服侍您吗，小姐？"

年轻的女士抬起干涸而悲恸的双眼望向他。他直率而发着光的脸庞被这突如其来的庄严场景抹上了严肃认真的神色，他强壮而挺直的身躯和蓝眼睛里流动着的怜悯，或许还有她渴求已久却不可得的援手与善意。她的心瞬间融化，眼中流下泪水。

"先生，"她轻声说道，"您像是一位真诚的善良人。他是我叔父，我父亲的兄弟，我唯一的亲人。他曾经爱着我的母亲，又因我与她相似而恨我入骨。他已经将我的生命变成了漫长的恐惧，只消一个眼神便足以让我害怕，我也从来不敢做任何违抗他的事情。可今晚，他要把我嫁给一个年纪是我三倍的老男人。请原谅我对您倾诉这些烦恼，先生。他逼迫您做出此等疯狂的举动，您当然会拒绝。但至少让我对您的好感表示谢意。已经很久没有人对我这样说话了。"

现在，诗人眼中有的不只是好感了。他一定是个诗人没错，伊凡娜已被抛诸脑后。眼前这位新出现的美好佳人以其清新与优雅牢牢抓住了他的心。她身上飘来的暗香使他浑身上下激荡着一种陌生的情感。他温柔的目光温暖地落在她身上。她饥渴地朝着这眼神靠过去。

"十分钟，"大卫说，"我只有十分钟来做这件努力多年也不一定能达成的事情。我不会说我可怜您，小姐，那不是我的真心话——我爱您。我目前还不能奢求您对我的爱情，但请让我将您从这残忍的男人身边解救出来，让我俩日久见真情吧。我相信我会有着不错的将来，我不会永远只是一个牧羊人。在这段日子里，我会全心全意珍惜您，让您的生活少一些悲伤。您愿意将命运交付与我吗，小姐？"

"啊，您这是为了怜悯而牺牲自己的幸福！"

"是为了爱情。我快没时间了，小姐。"

"您会后悔，会憎恨我的。"

"我只会为了让您幸福而活，为了让自己配得上您而努力。"

她从披风下伸出一只精巧的小手，无声地放进了他的手心。

"那么，我相信您，"她重重呼出一口气，"用我的生命相信您。而说到爱……爱情……也许并没有您想的那么遥远。去告诉他吧。一旦离开他那可怕的眼神，我或许就能忘记他带给我的恐惧。"

大卫走到侯爵面前站定。黑色的身影动了动，讥讽的眼睛瞟了一眼大厅里的钟。

"还剩两分钟。你这放羊的居然需要八分钟才能决定是否接受一位美貌的妻子和财富！说吧，放羊的，你愿不愿意做这位小姐的丈夫？"

"小姐本人，"大卫骄傲地挺直了腰板说，"已经纡尊降贵答应了我的请求，愿意做我妻子了。"

"说得好！"侯爵说，"你还真有做朝臣的潜质啊，牧羊人大人。不管怎么说，小姐她还可能碰到个更差的。好了，现在赶紧把事情办了，能多快就多快！"

他用剑柄一下一下扎实地敲在桌上。房东赶了过来，双膝发着抖，拿了更多蜡烛来，预备着满足这位大官儿的古怪要求。"去找个神父来，"侯爵命令道，"神父，听明白没有？十分钟内给我找个神父来，否则……"

房东扔下蜡烛便飞奔而出。

神父睡眼惺忪，气呼呼地来了。他宣布大卫·米格诺和露西·德·瓦雷纳结为夫妻，把侯爵扔来的金条装进口袋，拖着步子走了出去，消失在黑夜里。

"酒。"侯爵命令道，冲着主人挥舞他肥胖的手指。

"斟满。"酒一上来，命令便到。他从桌子主位站起身子，映衬在烛光里，仿佛一座恶毒而自负的黑暗大山，眼中流转着原本像是对旧爱的回忆转化而成的毒液。他嫌恶地看向自己的侄女。

"米格诺先生，"他举起酒杯说，"喝酒之前我说几句：你娶的这个女人，会让你的生命变得污秽不堪、悲惨不幸。她身上流着黑色谎言和红色毁灭的血液。她只会带给你耻辱和焦虑。那降临于她的恶魔已寄生在她的眼睛、皮肤和嘴里，甚至愿意为了诱骗一个农夫而卑躬屈膝。诗人先生，这就是她给你许诺的幸福生活。喝干你的酒吧！终于，小姐，我算摆脱你了。"

侯爵一饮而尽。姑娘的唇缝中迸发出一声痛苦的低泣，就像突然扯裂了一处伤口。大卫手执酒杯，上前三步，面对着侯爵。他的身姿挺拔得完全不像一个牧羊人。

"刚才，"他冷静地说，"你赏脸称我为'先生'。我是否能因此希望，我与小姐的婚姻让我站到了与你相近的——这么说吧，你所标榜的那个阶级——那么我是否有权跟阁下以几近平等的身份，讨论一件小事呢？"

"随你怎么想吧，放羊的。"侯爵不屑地说。

"那么，"大卫一杯酒泼向他满含讥讽轻蔑的双眼，"劳驾你跟我决斗吧！"

尊贵大人的怒火瞬间爆发，迸出一声仿佛从号角中炸裂的咒骂。他猛地拔出黑色剑鞘中的宝剑，冲着在附近打颤的房东吼道："给那废物拿把剑来！"接着转脸向着女士，露出一个足以冰冻她心灵的冷笑说："你这是要往死里折腾我啊，夫人。

看来今天晚上我既得给你找个丈夫，又得让你做寡妇了。"

"我不会使剑。"大卫满脸通红地在自己夫人面前坦白。

"'我不会使剑，'"侯爵学他，"那是要跟农夫似的用橡木棍打架啊？弗朗索瓦，我的手枪！"

一个马夫从马车皮套里拿来了两把雕银装饰的闪亮手枪，侯爵将其中一把扔到桌上大卫的手边。"到桌子那头去，"他大声说，"即便是放羊的也会扣扳机吧。可没几个羊倌儿有这份荣幸死在波佩尔第家族的武器之下！"

牧羊人与侯爵各据长桌一端对视而立。房东因恐惧而颤抖着，手在空中乱舞，结结巴巴地劝道："阁……阁……阁下！看在老天爷的份上！请别在我家！……不要流血……会毁了我这里的风俗……"侯爵一个眼神便将他狠狠震慑住，让他舌头打结说不下去了。

"懦夫！"波佩尔第大人吼道，"别在那儿磨牙了！你行吗？行就过来给我们发令！"

店主人咚地双膝着地跪了下去。他一个字都说不出来，连声音都弃他而去了。即便如此，他仍拼了命地打着手势，试图维护他家旅店和风俗的和平。

"我来发令。"女士声音清亮地说。她走上前给了大卫一个甜蜜的吻，双眼脉脉含情，闪闪发光，脸颊上也有了血色。她背靠墙站定，两个男人举枪待命。

"一——二——三！"

两声枪响几乎同时发出，连烛火都只晃了一晃。侯爵稳如泰山，笑容笃定，左手手指放松，伸开，落下放到桌子一端。

大卫仍挺着身子，缓缓地回头用眼神搜寻着他的妻子。紧接着，如同一件从衣帽架上掉落的大衣一般，他跌向地面，倒地不起。

新寡的妇人发出一声惊恐而绝望的哀叫，弯身伏在男人身上。她找到他的伤口，抬起头时眼中再度充满了那苍白的悲哀。"你打穿了他的心脏，"她轻声道，"噢，他的心脏！"

"行了，"侯爵震耳欲聋的声音响起，"出门上车去！白天之前必须把你脱手了才行。你必须再嫁出去，就在今晚，嫁个活人。就是下一个遇到的男人，女士，无论是强盗还是农民。要是路上遇不到别人了，那就嫁给帮我开门的村夫。给我出去上车！"

侯爵怒不可遏，高大逼人；女士重又裹进披风，回归隐秘；车夫收拾好武器——一一回到了门外待着的马车上。马车沉重的车轮发出轰隆隆的声音驶向远方，在熟睡的村庄留下一片回响。银酒壶旅馆大厅里，魂不附体的房东在死去的诗人尸体上方绞着双手，二十四支蜡烛燃起的火光在桌上跳跃舞动。

右岔道

道路延伸了三里格，忽然变成了一个谜。眼前多出了一条更宽的路，跟脚下这条相交成直角。大卫站定在岔路口，不确定要往哪儿去。犹豫了一会儿，他走上了右边那条路。

这条路究竟通往何方，他并不知道，但他决心已定，今晚就要离开弗尔努瓦村。他走了一里格，经过一座恢宏的城堡，里面显然在进行一场狂欢。亮光从每扇窗户中倾泻而出，巨大的石门内，满地都是宾客们的马车留下的纵横交错的车辙。

又往前走了三里格，大卫感到有些疲倦。他挑了一棵路边的松树，以树枝为床，小睡了一会儿。醒来后，又继续踏上了那条未知的命运之路。

就这样，他沿着大路走了整整五天，睡的是散发着大自然芳香的床或农民垒起的干草垛，吃的是好客的农夫们免费提供的黑面包，喝的是小溪里的甘泉或者热情的牧羊人递过来的清水。

终于，在跨过一座巨大的石桥后，他的双脚站在了那座笑脸相迎的城市界内——那里成就和毁灭的诗人比世上任何地方都多。鼎沸的人声、纷乱的脚步和轰隆的车轮交织而成的混响中，他呼吸急促，仿佛听见巴黎正向他低吟浅唱着欢迎之歌。

在康迪酒店街一座老楼房高高的阁楼里，大卫订了房间，付了房租，坐在一把木椅上定了定神，开始构想他的新诗。这条街一度住满了有头有脸的各色人物，而现在却是落魄潦倒之人的聚集地。

这儿的房子幢幢高耸，虽然破败，外观却还保有几分气派，但许多房子内部，除了灰尘和蜘网以外已然空空如也。每当入夜，街上到处是铁器碰撞的铿锵声，还有迷路的人们找不到自己的旅店时，从一间吵吵嚷嚷到下一间的骂骂咧咧。往日优雅贵气的大宅院，今天已经成了腐臭四溢的污秽之地。可大卫觉得这里的房租跟他羞涩的钱袋十分契合。无论在日光下还是在烛光里，都能看到他笔耕不辍的身影。

一天下午，他从贫民区觅食归来，收获有面包、乳酪和一瓶淡酒。上楼上到一半，在漆黑的楼道里他见到——或者说偶遇更准确,因为她正在阶梯上休息——一位年轻女士,其美貌用诗人的奇思妙想都无法描述。她松松垮垮地披着件黑色外衣,敞着怀,露出内里华丽的睡袍;双眼随着每次细微的思索轻灵地闪动;偶尔又瞪得溜圆,如孩童般坦率,下一秒细细眯起,狭长而狡黠,似乎变身为勾人的吉卜赛女郎。她伸出一只小手,撩起了睡袍一角,露出一只精巧的高跟鞋,绑带散开着,悬在那儿轻晃。她美艳不可方物,如梦似幻,绝不适合对男人献媚逢迎,反倒能够摄人心魄,施展魔力让人臣服!难道她是特意在这儿等大卫,寻求他的帮助?

啊,先生,请原谅我占着楼道挡了路,可您瞧这鞋!——这伤脑筋的鞋啊!哎!怎么都系不上。啊!不知道先生是否愿意发发善心!

诗人帮着系那复杂的绑带,手指微颤。完成之后他本应从危险诱惑中飞速脱身才是,可那双眸子似乎越发地细长,越发地狡黠,像吉卜赛女人的眼神,将他牢牢钉住。他脱力地靠着楼梯扶手,紧紧抓着他那瓶酸酒。

"您太好了,"她微笑道,"先生莫非也是住在这儿?"

"是的,夫人。我……是住这儿,夫人。"

"那是不是住在三楼呢?"

"不,夫人,再往上。"

女士轻轻地敲着手指,一点儿也没有不耐烦。

"真抱歉。我这人就是好跟人打听。还请先生包涵,我实在是不该追着您问住处的。"

"夫人,请别这么说。我就住在……"

"不不不，别告诉我。我明白我不该问的。不过我就是情不自禁地对这房子和里头的一切感兴趣。这儿曾经是我的家呢。我常常会回来，什么也不做，只是回味一下那些美好的旧日时光。这个借口您还能接受吗？"

"请让我告诉您吧，您不需要任何借口。"诗人坚持，"我住在顶层——就是楼梯拐弯处的那个小房间。"

"是前屋吗？"女士歪着脑袋问。

"是后屋，夫人。"

女士一声叹息，似乎松了口气。

"我就不碍着您的事儿了，先生，"她那天真的杏眼睁得圆圆地，"请一定好好照顾我的房子。唉！这里头属于我的只有那些回忆了。再会，还有，请容我向您的好意表示感谢。"

她走了，只留下一个微笑和一缕甜腻的幽香。大卫浑浑噩噩地爬上楼梯。不过很快又清醒过来，那笑靥和幽香仍萦绕在他四周，似乎再也不会散去。这位与他萍水相逢的女士触发了他的灵感，他脑海里涌现出描写眼睛的歌词、描述一见钟情的香颂小调、献给鬈发的颂歌、还有赞美纤细的双脚上穿着的凉鞋的十四行诗。

他一定是个诗人没错，伊凡娜已被抛诸脑后，眼前这位新出现的美好佳人以其清新与优雅牢牢抓住了他的心。她身上飘来的暗香使他浑身上下激荡着陌生的情感。

某天晚上，就在同一栋房子里的三楼，三个人聚集到了桌边。三把椅子，一张桌子，一支立在桌上点燃的蜡烛便是全部家具。三人中的一位是个壮硕的男人，一身黑衣，表情嘲讽而高傲，嘴唇上两撇翘起的胡子都快戳到满含讥讽的眼睛里去了。还有一位女士，年轻而貌美，一双溜圆如孩童般坦率的大眼，忽而眯起，细长而狡黠，勾人如吉卜赛女郎，眼神却锐利无比，野心勃勃，跟其他两位同谋者一模一样。还有一位是个实干家，一个战士，一个大胆而缺乏耐心的执行者，喘着粗气，似乎要从口里喷出火焰和钢铁。另二人称他为戴斯霍勒斯队长。

这男人重重一拳捶在桌上，强忍着暴怒说道：

"今晚。就在今晚他去午夜弥撒的时候。我已经厌倦了没有任何进展的密谋，我讨厌那些信号、密码和秘密会议的老一套。既然要叛国就叛得诚实点儿！要替法兰西除掉他，就让我们公开刺杀，别搞什么陷阱圈套。我说，就是今晚，说到做到！我将亲手了结此事。就在今晚，在他去午夜弥撒的时候动手。"

女士向他投去了热忱的眼神。女人啊，无论多么喜爱谋划算计，碰到莽夫总是会臣服低头。高大的黑衣男人摸了摸他翘起的胡子。

"亲爱的队长，"他的声音洪亮，优雅平滑，"这次我跟您站在一边。光等是等不到任何进展的。我们在皇宫卫队里有足够的自己人，能保障这次行动的安全。"

"那就今晚，"戴斯霍勒斯队长又一次重重捶了下桌子重复道，"您听见了，侯爵，我会亲手了结此事。"

"不过现在有个问题。"黑衣男人低声补充，"我们必须传话给皇宫里我们的人，约定好暗号。陪同皇家马车出行的也必须是我们的忠实伙伴。都这个时候了，什么人才能直接将信送到南大门呢？希波耶就在那里执勤，只要能送信到他手上，接下来的一切就顺理成章了。"

"我去送信。"女士开口。

"您吗，伯爵夫人？"侯爵抬起眉毛惊讶道，"您的奉献精神实乃可贵，我们都知道，但……"

"听我说！"女士提高了声音，抬起双手撑在桌面上，"这栋房子的阁楼里住着乡下来的年轻人，跟他放牧的羊羔一般诚实而温柔。我在楼梯跟他打过两三次照面。我跟他搭过话，担心他太接近我们会面的这个房间。只要我愿意，他就是我的。他在小阁楼里写诗，我猜他一定是对我日思夜想了。我说什么他都会照做的。就让他去皇宫送信吧。"

侯爵从椅子上起身，鞠了一躬。"您还没让我把话说完呢，伯爵夫人，"他说道，"我是想说：您的奉献精神着实可贵，但您的智慧和魅力更是无人可及。"

正当叛国者们开着秘密会议的时候，大卫也在精心润色献给"楼梯美人"的最后几行诗。忽然传来几下怯怯的敲门声，他过去打开门，发现门外的人儿竟然就是她，如风中娇花般颤抖着，大口大口喘着气，双眼圆睁，如孩童般率真。

"先生！"她气息紊乱，"我实在是走投无路了才来打扰您。我相信您一定是个善良真诚的人，并且我也实在不认识其他能帮得上忙的人了。您都不知道我是怎样飞奔着穿过那些个满街飞扬着跋扈男人的街道过来的！先生，我母亲病重垂危，我舅舅在国王的皇宫里当卫队队长，必须赶紧去找他回来，不知道您能不能……"

"小姐！"大卫急忙打断她的祈求，眼中燃烧着效忠的欲望，

"您的愿望便是我的翅膀。告诉我如何联系他。"

女士将一封信塞进他的掌心。

"去皇宫南大门——记住是南大门——跟那儿的守卫说：'猎鹰离巢。'他们就会让您通过，让您走进皇宫的南通道。然后重复刚才的过程，再把这封信给回复您'随时出击'的人。这两句话是通关密语，先生，是我舅舅托付与我的。因为眼下国家动荡，乱臣贼子一直谋划着要国王的命，所以不知道密语的人在天黑后无法进入皇宫。您若是愿意，先生，请您转交这封信给他，好让我母亲在闭眼之前能见上他最后一面。"

"交给我吧，"大卫急切地说，"可都这么晚了，我总不能让您独自一人再走街串巷吧？不如让我……"

"不不！您快去吧！每分每秒都贵若珍宝！等我有机会，"女士顿了顿，双眼眯起，如吉卜赛女郎般细长而狡黠，"一定会想法儿报答您的好心。"

诗人将信封塞进胸前贴身口袋里，三步并作两步地奔下了楼。女士目送他离开，转身回到楼下的房间里。

侯爵扬起意味深长的眉毛，对她投去问询的眼神。

"他去了，"她说，"跟他养的羊儿那样敏捷而愚蠢，飞奔着送信去了。"

桌子因为戴斯霍勒斯队长的重捶再度震动了一下。

"该死！"他吼道，"我把手枪落下了！我可不相信别人！"

"拿着，"侯爵从披风底下抽出一把闪亮精美的武器，枪身装饰着银质雕花，"这把没有校准器。一定要小心保管，这枪上刻着我的纹章和姓氏，而我已经是被怀疑对象了。至于我，今晚必须离开巴黎，走得越远越好。明天我必须出现在自己的城堡里。您先请，亲爱的伯爵夫人。"

侯爵吹灭了蜡烛。女士用披风将自己包裹得严严实实，两位绅士蹑手蹑脚地下了楼，眨眼间消失在拥进康迪酒店街的人群之中。

大卫一路狂奔。来到皇宫南大门，一柄长戟对准了他的胸膛，但他用一句话便立即改变了戟尖的方向："猎鹰离巢。"

"过去吧，兄弟，"守卫说，"快。"

跑到南通道的台阶上，他又遭到围追堵截，但密码再一次施展了魔力，打开了通道。其中有个人走上前来说："随时出……"此时，守卫群中突然发出一阵骚动，那人一惊，闭上了嘴。一个目光锐利、军姿威武的男人拨开人群，一把夺过大卫手里的信。"跟我来。"他边说边领着大卫进了宫殿大厅。"泰托队长，你负责对南通道和南大门的守卫实行抓捕和幽禁。换上忠于皇室的人到各个岗位去。"他转向大卫说："跟我来。"

他领着大卫穿过长廊和前厅，来到一个宽敞的里间，里头有一张华美阔气的皮椅，坐在上面的人衣着素净，表情忧郁，正在冥思苦想。他开口对着上位者说："陛下，我提醒过您，皇宫之内满是叛国者和间谍那些卑劣鼠辈。您一直认为那是我的臆想和多虑。就是在他们的纵容下这个男人进了您的宫殿大门。他带着一封信，已经被我截获。我现在把他带到这里，您便不再会认为我热心过度了。"

"我来问他。"国王在椅子上挪了挪身子。他阴沉沉地盯着大卫，眼神像被蒙上了一层雾，不甚清晰。诗人单膝下跪。

"你从哪儿来？"国王问。

"从厄尔卢瓦省的弗尔努瓦村来，陛下。"

"为什么来巴黎？"

"我……我是个诗人，陛下。"

"你在弗尔努瓦做什么的？"

"帮我父亲放羊。"

国王又动了动，眼中薄雾散去。

"啊！是在田里吗？"

"是的，陛下。"

"你在田野里生活；每天早上天气清凉的时候出门，躺在草地上的篱笆之间。羊群在小山上自在地四散游荡，你在欢快的小溪中饮水，你还在树荫下吃香甜的黑面包，你肯定也聆听画眉在小树林中鸣唱。是这样的吧，牧羊人？"

"的确，陛下，"大卫答道，叹了口气，"还有听花间蜜蜂嗡嗡，或许还有从山间传来摘葡萄的农夫们的放声歌唱。"

"是，是，"国王不耐烦地接道，"或者还有他们的歌声，但肯定会听到画眉的。它们总是在树丛中鸣叫，不是吗？"

"陛下，它们在任何地方都没有在厄尔卢瓦唱得那么甜美。我也一直致力于在我的诗中生动地描述它们的歌声。"

"能给我背几段吗？"国王急切道，"很久以前，我也听过画眉鸟的歌唱。若有人能恰如其分地诠释出画眉的歌，简直比拥有一个国家还要美好。而且，晚上你会把羊群赶回羊圈，然后在祥和宁静的小屋里坐下，享用你美味的面包。给我背几段诗吧，牧羊人！"

"诗是这样的，陛下。"大卫带着敬意与激情朗诵起来。

"'懒惰的牧人，瞧你的羊羔跳跃，狂喜，在那青草地；看那冷杉在轻风里舞动，听潘神①吹奏他的芦笛。

"'听我们在树顶呼唤，看我们冲向你的羊群；给我们羊毛暖巢，在那枝桠上……'"

"若陛下允许，"一个粗粝的声音打断了诗人的朗诵，"我有几个问题要问这位打油诗人，毕竟时间不多了。如果我对您的安全产生的焦虑冒犯到了您，陛下，请务必原谅。"

"您的忠心，"国王说，"奥玛勒公爵，是无论如何都构不成冒犯的。"他陷入皮椅中，眼中再次浮起那层薄雾。

"首先，"公爵说，"我给您念一下他拿来的信：

"'今晚是太子的死祭。如果他按照习惯去午夜弥撒为他死去的皇子祈福，猎鹰便将在海滨大道转角处出击。在他出行前，务必在皇宫西南角的阁楼点亮一盏红灯，以提醒猎鹰准备行动。'"

"放羊的，"公爵严厉地斥道，"你亲耳听到这封信上写的了。是谁让你送信进来的？"

"公爵大人，"大卫诚恳答道，"我实话告诉您。是一位女士把它交给我的。她说她的母亲病危，需要送这封信给她舅舅，叫让他赶去病床边看一眼。我不知道这封信的内容，但我发誓，这位女士美丽又善良。"

---

①潘神，希腊神话中司羊群和牧羊人的神。他吹奏着自己发明的芦笛以纪念仙女绪任克斯，后被认为是帮助孤独的航行者驱逐恐怖的神。

"描述一下那女的，"公爵命令道，"还有你怎么上的当。"

"描述她吗？"大卫脸上泛起一抹温柔的笑，"您这是要求用文字施展奇迹了。嗯，她是阳光和阴影的结合体。她身段苗条，似一株赤杨木，动作也如枝条摆动般优雅舒展。当你望向她的双眼，那眼睛会变 —— 这一秒还是圆溜溜的，下一秒便半眯起来，如同太阳从两朵白云之间偷看万物。她来，仙乐飘飘，人间变天堂；她走，混乱到来，山楂花怒放。她是在康迪酒店街找到我的，门牌号二十九。"

"正是我们一直监视着的目标。"公爵转向国王，"就是这栋房子。多亏了诗人的舌灿莲花，我们就跟看到了那位臭名昭著的魁北多伯爵夫人的画像一样。"

"陛下，还有公爵大人，"大卫郑重地说，"希望我贫乏的语句没有对她进行不公的描述。我深深凝望过这位女士的眼睛。我愿意拼上性命一赌，她是个天使，无论那封信里说什么。"

公爵紧紧盯着他。"那我就让你亲身一试，"他缓缓说道，"你，穿戴成国王的样子，独自一人乘坐他的马车前往午夜弥撒。你敢不敢接受这个考验？"

大卫笑了。"我深深凝望过她的眼睛，"他说，"从那里我得到了证明。至于您想怎么证明，请便吧。"

离午夜十二点还有半小时，奥玛勒公爵亲手在皇宫西南角的窗户上点亮了一盏红灯。差十分钟十二点时，大卫从头到脚被伪装成国王的样子，缩着胳膊，头低到了披风底下，从皇家宫殿一步步慢慢地走向等待着的马车。公爵扶着他上车，关好门。车轮滚动，向着教堂驶去。

海滨大道转角处的一栋房子里，泰托队长带着二十个人严阵以待，准备好给叛国者迎头一击。

可不知怎么的，谋反者们的计划似乎有所改变。皇家马车行进到比海滨大道前一个街区的克里斯多佛大街时，戴斯霍勒斯队长突然从前方蹿出，身旁是即将弑君的弟兄们，一同向皇家车队发动了攻击。马车上的卫队队员虽然对这突如其来的袭击有些措手不及，却也迅速跳下车来英勇反抗。打斗的嘈杂声引起泰托队长的注意，他马上带着人冲过来增援。可就在此时，杀红了眼的戴斯霍勒斯已经踹开国王马车的车厢门，武器直指里头那具从头到脚包裹着黑衣的身躯胸前，枪响了。

看，忠诚的增援卫队已经赶到，大街上充斥着尖叫哭喊和钢铁撞击的噪声，受惊的马匹早已绝尘而去。马车里华丽的坐垫上，歪斜地躺着冒牌国王兼可怜诗人的尸体。射出刺杀子弹的那把手枪，属于波佩尔第侯爵大人。

主干道

道路延伸了三里格，忽然变成了一个谜。眼前多出了一条更宽的路，跟脚下这条相交成直角。大卫站定在岔路口，不确定要往哪儿去。犹豫了一会儿，他索性在路旁坐下小憩。

这些路究竟通往何方，他并不知道。无论哪条都似乎通向一个机会无限，冒险不断的广袤天地。坐着坐着，他的眼光落在一颗明亮的星星之上，那是他和伊凡娜以他俩的名字共同命名的星星。他想起了伊凡娜，懊恼着自己要是不那么急躁就好了。究竟为什么自己要离开她，离开自己的家，就为了口不择言的那几句话？难道爱情脆弱到如此地步，就连嫉妒——这一爱情的证据——都能将其随意破坏？早晨总会给夜间的轻微心痛带来慰藉。他还有时间可以趁着夜色回头，不惊扰弗尔努瓦小村里任何一个陷入甜蜜梦乡的纯朴村民。他的心属于伊凡娜，他一直就在那里，永远都会在那儿安心写诗，找到他的幸福。

大卫起身，甩掉不安以及诱惑着他的脱缰思绪。他坚定转身，面向来时的路。等他沿路返回到弗尔努瓦时，出去闯荡流浪的愿望已经消散得无影无踪。走过羊圈，羊儿们被他晚归的脚步惊醒，左奔右突，一片擂鼓般的咚咚蹄响，这熟悉的声音温暖了他的心。他蹑手蹑脚地回到自己的小房间，躺到床上，默默感谢着自己的双脚带他逃离了晚上的困境，他差点就要走上那条新大路。

他太明白女人的心思了！第二天傍晚，伊凡娜来到年轻人常聚的那口井边，看来是等着自己的"良方"奏效了。她看起来一副冷硬无情的模样，抿紧了嘴角，眼角却在悄悄搜寻着大卫的身影。他把这张小脸上的表情尽收眼底，走上前去勇敢面对她紧闭的嘴唇，哄得它主人服了软，收回了之前的恶言恶语，然后在结伴回家的路上又收获了一枚香吻。

三个月后，他俩喜结连理。大卫的父亲是个精明世故又体面富有的老人，给他俩举办了一场即便在三里格之外都有耳闻的盛大婚礼。这两个青年在本地区都很受欢迎，街道上有祝福的队伍，草原上有庆贺的舞会，他们还从德勒镇请来了提线木偶戏班和杂技演员来助兴。

一年后，大卫的父亲去世了。羊群和小屋都传给了大卫，他也已经有了村里最娇美的妻子。伊凡娜每天都会把挤奶桶和铜水壶擦得锃亮——只有从它们旁边经过，肯定会被它们反射的亮光刺到眼睛。但你一定要睁大眼睛看看她的院子，她花圃中的花儿整齐娇艳，一定能恢复你的视力。好运的话，你还能听到她唱歌——是的，歌声远远地传开去，能一直传到佩雷·格朗尼尔铁匠铺顶上的那棵双栗树。

终于有一天，大卫从一个锁了很久的抽屉里拿出纸来，开始对着它咬铅笔头。春天再次到来，触动了他的心。他一定是个诗人没错，因为伊凡娜几乎已被抛诸脑后。眼前展开的这幅新生大地的美好画卷以其魅力与优雅牢牢抓住了他的心。树林与草甸散发的香气使他浑身上下激荡着陌生的情感。长久以来，他白天赶着羊群去放牧，晚上又把羊儿们安全带回家。可现在，他在篱笆下伸展四肢，在纸片上排列组合着词汇。饿狼发现让人绞尽脑汁的诗词可以让羊肉手到擒来，便时常从林中冒险蹿出，偷走离群的羊羔。

大卫的诗集日渐丰满，羊只却日渐减少。伊凡娜的鼻头通红，脾气看涨，说话的语气也越来越生硬。锅子和水壶都变得色泽暗淡，闪亮的光泽似乎都收进了她的双眼。她告诉诗人，他的心不在焉导致了羊只减少，是他将悲哀带回了家。于是大卫雇了个男孩看守羊群，将自己锁在阁楼里，日复一日地写着更多的诗。而雇来的男孩子呢，虽然天性富有诗意，却没有经过写作的打磨，整日不是呵欠连天就是沉沉酣睡。恶狼们立刻发现，写诗和睡觉本质上是一回事，所以羊群的规模仍在持续缩小。

伊凡娜的脾气也持续见涨。有时候，她会站在院子里，叉着腰高指着大卫的窗户痛骂。骂人的声音远远地传开去，一直传到佩雷·格朗尼尔铁匠铺顶上的那棵双栗树。

帕皮诺先生，这位善良睿智又爱管闲事儿的老公证人目睹了这一切——只要他把鼻子朝向哪，那里就没有什么是他看不到的。他去找大卫，猛吸了一撮鼻烟，打好腹稿，开口道：

"米格诺，我的朋友，当年是我在你父亲的结婚证上盖的章，如果哪天我迫不得已要履行公职给他儿子开破产公证书，那真太令我伤心了。来，你听我说。我看出来了，你是一门心思扑在了作诗上。我在德勒镇有个朋友，布里尔先生——乔治·布里尔。他的住处小而整洁，满屋子书。他可是个有学问的人，每年都去巴黎，本人还写过不少书。他会告诉你怎么挖建地下墓穴，怎么发掘星星的名字，还有为什么啄木鸟的喙那么长。诗词的意义和形式对于他来说，跟羊羔的咩咩叫对你来说是一样的熟悉。我给他写封信交给你带去，并带上你的诗去让他看看。然后你就能知道你是应该继续写诗，还是该把注意力放到你妻子和生意上去了。"

"那就快写信吧，"大卫急切地说，"您怎么不早说！"

第二天一早日出时分，夹着那卷他宝贝不已的诗作，大卫就出发去了德勒镇。中午，他在布里尔先生家门口抹净了脚上的尘土。那位学富五车的绅士拆开帕皮诺先生的信，透过他那副闪闪发光的眼镜，像阳光吸收水份一样认真看完了信上内容。他把大卫领进书房，在书籍的海洋中找了个"小岛"让他坐下。

布里尔先生是个善良人。面对一卷一指厚的手稿，他面不改色，把它们摊在膝盖上读起来。他没放过任何一个字，像蠕虫蚕食果子一般啃着这些诗篇，寻找其精华。

与此同时，被放逐在"小岛"上的大卫坐在那儿，对着满屋子的文学作品浑身战栗。文学的声音在他耳边狂吼。在文学的海洋中，他既没有航海图也没有指南针，就这样漂荡航行。他想，肯定有半个世界的人都在写书吧。

布里尔先生已经读完诗集的最后一页。他摘下眼镜，用手绢仔细擦了擦。

"我的老朋友帕皮诺可还好？"他问。

"身强力健。"大卫说。

"你有多少只羊，米格诺先生？"

"三百零九只，昨天数的。这群羊运气不好，从原先的八百五十只减少到了这个数。"

"你有妻子，有家庭，活得舒适自在。羊群给了你足够的收入。你跟它们一块儿待在旷野里，呼吸新鲜空气，甜面包吃到饱。你只需保持一定的警觉，便可躺在大自然的胸口歇息，听着树丛里的画眉鸣叫。目前为止是这样的吧？"

"没错。"大卫说。

"你的诗我都看过了，"布里尔先生继续说，双眼在他的书海中游弋，仿佛在驾船航行，"看远点儿，看向那扇窗外，米格诺先生，告诉我你看到树上有什么。"

"有只乌鸦。"大卫看着外头说。

"有只鸟，"布里尔先生说，"当我想要逃避责任时，它能帮助我。你该认得那种鸟，米格诺先生，它是空中的哲学家。

259

它生活在自己的族群中，十分幸福。靠着它那充满奇思异想的眼睛和欢乐的步子，过得再快活不过了，却一样也能吃饱喝足。田野给献上了它所需要的一切。它从不因为自己的翅膀不像黄鹂那般华美而哀叹。米格诺先生，你听没听过大自然赋予它的音调？你觉得夜莺的歌声同它相比，会更加欢乐吗？"

大卫站起身来。乌鸦在树上发出粗粝的嘎嘎叫。

"感谢您，布里尔先生，"他慢慢开口道，"那么，在我那么多只鸟里，就没有一只是夜莺吗？"

"有的话我是不会错过的。"布里尔先生一声叹息，"我细细品读了每一个字。去活出你的诗篇吧，小伙子，别再惦记着写诗了。"

"感谢您。"大卫再次道谢，"那我回去照看我的羊儿们了。"

"要是你愿意留下跟我一块儿吃个饭，"学者说，"暂时忽略这个事实给你带来的苦恼，那么我可以再详尽地给你讲讲。"

"不必了。"诗人回绝，"我得回到田野里去对着羊儿们嘎嘎叫了。"

回弗尔努瓦村的路上，他把自己的诗稿夹在胳膊底下，步履艰难。进村后，他拐进了赛格勒的店子，他是个从亚美尼亚逃难来的犹太人，没有什么不敢卖的东西。

"朋友，"大卫说，"森林里的狼一直骚扰我在山上的羊。我得买把枪来保护小羊们。你这儿有合适的吗？"

"今儿个生意不好，米格诺兄弟。"赛格勒两手一摊，"我可以平时十分之一的价卖你一把。就上周，我才跟个小贩进了一整车的货，是一个皇家看门人卖给他的。那可是某个城堡处理出来的东西，之前全都属于某个了不起的大人——什么头衔我就不清楚了——那家伙因为搞针对国王的叛变被流放啦。这儿有几把能选的。看这把——简直配得上王子！——卖给你，我只收四十法郎，米格诺兄弟——我给你便宜了十块钱呢。要不你看这把鸟枪……"

"就它吧。"大卫把钱扔在柜台上，"上膛了吗？"

"我这就给你上。"赛格勒说，"再给十块钱，我额外赠送你火药和子弹。"

大卫把手枪放进外套里，走回他的小屋。伊凡娜不在家。这些日子，她喜欢到邻居家串门。不过，厨房灶头上有火苗在跳动。大卫推开厨房门，把诗稿一股脑儿地塞进了煤堆里。它们烧得很旺，发出歌声一样的噼啪声，在烟囱里凄厉回响。

"乌鸦的歌！"诗人说。

他回到楼上的小房间，关好门。这个小村庄是如此静谧，不少人都听到了手枪发出的一声巨响。大家纷纷向着响声传来的方向聚集，注意到房顶冒出的青烟，便随着它的指引上了楼。

男人们把诗人的尸体抬到床上，笨拙地收拾好，把这只可怜的黑乌鸦被撕碎的羽毛藏了起来。女人们用夸张的窃窃私语表示出热切的同情，有几个人跑着去通知伊凡娜。

帕皮诺先生，被他的鼻子第一个带到现场的人，拾起那把武器，既欣赏又哀痛地将上头的银镶字来回看了好几遍。

"这把武器，"他对一旁的神甫解释，"还有上头的纹章，属于波佩尔第侯爵阁下。"

西部之心
HEART OF THE WEST

公主与美洲狮

　　故事嘛，当然得有个皇帝和皇后才行。咱们今天讲的这位皇帝是个可怕的老头，随身佩着一把六发子弹的手枪，脚蹬马刺靴，嗓门震天响，草原上的响尾蛇都要被他吓得往霸王树下的蛇洞里钻。他的皇权还没建立起来前，大家称他为"悄悄话本恩"；等到他拥有了五万亩土地和数不过来的牛群之后，大家便改称他为"牛王"奥唐纳了。

　　皇后原本是得克萨斯州拉雷多地方的一名墨西哥女孩儿。她是个善良温和又称职的科罗拉多主妇，甚至成功教会了本恩在家里压低嗓门说话，以免震碎碗盘。本恩刚称帝那会儿，她还会坐在埃斯皮诺萨牧场上织苇席。可当财富以排山倒海之势涌来，马车从圣安东尼奥拉回来铺了软垫的座椅和大餐桌，她也就低下了满头乌发，过起了达那厄①一般的日子。

――――――――――

①达那厄，希腊神话中阿耳戈斯国王的女儿，珀尔修斯之母，在文艺复兴大师杨·格萨尔特的画作《达那厄与黄金雨》中被描绘成一个每天等待黄金雨落下的女子。

为了避免大逆不道的罪名，我们先认识了皇帝和皇后。可他们其实不是故事的主人翁，这个故事的名字可以叫做"公主、异想天开的男人和煞风景的狮子"。

　　约瑟芬·奥唐纳是皇帝唯一的女儿，也就是公主。她从母亲那儿继承了一副热心肠和漂亮的亚热带黑皮肤，从本·奥唐纳大帝那儿，她遗传到了勇猛的性格、天生的判断力和统治的本领。这些特质组合在一个人身上，实在值得人跋山涉水去一睹风采。约瑟芬能边骑着快马边射击树梢上挂着的番茄铁罐——打六枪能中五枪！她跟她的小白猫一玩就是几个小时，还会给它换上各种各样俏皮可笑的小衣裳。她不用笔头，光用心算就能告诉你一千五百四十五头两岁大的牛每头卖八块五总共能卖多少钱。粗粗估来，埃斯皮诺萨牧场的面积大约是四十英里长、三十英里宽——虽然其中大多是租来的地。约瑟芬骑着她的小马已经踏遍了这牧场上的每一寸土地。牧场上没有一个牛仔不认识她，个个都对她忠心耿耿。有一天，埃斯皮诺萨的卫队长雷普利·吉文斯看见了她，下决心要与之进行一场皇室联姻。你说痴心妄想？不见得吧。要知道，在那个年头，每个得州小伙儿都是顶天立地的男子汉。再说"牛王"这头衔也并非代表皇家血统，更常见的是用来暗示这位"皇帝"拥有常人所不能及的高超偷牛技巧。

　　这天，雷普利·吉文斯骑马到了双榆农场，查找一批刚满周岁就走失的牲口的下落。他回去得晚了些，骑到白马渡口的时候都已经是黄昏时分了。这儿离他的营地还有整整十六英里，离埃斯皮诺萨牧场也还有十二英里。吉文斯累了，打算就在渡口凑合一晚上。

河床上有一汪清澈的小水池。两岸覆盖着郁郁葱葱的参天大树，树下是茂密的灌木丛。池塘后头大概五十码处，有一片长着牧豆草的小草坪 —— 他的马有晚餐吃，他也有床可睡了。吉文斯系好马儿，把马鞍上的座毯摊开来晾晒。他坐在一棵树下，卷上一支烟。突然，沿河某处浓密的树林里传出一阵气势汹汹、撼人心神的吼叫。马儿扯着缰绳的一头扬起马蹄，打了个嘭哨般的响鼻，透露出深深的恐惧。吉文斯猛抽一口烟卷，状似悠闲地伸手够到躺在草地上的枪套，试着转动了一下弹匣。一条硕大的雀鳝鱼跃出池塘水面，落下时溅起响亮的水花。一只小灰兔围着一丛猫爪草蹦跶了几下，坐下来抖着小胡须，歪着脑袋滑稽地瞅着吉文斯。马儿继续吃起草来。

日落时分，如果你听见一头美洲狮在小河边唱起女高音，那就有必要小心行事了。他的歌声可能在传达这样的意思：好多天没吃到嫩牛肉和小肥羊，你这人类的肉可否给我尝一尝？

草丛中躺着一只空水果罐头，应该是过往的旅人顺手丢下的。吉文斯发现了它，面露得色。他绑在马鞍后头的外套口袋里还有一小把咖啡粉。黑咖啡和卷烟！有了这些，牧人还有什么可愁的呢！

两分钟后，一个明亮跳跃着的小火堆便生了起来。他一手拿着小铁罐走向池塘边。在离池边不到十五码的地方，透过灌木丛，他瞧见一匹装着女士侧鞍的小马，缰绳耷拉着，正在他左手边不远处啃着青草。一位少女刚在池塘边一边甩着手，一边直起身子 —— 那是约瑟芬·奥唐纳。她刚在池里喝水，顺便把手掌上的泥沙洗刷干净。就在她右侧，十码开外的荆棘丛里，吉文斯清楚地看见了一头美洲狮蜷着的身影。它琥珀色的瞳孔闪烁着饥饿的信号，往后六英尺便能看到它的尾巴尖，像猎狗蹿出之前一样竖直挺立。它的后腿稍稍摇晃了几下，那正是猫科动物跳跃前的准备动作。

虽然他的六发左轮手枪正躺在三十五码开外的草地上，吉文斯还是力所能及地采取了行动。他暴喝一声，朝着狮子和公主之间冲了过去。

接下来那场"格斗"——吉文斯事后这么说—— 短暂而又有些令人困惑。跃上前线的那一刹那，他看见头顶掠过一道模糊的影子，随即是几声隐约的枪响。紧接着，一头超过百磅重的美洲狮从天而降，砰的一声将他压扁在地。他记得自己下意识地喊道："你给我起来——这不公平！"然后他只好跟条蠕虫似的从狮子肚子底下艰难地爬出，满嘴都是草根泥土，脑袋上还因为撞到了水榆树的根而多了个大包。狮子躺在那儿，一动不动。吉文斯一面愤愤不平，一面又觉得自己犯蠢出了丑，冲着狮子挥了挥拳头，嘴上还不甘心地喊着："我要跟你再干上一……"忽然就清醒了过来。

约瑟芬站在一旁，静静地给她那把银色的点三八口径手枪填充子弹。刚刚那枪打得没什么难度。狮子头可比树梢上乱晃的番茄罐头明显多了。她嘴角牵起一个弧度，乌溜溜的大眼里透着挑衅、嘲弄和让人恼火的戏谑。那位救美不成反被救的骑士感到一股耻辱的火焰直烧到他灵魂深处。这本来是他的机会，他梦寐以求的机会，招来的却是嘲弄之神莫墨斯，而不是爱神丘比特。这下好了，树林里的精灵们毫无疑问都在一边捧着肚子憋着笑呢！这简直是一出滑稽剧——标题就叫"吉文斯先生和狮子布偶的闹剧"。

"是你吗，吉文斯先生？"约瑟芬缓声问道，声音甜如蜜糖，"你刚才那一嗓子害得我都差点儿脱靶了。摔着头了没有？"

"啊，没，"吉文斯镇定地回答，"没怎么摔着。"他丢脸地弯下腰去，想把他那顶最好的牛仔帽从野兽身下拽出来。帽子倒是还在，不过已经被压成一张皱巴巴的大饼，样子让人发笑。然后，他跪了下去，轻轻地抚摸着死狮子那张着大嘴的可怕脑袋。

"可怜的老比尔！"他悲伤地呼喊。

"你说什么？"约瑟芬敏锐地问。

"您不知道也正常，约瑟芬小姐，"吉文斯压抑着伤感，貌似宽容地答道，"没人能怪罪您。我是想救它，可没来得及让您知道。"

"救谁？"

"唉，就是比尔。我已经找它一整天了。您知道吗，它已经被我们营地当作宠物养了两年了。可怜的老伙计，连白尾小灰兔都不会伤害的好家伙。小伙子们知道它死了，一定会伤心崩溃的。当然，您并不知道比尔只是想跟您玩耍罢了。"

约瑟芬乌黑的瞳仁盯着他的头顶。雷普利·吉文斯闯过了这一关。他神情忧虑地揉着自己那头黄褐色的卷毛，站起身。他的眼神哀切，还带着一丝羞愧，温柔的面部表情流露出毋庸置疑的悲恸。约瑟芬有些动摇了。

"那你们的宠物在这儿干什么呢？"她不愿就这么轻易信他的话，"白马渡口附近一个营地都没有啊。"

"这个老淘气昨天从营地逃走了，"吉文斯早有准备，"没让郊狼把它吓死真是个奇迹。您不知道，我们队里的牧马人吉姆·韦伯斯特上周带来一只狗崽儿，可是把比尔折磨坏了——它追着比尔不放，咬着它的腿几小时不松嘴。晚上睡觉的时候，比尔都得偷偷溜进哪个小伙子的毯子里去，才能不让小狗找着它。我觉着它一定是太焦虑了，不然也不会逃跑。它可是一直都害怕离开营地的呀。"

约瑟芬闻言看向那只可怖野兽的尸体。吉文斯轻轻拍着一只令人生畏的利爪——那一爪子就能将一头满周岁的小牛扇死。一朵红云悄悄爬上了姑娘那肤色健康、橄榄形的小脸。这是羞愧的信号吗？难道这位真正的猎手因为打到了不该捕猎的动物产生了羞愧之情？她的眼神柔和下来，微垂的眼睑遮去了刚才那满眼嘲弄。

"我真的很抱歉，"她满含歉意地说，"可它看上去实在太巨大了，还跳得那么高，我实在……"

"可怜的老比尔是饿极了。"吉文斯打断她的话，急忙维护起死狮子来，"我们在营地总是让它跳起来叼走食物。为了一块肉，它甚至会躺下打滚呢。看到您的时候，它一定是误以为您会给它喂食。"

约瑟芬突然瞪大了眼睛。

"我差点儿就射中了你！"她惊叫一声，"你正好冲出来挡在它前头，你冒着生命危险去救你的宠物！你真好，吉文斯先生。我喜欢善待动物的男人。"

你没看错，她眼神里现在多了几分爱慕。这可说是在一片失败者的废墟中站起来的第一个英雄啊！吉文斯的表情完全可以为他在动物保护组织里谋得高职了。

"我一直特别喜欢动物。"他承认，"马啊，狗啊，美洲狮啊，牛啊，鳄鱼啊……"

"我讨厌鳄鱼。"约瑟芬立刻表示反对，"那是让人恶心的脏东西！"

"我说了鳄鱼吗？"吉文斯淡定地改口，"我想说的应该是羚羊啊。"

在良心驱使下，约瑟芬觉得有必要再进一步挽回一下。她面带忏悔地伸出一只手，两只大眼中各含着一颗晶莹的泪滴。

"请原谅我，吉文斯先生，好不好？我只是个小女孩，你知道的，我一开始真的很害怕。我真的非常非常抱歉打死了比尔。你都不知道我这会儿多羞愧。要是重来一次，无论如何我都不会掏枪的。"

吉文斯接住了伸出来的小手。他握了好一会儿，似乎在竭力用宽宏大量战胜失去比尔的悲伤。终于，吉文斯原谅了她。

"别再提它了，约瑟芬小姐。比尔那副模样，的确是足以吓坏任何一位年轻女士。我会回去跟小伙子们好好解释。"

"你确定不会恨我吗？"约瑟芬激动地上前一步靠近他，眼底满是温柔——啊，那温柔而恳切的眼神，还闪耀着忏悔的光芒。"要是换了我，有人胆敢杀害我的猫咪的话，我绝对会对他恨之入骨。你刚刚想要救它的时候，可是冒着吃枪子儿的危险呀！多么勇敢，多么善良！又有多少人能做得到！"瞧，失败是成功之母！闹剧就这么变成了正剧！干得漂亮，雷普利·吉文斯！

天色已近黎明。他当然不能让约瑟芬小姐独自一人骑马回家。装作没看见他爱马投来的谴责眼神，吉文斯重新上好马鞍，同她并肩而行。两个人、两匹马在绵延起伏的草场上驰骋，一个是公主，一个是爱护动物的真汉子。大草原上弥漫着肥沃泥土的芬芳，香甜的野花在他俩身边怒放。不远处的小山包上，传来阵阵郊狼的嚎叫！不要慌，不要怕。看——

约瑟芬靠过来一点儿，一只小手试探着伸了出来。吉文斯的大手找到了她的小手。马匹并肩向前，步伐一致。手牵手，一晃一晃的，一只手的主人开口说：

"我以前从不知道'怕'字怎么写，可你想想，一头货真价实的狮子忽地出现在你面前有多恐怖！可怜的比尔！你能送我回去我真的很高兴！"

这时候，奥唐纳正坐在他家回廊上。

"喂，雷普！"他放开嗓门儿喊，"是你吗？"

"是他送我回来的。"约瑟芬说，"我迷路了，天又太晚。"

"太感谢啦！"牛王继续吼着说，"来家歇歇脚吧，雷普，明天上午再回营地。"

但吉文斯婉拒了。他必须继续上路回到营地才行，有一群小公牛天亮时分就得上路了。他跟父女俩道过晚安，脚下一蹬，马儿驮着他嘚嘚嘚地跑远了。

一小时后，牧场主家的灯都暗了下去。约瑟芬穿着睡袍跑到房门边，隔着门跟她爸爸说话——他就睡在砖砌的门廊对面的主人房里。

"爸爸，你知道那头叫'缺耳恶魔'的美洲狮吧——就是咬死了马丁先生的牧羊人冈萨雷斯，还杀了萨拉多牛圈里五十多只小牛的那头狮子。嘿嘿，我今天下午在白马渡口那块儿把它结果啦！它扑过来的时候，我用那把点三八手枪两连发，打穿了它的脑袋。一看到它左耳的残缺我就认出来了，那还是冈萨雷斯用他的弯刀削掉的。就算你亲自上场也不一定能比我打得准，老爹！"

"好丫头！"悄悄话本恩声如炸雷，回响在黑黢黢的国王寝宫里。

托尼娅的红玫瑰

国际铁路上，一座高架桥烧毁了。从圣安东尼奥南下的列车要停运四十八小时。托尼娅·韦弗的复活节帽子恰好就在这车上。

墨西哥人埃斯皮里托坐了四十英里的平板车，被大老远地从埃斯皮诺萨牧场派来这里取帽子，他耸了耸肩往回走，两手空空，除了一根烟。他在诺帕尔小站得知火车晚点，但主人并没有命令他一定要等在那里，便催动马匹调头回牧场。

现如今，谁要是认为复活节上的春之女神只喜欢第五大道的礼拜游行，并不在意得州仙人掌镇参加礼拜的忠实信徒们的盛装，那就大错特错了。弗里奥县大农场主家里的太太千金们会用复活节的鲜花装点新帽子和新礼服。她们比任何地方的人都更用心。那一天，整个西南部到处都是仙人球、巴黎时尚和天堂美景。今天是耶稣受难日，托尼娅·韦弗的复活节帽子却被困在烧毁的高架桥那头，在停开的邮递车里默默地被阳光灼烤。星期六中午，舒茨灵农场的罗杰斯姐妹、安克欧的艾拉·里

273

弗斯还有绿谷的贝内特夫人和艾达会到埃斯皮诺萨碰头，接上托尼娅。女眷们都会把复活节帽子和连衣裙细心卷好扎起来抵御灰尘，这道亮丽的风景线将欢乐地驱车十英里，来到仙人掌镇，准备在第二天打扮起来，征服男性，向复活节致敬，并且在那些骄傲的当地女孩儿中激起嫉妒的波浪。

托尼娅坐在埃斯皮诺萨农场小屋的台阶上，郁闷地拨弄着一根木豆树藤小鞭子。她眉头紧蹙，小嘴傲慢地抿紧，恨不得让所有人都察觉到她浑身散发的不快和悲愤。

"我恨死铁路了，"她宣布，"还有男人！男人总假装能控制铁路，那你们能解释一下高架桥怎么会烧掉吗？艾达·本内特的帽子要用紫罗兰装饰。没有新帽子我一步都不会靠近仙人掌镇。我要是男人，就一定得去弄顶新的来。"

两位男士尴尬地听着这番有损男性尊严的指责。一位是威尔斯·皮尔森，马乔卡勒养牛场的领头人。另一位名叫汤普森·巴罗斯，是昆塔纳山谷牧羊人中的一颗新星。两人都觉得托尼娅·韦弗非常可爱，尤其是她咒骂铁路和谴责男人时的那个小模样。他们都愿意奉献出自己的皮肤给她做一顶新的复活节帽子，这比取下鸵鸟尾端的羽毛或是献出生命的白鹭还要爽快。可他俩谁都不够机灵儿，想不出什么妙计来帮助那个伤心的人儿，在即将到来的安息日弥补她的缺憾。皮尔森有着古铜色的脸和被太阳烤得浅黄的头发，看起来就像个整日沉浸在青春期那漫长无解的忧郁之中的学生，托尼娅的困境让他心痛了一遍又一遍。汤普森·巴罗斯则更为老练圆滑一些。他出身于东部地区，每天都系着领带、穿着皮靴，在女士面前比较沉默寡言。

"上一场大雨过后，"皮尔森不抱多少希望地开口，"沙溪里的那个大水潭已经积满了水。"

"是吗？"托尼娅刻薄地说，"谢谢你告诉我。我猜新帽子对你来说根本不值一提吧，皮尔森先生。你是不是认为女人就应该跟你一样，随便弄顶牛仔帽一戴五年不换啊？要是那口老水潭能把铁路高架桥的火扑灭了，你跟我提起它还勉强算有道理。"

"真是太遗憾了，"接受了皮尔森的教训，巴罗斯接上话头，"您竟然没能及时收到新帽子，韦弗小姐——真心替您惋惜。如果有什么我能效劳的……"

"得了吧，"托尼娅用甜美地声音讽刺道，"要是你真能帮得上忙，就不会在这儿说风凉话了。不劳你费心。"

托尼娅突然顿住了。她眼里燃起一丝希望，眉头舒展开来——她有主意了！

"纽埃西斯河边的独木渡口那儿有间小店，"她说，"是卖帽子的。伊娃·罗杰斯的帽子就是在那儿买的。她说是本季最新款呢。说不定那儿还有剩下的。可这里和独木渡口隔了足足二十八英里。"

两位男士突然站起，靴子上的马刺叮当作响；托尼娅几乎笑出声来。看来，这世上的骑士毕竟还没有死绝，骑士们踢马刺的齿轮也还没有生锈。

"当然了，"托尼娅继续说，抬头沉思般地望着蔚蓝穹顶上的一团白色云朵缓缓飘过，"没人能在明天姑娘们来接我之前到独木渡口打个来回。算了，这个复活节礼拜日我是出不了门了。"

她扯出了一个微笑。

"那个，托尼娅小姐，"皮尔森不着痕迹地偷偷伸手拿过他的帽子，狡猾得像个装睡的小婴儿，"我想是时候回马乔卡勒去了。明天一早干草场那边还有活儿，我和'健将'都得在场帮忙才行。您的帽子出了意外真是太不幸了。说不准他们能赶在复活节前把高架桥修好。"

"我也得上路了，托尼娅小姐。"巴罗斯看着手表宣布，"告诉大家，已经快五点啦！我得及时赶回牧场去帮忙把那些发疯的羊儿们关回羊圈。"

托尼娅的追求者们一个比一个更急切地想要离开。他们郑重地跟她道别，再用西南部人民那种夸张而肃穆的礼仪彼此握了握手。

"希望很快能再会，皮尔森先生。"巴罗斯说。

"彼此彼此。"牛仔一脸严肃，像是要送朋友远行一般，"无论你什么时候到马乔卡勒地界上来，我都非常高兴与你相见。"

皮尔森跨上"健将"，这匹弗里奥县最健壮的牧牛矮种马，由着它蹦跳了几下——每次它被人骑到背上时都要蹦跳一阵子，就算是跑了一整天刚停下也不安生。

"那帽子是什么样的，托尼娅小姐？"他大声问，"就是您从圣安东尼订做的那顶？没法及时送到您手上真是太可惜了。"

"是顶草帽。"托尼娅回答，"当然最新款的，而且是用红玫瑰装饰的，正合我心意——红色的玫瑰。"

"没什么颜色比红色更衬您的皮肤和发色了。"巴罗斯仰慕地说。

"我就喜欢红色，"托尼娅说，"世上所有的花儿里，我只要红玫瑰。粉色蓝色的都给别人好了。可高架桥烧毁了，什么都没有了，再喜欢又有什么用呢？今年复活节对我来说注定枯燥无味！"

皮尔森摘掉帽子，骑着"健将"向埃斯皮诺萨牧场东边的密林奔驰而去。

他的马镫簌簌作响擦过树丛时，巴罗斯的长腿栗毛马也沿着狭长的小径，往西南那片开阔草原疾驰而去。

托尼娅把小马鞭挂起来，起身回到客厅里。

"你没拿到帽子真是太遗憾了，女儿。"她母亲说。

"噢，别担心，妈妈，"托尼娅平静地说，"我会有新帽子的，没关系，明天会及时拿到的。"

巴罗斯来到了草原尽头的狭长地带，向右扯了扯栗毛马的缰绳，驾着马儿优雅转向，经过教堂司事的平房，让它自己选路，马儿往一条干裂河床的方向跑去。过了河床，来到一座灌木覆盖的碎石山丘，马儿奋力攀登，终于前方就是光明地带，它得意地喷着响鼻，跑到了一处平坦的高原，放眼望去，春草勃发，草原上星星点点地缀着刚长出嫩绿春芽的牧豆树。巴罗斯拉着缰绳一直往右边走，踏上了一条年代久远的印第安小径，它向南沿着纽埃西斯河并行，往东南走二十八英里就是独木渡口。

巴罗斯在小路上勒紧栗毛马的缰绳，让它把速度降下来。正当他在马鞍上调整好姿势，准备长途跋涉时，一阵马蹄声踢踏而至，随之而来的还有木制马鞭抽在树丛间的咻咻声，伴随着印第安科曼奇人的呼喝。眨眼间，威尔斯·皮尔森从小径右边树丛中疾驰而出，活像一只从深绿色复活节彩蛋里破壳而出的早熟的小黄鸡。

　　除了面对某位美女的时候，皮尔森从来都是无忧无虑的。在托尼娅面前，他的声音跟夏天休憩在芦苇巢中的牛蛙一般轻柔。此刻的他却畅快地吆喝着，吵得一英里外的兔子都耷拉下耳朵，敏感一些的植物都害怕得要合上叶子。

　　"你这是把羊圈搬到离牧场十万八千里的地方来了吗，邻居？"皮尔森骑着"健将"来到栗毛马旁边。

　　"二十八英里。"巴罗斯的脸色不大好看。皮尔森仰天大笑，半英里开外的河边水榆树上，一只猫头鹰被这笑声惊扰，早醒了足足一个小时。

　　"你行啊，放羊的。我也喜欢公开竞争。我俩就是一对在旷野里疯狂捕猎帽子的男帽匠。我把话放这儿，巴尔，你就把本事都使出来吧。我俩起点一样，先得到帽子的人才能在埃斯皮诺萨牧场昂首挺胸。"

　　"你的马不错。"巴罗斯说，盯着"健将"那木桶般浑圆的身子和上粗下细的四肢，它们跑动起来跟引擎的活塞杆一般节奏平稳，"当然，这是一场竞赛，但你这骑手也未免太过自大，不要得意得太早。不如我们一同上路，到冲刺阶段再分高低。"

　　"我会跟你同行，"皮尔森答应了，"我欣赏你的理智。如果独木渡口那家店还有帽子卖，其中一顶明天就会出现在托尼娅小姐的头上，而你是看不到加冕那一刻的。我不是自吹，巴尔，可你的栗毛马前腿真的不行。"

　　"我用我的马跟你的赌。"巴罗斯说，"托尼娅小姐明天会戴着我给她的帽子去仙人掌镇。"

"我接受你的挑战。"皮尔森高声说，"可是，这对我来说简单得就像直接偷走你的马！我用你的栗毛马去驮女士好了……要是有人来马乔卡勒的话，我……"

巴罗斯瞬间沉下脸来对他怒目而视，弄得牛仔不由自主地结巴起来，话都说不完整了。不过，皮尔森可从来不会被吓倒。

"你说这些复活节的麻烦事儿都是为了啥，巴尔？"他笑着问，"女人们为什么每年都必须要新帽子呢，还要费尽心机，就是为了得到一顶帽子？"

"这是圣约里的季节性规定吧，"巴罗斯解释道，"是教皇还是什么人立的规矩。好像跟什么十二宫之类的东西有关，我不太清楚，但我猜应该是埃及人发明的。"

"如果真的是那些异教徒发明的庆祝方式那倒也不错，"皮尔森说，"不然托尼娅也不会想要帽子，而且在教会那儿也能说得过去。哎，你说，要是渡口那家小店只剩下一顶帽子了该怎么办，巴尔？"

"那么，"巴罗斯阴沉地说，"只有我俩之中最厉害的那位才能把它带回埃斯皮诺萨了。"

"噢，老天！"皮尔森仰天长叹，把帽子抛得高高的再接住，"牧羊场那儿可从来没出过你这号人物。你真会说话，还句句都在点子上。那要是不止一顶呢？"

"那么，"巴罗斯答道，"我俩就各选一顶，其中一人会先到达目的地，而另一个人则回不去了。"

"从来没有两个灵魂，"皮尔森对着星星宣告，"像我和你一样心意相通。说不定我俩是骑在一匹独角兽上，用同一个脑袋思考的呢。"

午夜刚过，骑士们到达了独木渡口。这个有着五十多间房屋的大镇上已经一片漆黑。唯一的一条街道上，那间大商店的木屋也已经上了锁。

很快，两匹马都系在了桩子上，皮尔森满心欢喜地去捶店主老萨顿的门。

一把温彻斯特连发步枪的枪管从严实的百叶窗缝隙里顶出来，主人简短地喝问起来意。

"马乔卡勒的威尔斯·皮尔森，还有绿谷的巴罗斯，"来人回答，"我们想到店里买东西。抱歉打扰您了，但我们非买不可。出来吧，汤米大叔，赶紧。"

汤米大叔行动缓慢，但最终还是站到了柜台后头，点燃了一盏煤油灯。两人可怜巴巴地跟他讨要想买的东西。

"复活节帽子？"汤米大叔半梦半醒地说，"啊，有的，应该还剩下几顶。今年春天我也就订了一打。等我拿给你们看看。"

汤米·萨顿大叔可真是个地道的生意人，即便睡眼惺忪时都是。他的柜台底下放着几个积了灰的纸盒，里头有两顶春季女帽，都是被挑剩下的。可是，在这个周六的黎明，他本着商业道德告诉顾客——这两顶帽子可都是两年前的货了，女士们只消瞥一眼就能看出不对劲来。可他面前的牛仔跟羊倌只是茫然地瞪大了眼睛，估计还以为那是四月份刚到的最新款。

这两顶帽子都是那种"车轮帽"。由稻草的坚硬茎秆编织而成，染成了红色，平底平边。两顶帽子一模一样，顺着帽檐都装饰了满满一圈盛开的手工白玫瑰，每一朵都完美无瑕，显得相当奢华。

"就两顶，汤米大叔？"皮尔森问，"好吧，反正没多少选择余地，巴尔。你先来吧。"

"这可都是最新款的，"汤米大叔信口胡编，"纽约的第五大道上到处都是。"

汤米大叔用两码深色印花布将两顶帽子分别包装好，用绳子系得紧紧的。皮尔森把其中一顶小心翼翼地绑在他的小牛皮马鞍皮带上，另一顶成了"健将"行李的一部分。牛仔和羊倌向汤米大叔大声致谢并道别，骑着马小跑着回归夜色之中，奔向了冲刺阶段。

两个骑手打起了十二万分精神。他们在漆黑的归途上骑得很慢。间或交谈几句，火药味并不浓。巴罗斯左腿下方的鞍头上悬着一把温彻斯特步枪，皮尔森的六发左轮手枪就在他腰间别着。两人一同在弗里奥县道上骑马前行。

早晨七点半，他们到了一座小山顶，五英里外的埃斯皮诺萨牧场像大片阴暗的槲树林覆盖着的一个白点。

眼前的景象让几乎瘫倒在马鞍上的皮尔森精神一振。他知道"健将"的能耐。那匹栗毛马已经在口吐白沫了，一直打着颤；"健将"却仍像一台小发动机一般勤快地踢踏着蹄子。

皮尔森转过脸冲着牧羊人大笑。"回头见，巴尔！"他士气高昂地挥了挥手，"比赛现在开始，我们可以冲刺啦。"

他双膝一夹，伏在"健将"背上向着埃斯皮诺萨冲去。"健将"甩开大步飞奔起来，头颈前后剧烈的摆动，喷着响鼻，简直就像休养一个月后重出江湖。

皮尔森骑出去二十码左右，忽然听见温彻斯特步枪上膛的声音——那种推杆将弹药筒推进枪管的响声非常独特，绝对错不了。他敏捷地做出反应，在耳朵被枪声震聋之前贴着马背卧倒。

也许，巴罗斯只是想吓住"健将"——他可是神枪手，可以在保证骑手安全的前提下做到这点。可就在皮尔森弯下腰的那一刻，子弹恰好穿过他的肩膀，又击穿了"健将"的脖子。马儿滚倒在地，牛仔一头栽在坚硬的路面上，一人一马谁都无法动弹。

巴罗斯半步都没停留，骑马而去。

两小时后，皮尔森睁开眼睛，查看着自己所处境地。他费了九牛二虎之力才忍痛站起，蹒跚着往"健将"躺着的地方挪去。

"健将"倒在原地，但看上去并不痛苦。皮尔森仔细检查了一番，发现子弹只是擦伤了他的马。马儿暂时晕了过去，伤势倒并不严重。可它也差不多筋疲力尽了，正歪着头吃着路边的牧豆树枝上垂下来的嫩叶，身下还压着托尼娅小姐的帽子。

皮尔森费劲地牵起马儿。那顶复活节帽子已经从马鞍皮带上掉下来，印花布包装倒是还没散开，可因为被"健将"壮实的身躯压了那么久，已经完全不成形了。皮尔森眼前一黑，浑身无力地再一次朝着可怜的帽子倒了下去，将它压在自己受伤的肩膀底下。

牛仔的生命力相当顽强。仅仅半小时后，他就缓过劲儿来了——这时间足够让一位女士昏过去，再醒来过两回，接着吃完一碗冰淇淋压惊了。他小心地站起来，发现"健将"还在一旁忙着吃草。他再一次把那顶不幸的帽子绑在马鞍上，自己也在一次又一次失败后，终于爬上了马背。

正午的时候，一群人欢乐喧闹地等待在埃斯皮诺萨牧场小屋的门口。罗杰斯姐妹坐着新的平板车，另外还有安克欧家和绿谷的两母女——几乎全是女眷。即便在这孤寂的旷野上，她们也坚持每人都戴着顶崭新的复活节帽子，急不可耐想要亮相，给即将到来的庆典增光添彩。

托尼娅站在门口，脸颊挂着无法掩饰的两道泪水。她手上抓着巴罗斯从独木渡口带回来的帽子，上头那圈白玫瑰让她烦恼，惹她哭泣。狂喜的姐妹们在兴致勃勃之余，都不忘发自真心地告诫她，这种车轮帽绝对不能戴出去，因为它都整整过季三年啦。

"你就戴旧帽子跟咱们走吧，托尼娅。"她们催促道。

"这样去复活节礼拜？"她答道，"那我宁愿去死。"她还在低泣。

幸运儿们的新帽子都是今春最新的时髦款式，带弧度，又有卷边。

就在众人吵吵嚷嚷的当口，一个奇怪的家伙骑着马从树林里钻出来，马儿疲惫不堪地站在一旁。他浑身上下脏兮兮的，被草汁的绿色和碎石路上的石灰蹭得几乎毁了容。

"皮尔森，"韦弗老爹过来打招呼，"你这是刚驯了匹野马吗？。鞍子上绑着啥——冲动购买的战利品？"

"利索点儿，托尼娅，你到底去不去？"贝蒂·罗杰斯催着，

"咱们可不能再等了。车上给你留了位子。别管那顶帽子了，你这身可爱的棉布裙配任何一顶旧帽子都很漂亮。"

皮尔森一点一点地把那件奇怪的东西从马鞍上解下来。托尼娅盯着他，突然生出一丝希望。皮尔森是一个创造希望的男人。他把东西拿下来，递给了她。她十指飞舞地解开了绳子。

"我尽力了，"皮尔森慢慢地说，"'健将'和我也只有这么大的本事啦。"

"啊！啊！就是这个形状！"托尼娅兴奋地尖叫起来，"还有红玫瑰！我这就去试试！"

她飞到屋里镜子前面，又飞了出来，闪亮耀眼如花儿盛开。

"哇，红色真衬她呀！"姑娘们咏叹般地同声赞叹，"赶紧走吧，托尼娅！"

托尼娅在"健将"身旁停了片刻。

"谢谢，谢谢你，威尔斯，"她快乐地说，"这正是我想要的帽子。你明天来仙人掌镇，跟我一块儿去教堂吧？"

"可以的话，我一定到。"皮尔森说。他好奇地盯着她的帽子，露出一个虚弱的微笑。

托尼娅像一只鸟儿一般飞到了马车上。车子向着仙人掌镇绝尘而去。

"你这是干吗去了，皮尔森？"韦弗老爹好奇道，"脸色比平时差很多。"

"我吗？"皮尔森回答，"我给花儿上色了。离开独木渡口的时候，那些玫瑰还是白色的呢。麻烦搭把手扶我下来，韦弗老爹，我的颜料都用光了。"

我们选择的道路

图森市以西二十英里的地方，"落日快车"停歇在贮水池旁加水。在这大名鼎鼎的高速列车里，除了水之外，还额外载着对它并没有好处的东西。

司炉工人正忙着降下输水管，鲍勃·蒂德博尔，"鲨鱼"道森以及有着四分之一印第安克里克血统的"大狗"约翰，敏捷地爬上车头，冲着火车司机亮出三个黑洞洞的枪口。这赤裸裸的示意让司机大感威胁，一边举起双手一边大喊出声："不至于吧！"

这支突袭小队的队长，"鲨鱼"道森，干脆地命令司机下来，把车头和旅客车厢分离开来。"大狗"约翰爬到煤堆顶上去，敏捷地一手一支枪对准司机和司炉，让他俩把车头开到五十码之外等待命令。

"鲨鱼"道森和鲍勃·蒂德博尔不屑浪费精力在旅客身上——他们就像低等矿石一样没有价值——而是直奔快运包裹车厢，宝箱就在那里。一路到达目的地，只见信使正毫无防备地歇着，因为他坚信"落日快车"装载的东西不会比蒸馏水更刺激更危险。鲍勃用他那六发左轮枪枪托一下子把这念头从自己脑子里敲了出去，"鲨鱼"道森则在一边给保险箱装炸药。

保险箱炸开，暴露出价值三万美元的金条和钞票。前边旅客车厢里的人们还从容不迫地将脑袋伸出车窗外，想看看是哪里的雷云轰隆作响。列车员急忙赶来拉动车铃绳，可才一碰，绳子就软绵绵地整根掉下地。"鲨鱼"道森和鲍勃·蒂德博尔将赃物塞进一个坚实的帆布袋，利落地翻出快运车厢，因为穿着高跟靴而略显别扭地向车头跑去。

司机虽然无比愤懑但十分明智，他按照命令驾驶着车头，快速远离缓慢行进的车身。但就在这一刹那，那位被鲍勃击倒的信使清醒过来，在车厢地板上一个鲤鱼打挺，抓起他的温彻斯特连发步枪，让整个局面发生戏剧性的扭转。"大狗"约翰先生彼时正坐在煤堆顶上，在毫无察觉的情况下成为了显眼的靶子，被信使一枪击中。一颗子弹准确地击中他的肩胛骨，这位工业时代的克里克骑士一路滚下车厢，跌落在地，让他的同伴们分赃时可以每人多分到六分之一。

司机被要求在距离贮水池两英里之外的地方停车。

劫匪们肆无忌惮地向他挥手告别，冲下车头，顺着山坡一溜烟跑到遍布铁轨沿线的茂密树林中去了。在浓密的灌木林中跌撞碰蹭了五分钟光景，他们跑到了开阔的林地，在那里，有三匹马系在低垂的树枝上。其中一匹正等待着"大狗"约翰——他恐怕再也回不来骑马了。劫匪们给它卸下鞍子，取掉缰绳，放它去了。他们给另外两匹马上了鞍轿，将钱袋搭在上头，小心地疾驰出树林，一路纵马来到一个前不着村后不着店的僻静峡谷。意外的是，鲍勃·蒂德博尔的坐骑在这里马失前蹄，一脚踩上长满了青苔的石块，摔断了一条前腿。他们毫不犹豫地一枪爆了它的头，接着坐下来召开逃跑委员会会议。这一路历尽千辛万苦百般折磨，暂时换来了眼下的安全，现在时间已经不是什么大问题了。即便是最为迅捷的部队想要赶上他们，也得追上好多英里好几个小时。"鲨鱼"道森的马拖着缰绳和辔头，正在峡谷的小溪边喘着气儿，感恩地啃着青草。鲍勃·蒂德博尔打开包袱，一手拿起一包捆得整整齐齐的钞票，一手捞出一袋金条，跟个满足的孩子似的咯咯笑了起来。

"你个老海盗真行啊，"他抑制不住开心地对道森说，"是你说咱们能干成这一票的——你这金融头脑，这捞钱的本事，绝对能打遍亚利桑那无敌手！"

"你没了马要怎么办，鲍勃？我们不能在这儿待久了。他们早上日出前就会追上来的。"

"哦，我觉着你那印第安小马，驮上两个人跑个一时半会儿的还行啊，"鲍勃挺乐观，"咱们把一会儿遇上的第一匹马抢来不就完了。我的老天！咱这票可是赚狠了！是不是？你看这上面还打了标签，三万——那就是每人一万五啊！"

"比我想的要少，""鲨鱼"道森说，拿靴子尖儿轻轻踢了踢几个包袱，忧心忡忡地看向他的马儿湿透的脊背——它显然累坏了。

"老玻利瓦尔已经筋疲力尽了，"他缓缓开口，"你那匹栗毛马没受伤就好了。"

"我也想啊，"鲍勃由衷叹道，"可已经这样了，我也没法儿。

玻利瓦尔屁股够大，肯定能驮着咱俩直到再弄来一匹。哎呀，鲨鱼，我就想不明白，像你这样的东部人怎么会跑到这儿来，领着咱们西部佬干这亡命之徒的行当。话说你家是东部哪儿来着？"

"纽约州，""鲨鱼"道森说，在一块石头上坐下，嘴里嚼上一根小树枝。"我在阿尔斯特县出生，十七岁就离家闯荡了。会来西部也算是个意外吧。我拿着包袱卷儿顺着往纽约城去的大路走，就是想到那儿去赚大钱。我一直都觉得自己能成事儿。有天晚上我走到一个岔路口，不知道选哪条路好。我就站那儿研究了半小时，最后选了左边那条。那天夜里，我碰到一个狂野西部主题的杂要班子，要到全国各个小镇巡演，我就顺势跟着他们一块儿往西部走了。我也常想，如果选了另一条路我会变成什么样。"

"哎，我觉着你应该跟今天也差不多，"鲍勃·蒂德博尔挺哲学地说，咧嘴一笑，"其实咱们变成什么样儿，并不是选了哪条路，而是咱们的内在决定的。"

"鲨鱼"道森起身靠着一棵树。

"我真希望你那头栗毛马没摔断腿啊，鲍勃。"他又这么说了，语气近乎同情。

"可不是，"鲍勃同意道，"它真可算是乌鸦的头等美味了。不过玻利瓦尔驮咱俩肯定没问题。我说咱们也该动身了吧，鲨鱼？我收拾收拾，咱们就上路往高处走吧。"

鲍勃·蒂德博尔把掠夺来的财富重新装回袋子里，用绳子紧紧系好了袋口。等他一抬头，正对上鲨鱼道森那把点四五口径的枪口，一动不动指着他的眉心。

"别闹，"鲍勃一咧嘴，"咱们赶紧上路了。"

"别动，""鲨鱼"说，"你上不了路了，鲍勃。我也不想这么说，可我俩之中只有一个能走得了。玻利瓦尔已经够辛苦的了，它驮不了两个人。"

"咱们搭档，就你跟我，'鲨鱼'道森，都搭了三年了，"鲍勃低声道，"咱们是一次又一次地一块儿出生入死，我从来都跟你对半儿分，从来都当你是条汉子。我也不是没听过那些说你枪杀过一两个人的蹊跷传言，可我从来都没信过。现在，你要只是跟我开个小玩笑呢，鲨鱼，就赶紧起开，咱们骑上玻利瓦尔赶路去。你要真想开枪——那就开吧，你个狼心狗肺的毒蜘蛛崽子！"

"鲨鱼"道森脸上浮现出深深的哀伤。"鲍勃，你不知道，"他叹气，"你那匹栗毛马摔断了腿，我有多么难过。"

道森的表情在下一秒瞬间变换，冷酷残暴中透着无情的贪婪。这个男人的灵魂终于有了片刻的现身，仿佛名门望族之家的窗户中探出了一张恶魔的脸。

的确，鲍勃·蒂德博尔再也不能"上路"了。他那位虚情假意的"朋友"用一把致命的点四五口径手枪，让整个峡谷都被枪声震裂了，四面久久回荡着无休止的回响。而玻利瓦尔，不知自己已成谋杀共犯，迅捷地驮上从"日落快车"上下来的最后一个劫匪飞驰而去，没有被加上"驮两个人"的重担。

正当"鲨鱼"道森疾驰在路上，身边的树林却似乎从视野中消散开来；右手中紧握的左轮手枪也变成了红木椅子的扶手；身下的马鞍奇怪地装上了软垫，他睁开眼，看到自己的双脚没有踩着马镫，而是静静地搭在一张橡木方桌的边缘上。

我是在告诉各位，道森，华尔街道森—德克证券公司的股票经纪，睁开了眼睛。皮博迪，他的机要秘书，就站在他椅子旁，犹豫着该不该开口。下面的轮子发出一阵扰乱人心的噪音，电风扇嗡嗡作响，让人昏昏欲睡。

"咳咳！皮博迪，"道森眨眨眼说道，"我这是睡着了吧。我做了个非常了不得的梦啊。有什么事，皮博迪？"

"先生，是特雷西—威廉公司的威廉先生到了，就在外头。他是来交易 X.Y.Z. 的。市场打了他个措手不及，先生，如果您还记得的话。"

"嗯我记得。今天 X.Y.Z. 报价多少，皮博迪？"

"一美元八十五美分，先生。"

"那就给他这个价。"

"请原谅我插嘴，"皮博迪略微紧张地说，"可我刚刚也跟威廉聊了一会儿。他是您的老朋友了，道森先生，而您基本上是垄断了 X.Y.Z. 这支股的。我以为您……我的意思是，您是不是忘记了，他是以九十八美分的价格卖给您的。如果让他以市场价成交，那么为了交付股票他就会失去一切，甚至包括他的家。"

道森脸上的表情瞬间变换，冷酷残暴中透着无情的贪婪。这个男人的灵魂现身片刻，仿佛名门望族之家的窗户中探出了一张恶魔的脸。

"他就得按一美元八十五美分成交。"道森说，"玻利瓦尔驮不了两个人。"

刎颈之交

　　我狩猎归来，在新墨西哥州的小镇洛斯皮诺斯等待南归的火车，却得知它将晚点一小时。于是我就坐到"顶点"旅社的门廊上，跟旅社老板忒勒玛科斯·希克斯闲扯，探讨人生。

　　希克斯老板看着实在不像是那种狂放不羁的人，我忍不住问，他的左耳怎么会被咬得如此可怜。作为一个猎人，我知道狩猎的时候很有可能会遭遇这种不幸。

　　"耳朵吗，"希克斯说，"那可是真挚友情的纪念呢。"

　　"是意外？"我追问。

　　"友情怎么是意外呢！"忒勒玛科斯反问，我也是无言以对。

　　"我知道的最真挚的友谊仅有一例，"老板并不在意，继续讲述起来，"那是一个康涅狄格人和一只猴子之间的友情。那是在巴兰基亚，那只猴子每天上树摘椰子，然后扔给树下的男人，男人把椰子锯开两半做成瓢，每个瓢卖两个雷亚尔①，然后去换酒喝。椰子汁则给猴子喝。这样，人和猴各得所需，心

---

①雷亚尔：巴西货币。

满意足，亲如兄弟。

"可对于人来说，友谊变幻无常，说断就断，没有丝毫预兆。

"我曾经有这么一位朋友，名叫佩斯里·费什。起初，我觉得我俩能天长地久一辈子做朋友。我俩在一块儿打拼了整整七年，挖矿、开牧场、卖专利、放羊、摄影、拉铁丝网，还摘过西梅。我当时想，不管是杀人越货、阿谀奉承、一夜暴富、口角之争还是酩酊大醉，都不可能离间我和佩斯里·费什的兄弟情义。我俩感情深厚得你无法想象。我们不仅仅是生意上的好伙伴，就连休闲娱乐的时候也是意气相投。那时候，我俩日夜相伴，难舍难分，跟达蒙和皮西厄斯的生死莫逆差不多。①

"有年夏天，我和佩斯里穿着商店里买的外套，打扮得整整齐齐，纵马奔驰到圣安德烈斯山脉一带，准备过一个月逍遥轻松的日子。我俩来到洛斯皮诺斯这里，觉得它简直就是世界的屋顶花园，流淌着炼乳与蜂蜜之地。这里有一两条街，有新鲜空气，有鸡吃、有房住——对于我俩来说足够了。

"我们到镇上的时候，已经错过了晚饭时间，于是决定去铁轨旁那间小饭馆里看看还有什么可吃。等我俩把那张红色油桌布上餐盘里的东西吃了个底朝天，刀叉都舔干净了的时候，寡妇杰瑟普端着热饼干和炸鸡肝进来了。

"哎，那可是位连凤尾鱼见了都要动凡心的美人。她的身材不胖也不瘦，眼底透着好客的笑意，眼光柔和，却一点也不

---

① 达蒙和皮西厄斯典出罗马和希腊民间传说，是一对公元前4世纪在意大利叙拉古的生死之交，二人可为对方而死的深厚情谊感动了暴君，赦免其死罪。古罗马政治家、演说家、哲学家西塞罗将二人誉为忠实朋友之典范。

轻浮。她走到我俩跟前，脸颊绯红，流露出她那厨娘的火热脾性。她的笑容能让山茱萸在十二月里开出花儿来。

"寡妇杰瑟普特别健谈，跟我俩聊了好一阵子，气候、历史、丁尼生的诗歌、西梅干、羊肉稀缺等等等等，最后才想起问我们的来历。

"'春谷。'我回答她。

"'是大春谷。'佩斯里插进来一句，塞了一嘴的土豆和火腿脆骨。

"这是第一个信号，让我意识到我和佩斯里·费什那相濡以沫的友谊走到了尽头。他知道我多讨厌插话的人，可还是如此粗暴地打断我，就为了在地名上纠正我的错误。是，地图上是写的大春谷，可我听佩斯里亲口叫它春谷也不下一千遍了。

"我们吃饱就起身离开了小饭馆，在铁轨上坐了下来。我俩搭档太久了，不可能不了解彼此的心思。

"'我想你应该知道，'佩斯里挑头说，'我已经下定决心要把那个寡妇永远变成我的重要财产了，不论在家庭、社会、法律等各方面，直到死亡将我俩分离。'

"'当然，'我说，'你的意思我明白了，即便你就说了一句。那我猜你也应该明白，'我继续说，'我准备采取一系列步骤，将寡妇的姓改成希克斯，到时候你就写信给报纸的社会新闻专栏，问问当伴郎是不是要在纽扣孔里插上山茶花，还要穿上无缝丝袜吧！'

"'你想得美，'佩斯里嚼着一片枕木屑说，'我什么都能让你，但不包括这件事儿。要知道，女人的笑脸，'佩斯里顿了顿，'不亚于危险的漩涡，可以把友谊之舟卷入海底撕成碎片。至于我，愿意在你受到袭击的时候跟狗熊拼命，'佩斯里说，'愿意给你借款担保，还愿意跟以前一样用肥皂樟脑搽剂给你擦背，可我的善心也仅此而已。在追求杰瑟普太太这事儿上，我们各凭本事吧，我先把话说在前头。'

"听他这么一说，我也暗自寻思了一番，提出了解决方法和附加条件：

"'男人之间的友谊，'我说，'自打远古时代，男人们必须互相保护、共同对付尾巴长八十英尺的巨蜥和飞天乌龟那时候开始，就是一种古老的美德。这种美德流传至今，男人们一直并肩作战，直到有听差跑来告诉大家那些动物其实并不存在。我也听说过不少女人搅和到两个男人之间，破坏兄弟情谊的例子。为什么非得走到这一步呢？我告诉你，佩斯里，看到杰瑟普太太端着热饼干出现的那一刻，我俩心里肯定就掀起了波浪。那么，就让我们之中最好的那个赢得她怎么样？我跟你公平竞争，不会背着你做任何小动作。我追求她的所有招数一定都会当着你的面使出来，你也有平等的机会施展自己。这样吧，无论我俩谁胜出，咱们的友谊之舟都不该跌入你说的那个漩涡。'

"'好兄弟！'佩斯里握着我的手使劲地摇，'那我也一样。我俩同时追求那位女士，又要避免这种事情引发的欺骗与流血。无论输赢，我们都还是朋友。'

"杰瑟普太太的小饭馆旁有一棵大树，树下有一条长凳，南下的旅人吃饱喝足启程之后，她经常就坐在那儿吹着风。我和佩斯里晚餐后就在那儿集中，对我们倾慕的女士各展手段。

我们都是正人君子，严格遵守之前的友好协定，如果有一个先到，一定要等到另一个出现才能有所动作。

"杰瑟普太太知晓我俩这个约定的当天晚上，我比佩斯里先一步来到了长凳那儿。晚餐刚刚结束，杰瑟普太太穿着一身干净的粉色的裙子坐在那儿，清爽极了。

"我在她身边坐下，闲聊了几句，说起大自然的远景和近景，还有它们精神象征。那天晚上的环境实在非常典型。月亮清晰地挂在空中应有的高度；树木严格按照科学分布和自然规律在地上投射出阴影；灌木丛里传来此起彼伏的喧嚷，细听之下有小夜鹰、黄鹂鸟、长耳兔和树林里的其他羽毛昆虫。山间微风轻拂，掠过铁轨旁一堆空了的番茄酱罐头，发出小口琴一般的乐声。

"我感到身子左边传来一阵热气——像是面团在火堆边的瓦缸里发酵膨胀一般——那是杰瑟普太太向我靠了过来。

"'希克斯先生，'她说，'你孤身一人时，这样美好的夜晚难道不会让你感到寂寞吗？'

"我立刻从凳子上站了起来。

"'请原谅，夫人，'我这么说，'我必须等到佩斯里来，才能当着他的面回答您刚才的问题。'

"然后我向她解释，我和佩斯里是多年的老朋友，同甘共苦闯荡江湖，因此互相约定，一生绝不会占对方的便宜，即使面对情感和亲密关系的冲击时也是如此。杰瑟普太太看似严肃地就这个问题思考了一会儿，忽然噗地笑了出来，笑声在旷野中回荡不息。

"不一会儿，佩斯里也来了，他的头发上抹着佛手柑油，坐到了杰瑟普太太另一边，开始讲述九五年桑塔丽塔谷遭遇九个月大旱的时候，他和皮法斯·拉姆利为了一副镀银马鞍进行徒手剥牛皮比赛的悲剧冒险故事。

　　"其实，从这场求爱比赛的一开始，我就绊住了佩斯里·费什的手脚，像把他绑在了柱子上一样。我俩分别有自己的一套打动女人心的办法和手段，比如佩斯里就企图用自己亲历或是读到过的惊险故事吓唬人——我猜他一定是从莎翁那部名叫《奥赛罗》的戏里受到启发，想要震慑女性。那部剧我也看过一回，里头有个黑人，他把瑞德·哈格德、卢·多科斯塔德和帕克赫斯特博士的话编到一起，连哄带骗地把一位公爵的女儿弄到了手。可你得知道，这种求爱招数在舞台之外没半点儿用处的。

　　"而我呢，下面就给你讲讲我的独门绝技，能让一个妇人露出黄花闺女一般的娇羞来。只要学会何时牵起她的手，如何把它握在手中，她就是你的啦。这不是件容易的事。有些莽汉一把抓住人家的小手就往怀里带，恨不得让人肩膀脱臼，你都能闻到跌打酒的味道，听见撕缯带的声音了。有些傻子呢，拎着人家的小手就跟捡起滚烫的马蹄铁似的，举得离自己身体有一臂远，像药剂师往瓶子里配制药水一样战战兢兢。还有很多粗人，一摸到女士的小手就猴急地举到人家眼前，跟小孩在草丛里发现个棒球似的，人家女士还没来得及忘记这手长在自己胳膊上呢。他们的方法全都错得离谱。

　　"我来告诉你正确方式吧。你见过溜进别人家后院的人，是怎样用石头扔中蹲在栏杆上盯着他看的野猫的吗？他得装作手上什么都没有，装作不知道猫在看他，他也没在看猫。这就是窍门。绝对不要在她有所准备的时候拉她的手。别让她意识到你认为她晓得你知道她对你要牵手这事儿有所警觉，这就是我的战略。至于佩斯里讲的那些什么刀光剑影、灾祸和不幸的小夜曲，效果还不如给她念星期天经停新泽西州海洋镇的列车时刻表。

"有一天晚上，我又比佩斯里提前一支烟的工夫到达长凳边，我的友情操守在那一瞬间有了些许动摇，我直接问杰瑟普太太她是否觉得'H'比'J'写起来更容易一点。[①] 下一秒，她的脑袋就冲着我纽扣孔里的夹竹桃花碾了过来，我顺势弯身下去——但我没有……

"'您不介意的话，'我边说边站起身，'咱们还是等佩斯里来再继续吧。迄今为止，我从未背着他干过有辱兄弟情义的事，这样不公平。'

"'希克斯先生，'杰瑟普太太在黑暗中稀奇地瞧着我说，'要不是因为那什么，我一定会叫你赶紧滚回峡谷去，再也别出现在我家。'

"'因为什么，夫人？'我追问。

"'你这人实在太好了，不当丈夫可惜。'她说。

"不到五分钟，佩斯里就坐到了杰瑟普太太另一边。

"'银城，1898年夏天，'他开始讲述了，'我亲眼见到吉姆·巴

---

① "希克斯（Hicks）"和"杰瑟普（Jessup）"的首字母缩写。这里暗示希克斯问杰瑟普太太是否愿意嫁给自己，改成他的姓。

塞洛缪在蓝灯沙龙因为一件不伦不类的平纹细布衬衫而咬掉了一个中国人的耳朵,那件衬……嗯?什么声音?'

"我和杰瑟普太太还在继续聊佩斯里来之前的那件事。

"'杰瑟普太太已经答应改姓希克斯了,'我抽空告诉他,'我们得互相证实一下。'

"佩斯里的两条腿盘上长椅的一只凳脚,咕唠了一声。

"'勒姆,'他说,'我们做了七年的至交好友,你亲杰瑟普太太就不能动静小点儿吗?以后我一定也会注意的。'

"'好吧,'我说,'轻一点也行。'

"'这个中国人,'佩斯里继续讲述,'在1897年春天枪杀了一个叫穆林斯的男人,那件事……'

"佩斯里又自己顿住了。

"'我说勒姆,'他有些不悦,'你要是真朋友,就不会把杰瑟普太太抱得这么紧。我都感觉到椅子在摇晃了。要知道,你亲口承诺过,只要还有公平竞争的机会,你一定会让我参与其中。'

"'这位先生,'杰瑟普太太开口了,转过脸朝着佩斯里说,'倘若二十五年后,您来参加我和希克斯先生的银婚纪念,您那笋瓜似的脑袋还会相信自己在追求我这事儿上有过半点希望吗?我之所以忍受了您这么多天,全都是看在您是希克斯先生的朋友份上。可事到如今,我真的觉得您该承认失恋,赶紧下山去。'

"'杰瑟普太太,'我保持着一个未婚夫的尊严,'佩斯里先生是我的挚友,我也承诺过给他公平竞争的机会——如果

还有机会的话。'

"'机会!'她翻了个白眼,'好吧,他可能以为还有机会。经过今晚他身旁发生的这一切,我希望他还是别再做梦,觉得自己还有半点儿希望了。'

"一个月之后,我和杰瑟普太太就在洛斯皮诺斯的卫理公会结婚了,整个镇上的人都聚到教堂来参加这场喜事。

"正当我俩站在圣坛前,牧师准备主持仪式前,我四下张望,却不见佩斯里的身影。我对牧师喊了暂停。'佩斯里还没到,'我说,'我们必须等他来。一朝为朋,终生为友——这就是我忒勒玛科斯·希克斯的原则。'杰瑟普太太狠狠地盯了我一眼,但牧师还是依我的要求停下了祷告。

"几分钟后,佩斯里气喘吁吁地跑上了红地毯,边跑边扣着袖扣。他解释说,镇上唯一一间服装店因为婚礼而暂停营业了,所以他没能买到合适的上过浆的衬衫,只好闯进了人家的空门,动手解决问题。说完,他站到新娘子另一侧,仪式继续进行。直到今天我都认为,佩斯里最后还在指望着牧师犯错把寡妇嫁给了他呢。

"仪式进行完毕,我们请大家喝了茶,吃了羚羊肉干和罐头杏子,观礼的宾客们就散去了。最后,佩斯里握着我的手说,一直以来,我跟他进行了正大光明的较量,从没有弄虚作假,他很骄傲能够称呼我为朋友。

"牧师在街边收拾出了一间小屋供人租住,他同意让我和新的希克斯太太在那儿过夜,以方便第二天早上赶十点四十分的火车去厄尔巴索度蜜月。牧师的妻子热心地用蜀葵和毒常春藤布置好了房间，整个屋子看起来生机勃勃，十分喜庆。

　　"那天晚上差不多十点，我坐到门口脱掉靴子，享受了一会儿习习凉风，希克斯太太在房里忙活。不一会儿，屋里的灯灭了。我坐在那儿，回想着旧日时光和往日的种种。接着听到希克斯太太喊了声：'你不进来吗，勒姆？'

　　"'哦！'我回过神来应道，'瞧我这坏习惯，我还在等着老佩斯里来……'

　　"刚说到这儿，"忒勒玛科斯·希克斯给出了故事的结尾，"我就感觉左耳被人拿四五口径的手枪射中了！然后才发现，那只是希克斯太太拿着扫帚柄给了我一下子而已。"

附录

1910年6月5日，欧·亨利死于肝硬化。
在他去世之后，
一篇未完成的手稿在房中布满灰尘的桌子上被发现。
这是他的最后一篇小说，
他原本想让它成为自己的转型之作，
结果未能如愿就病逝了……

梦

莫瑞做了个梦。

每当我们试图用心理学和科学来解释虚无的自我在"死神的兄弟"——睡眠的境界中那些神奇的探险经历时，这两个学科都只能算得上摸索而已，无法精确回答。今天给大家讲的这个故事并不想充当一盏明灯予人启示，它仅仅是记录了莫瑞的一个梦。当我们处于这种奇特的半睡半醒的情形，最让人困惑的阶段莫过于：仿佛在里头经过了数月甚至若干年的梦，到头来也许仅仅持续了几秒或几分钟而已。

莫瑞正坐在死囚牢房的一间单人号子里。走廊天花板上有盏弧光灯，正对着他的桌子闪耀着刺眼的光。一张白纸上，有只蚂蚁疯狂地左冲右撞，莫瑞用一个信封不断地堵住它的去路。今晚八点便是执行电刑的时间了。莫瑞瞧着昆虫里最聪明一员的滑稽举动，咧嘴一笑。

这个死牢里一共有七名死囚。自从莫瑞进来之后，他已经目睹了其中三名被带出去接受了他们的命运：有一位发了疯，拳打脚踢地挣扎着，像掉入陷阱的狼；第二位也没好到哪儿去，一直在嘴边挂着上帝啊天堂啊什么的，喋喋不休，假装虔诚地祷告；第三位，可以称得上是怯懦了，整个人已经溃不成形，是被绑在木板上抬出去的。他不禁想，自己临刑的时候，他的心，他的脚，他的脸都会呈现出怎样的状态呢？今晚可是他的夜晚。他估摸着应该快八点了。

牢房里一共两排单人间，在他对面的号子里蹲着的是博尼法西奥，来自意大利西西里的一名杀人犯，狠心手刃了他的未婚妻，还杀了两个抓捕他的警察。莫瑞跟他下过好久的西洋棋，他俩隔着走廊，向看不到脸的彼此喊出每一着棋怎么走。

博尼法西奥的嗓门轰隆作响，带着不可磨灭的歌咏一般的音色大声说道：

"欸！莫瑞先生，感觉怎么样——还好的吧——啊？"①

"还行，博尼法西奥。"莫瑞声音稳稳地答道，他正让蚂蚁爬上信封，随即再将之轻轻抖落到石头地板上。

"那好的，莫瑞先生。我们这样的男人，死也要死得像个汉子。我的刑期就是下星期，没问题的。你记得，莫瑞先生，上一盘的棋，我是赢了你的。我们可以改天再杀一局的，那也说不定的。等去了他们送我们去的那个地方，下个棋可能还要吼得更响的。"

博尼法西奥阐述完这番艰涩冷硬的哲理，紧接着一阵能把人耳朵震聋的带着乐感的大笑，并没有让莫瑞麻木的心越发冷

---

① 由于博尼法西奥来自意大利西西里，所以英文发音不准，带着浓重的口音，文中对他口语翻译的方式是为突出这一特点。

硬，反而使他感到温暖。可是博尼法西奥还能活到下星期呢。

犯人们听到一阵熟悉而清晰的响动，是走廊尽头大门上的钢条打开的声音。三个人来到莫瑞的单人间前面，开了门。其中两个是典狱长，另一个是"阿蓝"——不，那是以前的叫法了；现在他是莱纳德·温斯顿教士，莫瑞从小的朋友和邻居。

"我说服他们让我代替了监狱牧师。"他说，简短却用力地握了一下莫瑞的手。他左手拿着一小本《圣经》，食指夹着其中某一页。

莫瑞轻轻地笑了，把面前小桌上的两三本书和几个笔架按顺序摆放整齐。他也想说点儿什么，可脑子里想不到一个合适的句子。

囚犯们给这个八十英尺长、二十八英尺宽的牢房起名叫"黄泉巷"。此时，黄泉巷的日常典狱长，一个身形壮硕、举止粗犷但待人友好的男人，正从口袋里掏出一瓶威士忌，边递给莫瑞边说：

"这是常规动作了，你懂的。需要壮壮胆儿的人都喝了。喝下去也不会有上瘾的危险，你知道的。"

莫瑞几乎一饮而尽。

"好样儿的！"典狱长赞了声，"这就相当于给你来一支神经强壮剂，之后的一切就会跟丝绸一般平静顺滑了。"

他们一块儿来到走廊上，七个死囚都知道即将发生什么事。黄泉巷是他们所处世界之外的一个世界；在这里，人们已经学会了在被剥夺掉五感中的一感或几感时，用另一感去弥补感官的不足。每个死囚都清楚，时间快到八点了，而莫瑞即将在八点整坐上电椅。在这类黄泉巷里，其实也存在着所谓的罪犯贵族圈。一个敢于公开杀戮的人，把敌人或追捕者打倒在地、被原始的情感和战斗热情所驱动的那种"高等"罪犯，对于人类中的鼠辈、蜘蛛辈、蛇辈是绝对不屑一顾的。

因此，当莫瑞在两位典狱长的押送下朝着走廊尽头走去，七个死囚中只有三个向莫瑞出声道别——有博尼法西奥，有马尔文——他在试图越狱的时候杀了一名典狱长，还有巴塞特——一名火车大盗，在不得已的情况下枪杀了一个快递信使，因为他命令所有人举起手来的时候，只有这个人拒绝照做。其余四个囚犯都在各自的号子里闷不吭声，毫无疑问，他们都敏锐地察觉到自己在这黄泉巷里格格不入，因为在他们的记忆中，自己的违法行为跟另外几个比起来绝对是要逊色不少的。

莫瑞此时已经沉浸在自己的平静世界里，任思维游走，对外界的一切几乎全无所谓。行刑室中聚集了大概二十人，其中有监狱官员、新闻记者和围观群众

就在这里，一个句子的正当中，死神之手打断了欧·亨利最后一个故事的讲述。他本来意图创造出一个跟以往都不同的故事，用一种从前没有尝试过的全新形式开创一个新系列的先河。"我想让人们看到，"他说，"我可以写出新东西——意思是对我自己来说的新东西——一个不堆砌俚语的故事，一个直接的戏剧性情节，以一种更为接近我心中真正的'讲故事'概念的手法呈现出来。"在动笔写这个故事之前，他为情节如何展开写出了一个大略的提纲：莫瑞是个罪犯，罪名为残忍地

谋杀了他的爱人—— 这是一次因嫉妒而临时起意的谋杀 ——
他一开始面对着即将到来的死刑，还是一副表面冷静而无所谓
的样子。当他接近电椅时，却被一阵惊涛骇浪般的情感变化
吞没了。他浑浑噩噩，呆若木鸡，不知所措。整个行刑室的情
形——见证人，旁观者，行刑准备——在他眼里都变成虚幻一
般。他的脑海里思绪飞闪，他只觉得身处一个可怕的错误之
中。为什么自己会被绑在椅子上？他做了什么？犯了什么罪？
在典狱长调整绑带的片刻，他眼前出现了一幅幻象。他做了个
梦。他看到一间乡村小木屋，建在似锦花田之中，在太阳照耀
之下闪闪发光。屋里有一个女人和一个小孩。他跟他们说话，
原来是他的妻子和孩子——小屋就是他们的家。所以，这说到
底是一个错误。有人犯了个可怕的无法挽回的弥天大错。对他
的指控、审判、定罪还有电椅死刑——都是梦。他把妻子拥进
怀中，亲吻他的孩子。没错，幸福结局在这里。刚才的一切都
是一场梦。然后——典狱长一个手势，致命的电流嘶啦开启。

莫瑞做错了梦。

欧·亨利 O.Henry

1862.9.11 – 1910.6.5

原名威廉·西德尼·波特，20世纪初美国著名短篇小说家。
被评论界誉为"曼哈顿桂冠散文作家"和"美国现代短篇小说之父"。
以"含泪微笑"的创作风格、出人意料的"欧·亨利式结尾"而闻名于世。

崔爽

1984年出生在长沙的山东人，十岁起开始定居广东。
本科毕业于广东外语外贸大学的高级翻译专业，
后进入英国兰卡斯特大学攻读硕士学位。
伊甸园字幕组元老，拥有八年资深美剧翻译经验。

参与翻译的主要影视代表作品：
《越狱》《冰与火之歌》

果麦 更好的精神食粮

欧·亨利短篇小说精选

产品经理｜孙 雯	责任印制｜蒋建浩
责任编辑｜金荣良	封面设计｜董歆昱
陈 潇	策 划 人｜瞿洪斌

新浪微博：@果麦文化　微信公众号：果麦文化

图书在版编目(CIP)数据

欧·亨利短篇小说精选 / (美)亨利 著;崔爽 译.
-- 杭州:浙江文艺出版社,2015.1(2016.8重印)
ISBN 978-7-5339-4145-1

Ⅰ.①欧… Ⅱ.①亨…②崔… Ⅲ.①短篇小说—小
说集—美国—近代 Ⅳ.①I712.44

中国版本图书馆CIP数据核字(2014)第308194号

产品经理　　孙　雯
责任编辑　　金荣良
封面设计　　董歆昱

欧·亨利短篇小说精选

(美)欧·亨利　著

崔爽　译

出版　　浙江出版联合集团
　　　　浙江文艺出版社

地址　　杭州市体育场路347号　　邮编310006
网址　　www.zjwycbs.cn
经销　　浙江省新华书店集团有限公司
印刷　　北京中科印刷有限公司
开本　　880mm×1230mm　　1/32
字数　　222千字
印张　　10
印数　　96,001-106,000
版次　　2015年1月第1版　　2016年8月第12次印刷
书号　　ISBN 978-7-5339-4145-1
定价　　32.00元